Das Schweigen der Mörder

Fiona Limar

Impressum

Das Schweigen der Mörder
von Fiona Limar
© 2016 Fiona Limar.
Alle Rechte vorbehalten.

ISBN-13: 978-1540566355
ISBN-10: 1540566358

1. Version

Verlegt von:
David Salz, Niederbarnimer Str. 10, 16540 Hohen Neuendorf, Deutschland

Buchcover: Casandra Krammer / design.casandrakrammer.de
Lektorat und Korrektorat: Heidemarie Rabe

Dieses Buch, einschließlich seiner Teile, ist urheberrechtlich geschützt und darf ohne Zustimmung des Autors nicht vervielfältigt werden.

1.

Es geschah genau sechs Wochen nach dem Mord, der das beschauliche Dorf Geistmoor noch immer in Atem hielt. Alles daran war rätselhaft gewesen: Das Motiv, die Ausführung und vor allem die Wahl des Opfers. Bei letzterem hatte es sich um eine hochbetagte, schwerkranke Frau gehandelt, die ohnehin nur noch wenige Wochen zu leben gehabt hätte. Außerdem war sie alleinstehend und völlig mittellos gewesen. So konzentrierte sich der Verdacht bald auf den Pflegedienst, der sie zuletzt betreut hatte. Ein Todesengel, jemand, der sich zum Herrn über Leben und Tod aufgeschwungen hatte, musste da am Werk gewesen sein. Darüber waren sich alle einig. Weil das so naheliegend erschien, wäre keiner der Dorfbewohner auf die Idee gekommen, selbst ins Visier des rätselhaften Mörders geraten zu können, am wenigsten die fünfzehnjährige Elise, die es an diesem Abend besonders eilig hatte.

„Nun renn doch nicht so, Eli!" Nele verdrehte genervt die Augen. Sie war mit Till, der sein Moped neben sich herschob, ein Stück zurückgeblieben. „Wir haben noch massig Zeit, nachher stehen wir bloß blöd an der Haltestelle herum." Das Argument wirkte, Elise verlangsamte ihre Schritte. Dabei verspürte sie den dringenden Wunsch, die beiden so schnell wie möglich loszuwerden. Sie hasste Nele für deren Falschheit. Der ging es doch überhaupt nicht darum, sie sicher zum Bus zu begleiten. Vielmehr genoss sie die Möglichkeit zu demonstrieren, wie glücklich sie mit Till war, den sie der angeblichen Freundin erfolgreich ausgespannt hatte. Jetzt blieben sie schon wieder stehen, um zu knutschen, oh Mann! Ein Glück, dass Till seine Hände brauchte, um das Moped festzuhalten. Elises Augen begannen zu brennen. Das fehlte noch, dass sie jetzt losflennte. Nicht vor Nele! Sie hatte ablehnen wollen, als ausgerechnet die sich angeboten hatte, Julias Geburtstagsfeier kurz zu verlassen. Allein hätte sie allerdings auch nicht gehen wollen, denn der Weg zur Bushaltestelle führte an einem einsamen Waldstück vorbei, das bei Nacht recht unheimlich wirkte. Heute kam es ihr besonders gruselig vor, weil auch noch dichter Nebel herrschte. Zwischen den Bäumen schien er sich zu bedrohlichen Gestalten zu verdichten und einmal hörte sie ein Knacken aus dem Gebüsch, als würde jemand unmittelbar neben ihr her schleichen. Sie zuckte zusammen, doch ihre schon wieder heftig miteinander befassten Begleiter schienen nichts bemerkt zu haben. Auf der gesamten Strecke begegnete ihnen kein Mensch, an der Haltestelle waren sie ebenfalls allein.

„Siehst du, wir sind zu früh", sagte Nele, um sich gleich darauf wieder an Till festzusaugen.

„Sind wir nicht, da kommt er schon." Elise war erleichtert, als sie sah, wie die Scheinwerfer des Busses die Nebelschwaden durchbrachen.

„Schade, dass du nicht länger bleiben konntest", meinte Nele. Es klang wenig überzeugend. Sie schwang sich hinter Till auf den Sozius und hatte es nun offenbar eilig, zur Feier zurückzukehren. Elise winkte ihnen noch zu, dann betrat sie erleichtert den Bus und hielt ihre Monatskarte hoch. Der Fahrer hatte das Licht im Innenraum nicht eingeschaltet und fuhr ruckartig los, kaum dass sich die Türen geschlossen hatten. Elise wurde zur Seite geschleudert, sie konnte sich gerade noch an einem Sitz festhalten. Im ersten Moment hatte sie Mühe, sich zu orientieren. Als sie sich dann näher umschaute, weiteten sich ihre Augen zuerst vor ungläubigem Staunen, dann vor Entsetzen. Das konnte doch unmöglich wahr sein, sie schien mitten in einen Albtraum geraten zu sein! Wie gelähmt stand sie da, unfähig sich zu bewegen. Nur ihr Herz schlug einen solchen Trommelwirbel in ihrer Brust, als wollte es davon galoppieren. Kalter Schweiß, der ihr von der Stirn in die Augen rann, brachte sie zur Besinnung. Ihre Erstarrung löste sich, sie versuchte zu fliehen. Obwohl sie heftig gegen die schlingernden Bewegungen des Busses ankämpfen musste, gelang es ihr, bis zur Tür zu torkeln. Die war allerdings fest verschlossen. Draußen flog die Landschaft in rasendem Tempo vorbei, es gab kein Entkommen. Elises letzte Fahrt führte sie direkt in die Hölle.

2.

Mit Schwung steuerte Anne ihren kleinen weißen Golf durch das offene Tor auf den Hof. Der Tag versprach schön zu werden, die Sonne schien von einem strahlend blauen Himmel herab. Als sie ausstieg, musste Anne die Augen zusammenkneifen, so sehr blendete sie das von den leuchtend weiß gestrichenen Stallgebäuden reflektierte Licht. Sie schaute auf ihre Uhr: Kurz vor halb neun, das war ein perfektes Timing. Das Frühstück dürfte ihre Familie bereits hinter sich haben. Nervende Erörterungen und bohrende Fragen bei Tisch würden ihr dadurch erspart bleiben. Andererseits war sie früh genug da, um rechtzeitig mit den anderen zum Turnier aufzubrechen.

Die Eingangstür des Haupthauses flog auf, ihre Mutter kam herausgestürzt. Sie musterte die Tochter mit einem Blick, als würde sie sie zum ersten Mal sehen. Dann stieß sie ein unartikuliertes Schnaufen aus, das schwer zu deuten war. Anne ging auf sie zu.

„Hallo, ich komme doch rechtzeitig? Stimmt etwas nicht?", setzte sie hinzu, als sie den gereizten Ausdruck im Gesicht ihrer Mutter bemerkte.

„Allerdings stimmt etwas nicht", stieß die hervor. „Elise ist nicht da."

„Wie, nicht da?"

„Sie ist heute Nacht nicht nach Hause gekommen. Ich hätte ihr niemals gestattet, am Vorabend eines so wichtigen Turniers noch auszugehen. Aber dein Vater war mal wieder anderer Meinung. Das haben wir nun von seiner Nachgiebigkeit, jetzt ist sie einfach nicht aufgetaucht. Sie hatte fest versprochen, den Bus um 22:00 Uhr zu nehmen. Meines Erachtens viel zu spät, aber …" Sie beendete den Satz nicht. Anne wusste auch so, was sie sagen wollte. Es hatte mal wieder Streit zwischen den Eltern gegeben, in dessen Verlauf sich der Vater mit seiner Ansicht, man dürfe einem jungen Mädchen nicht jedes Vergnügen verbieten, durchgesetzt hatte. Sie wagte sich kaum vorzustellen, welche Stimmung im Moment zwischen den beiden herrschen musste. Unmittelbar darauf bekam sie einen sehr anschaulichen Eindruck davon, denn ihr Vater trat aus dem Haus. Er trug ein lockeres T-Shirt über einer ausgewaschenen Jeans und bildete damit einen scharfen Kontrast zu seiner Frau, die in ein teures Kostüm gehüllt war.

„Es ist nur Anne", fauchte sie ihren Mann an, als trüge der daran die Schuld. Roland von Cromnitz rang sich ein Lächeln ab und trat auf die Tochter zu.

„Hallo Anne, schön, dass du da bist. Deine Schwester war gestern Abend auf der Geburtstagsfeier einer Freundin und hat sich verspätet. Wir hoffen, dass sie gleich auftauchen wird." Anne ließ sich von seiner scheinbaren Gelassenheit nicht täuschen. Er war bleich, es war offensichtlich, dass er ebenfalls in Sorge war.

„Habt ihr bei der Freundin angerufen?", fragte sie.

„Natürlich haben wir das, was glaubst du denn?", erwiderte die Mutter in aufgebrachtem Ton. „Angeblich ist sie pünktlich von dort aufgebrochen in Begleitung ihrer Freundin Nele und eines Jungen. Die beiden wollten sie zum Bus bringen."

„Sie werden den Bus verpasst haben", sagte der Vater begütigend. „Sie wird bei Nele übernachtet haben."

„Warum hat sie uns dann nicht angerufen? Wieso ist ihr Handy ausgeschaltet?"

„Sylvia, du kennst doch Elise. Der Akku wird mal wieder leer sein."

„Kannst du nicht bei Nele anrufen?", wandte sich Anne an ihre Mutter.

„Meinst du, darauf wäre ich nicht schon selbst gekommen? Dort nimmt niemand ab."

„Lass es uns gleich noch einmal versuchen. Wenn sich wieder niemand meldet, fahre ich hin", schlug der Vater vor. Sylvia von Cromnitz rauschte ins Haus, ohne ihren Mann einer Erwiderung zu würdigen. Er legte den Arm um Anne und die beiden folgten der Mutter in die weiträumige Diele. Sie hatte bereits den Hörer in der Hand und lauschte angespannt. Erst schien es so, als würde sich wieder niemand melden, doch dann begann sie plötzlich zu reden: „Von Cromnitz. Ist Elise bei Ihnen?" Die Antwort auf diese Frage schien negativ auszufallen. „Ich möchte sofort mit Ihrer Tochter sprechen." Kurze Pause. „Dann wecken Sie sie, wenn sie noch schläft." Ungehalten setzte sie hinzu: „Das interessiert mich nicht. Es ist wichtig." Anne wunderte sich immer wieder, wie viele Menschen sich diesen Ton von ihrer Mutter bieten ließen. Während diese darauf wartete, dass Nele ans Telefon geholt wurde, wippte sie ungeduldig mit dem Fuß auf und ab. Dann war es endlich so weit. Das folgende Gespräch wurde im Ton eines Verhörs geführt. Offenbar glaubte Sylvia von Cromnitz nicht, was ihr da berichtet wurde. „Wenn Elise in den Bus eingestiegen wäre, dann müssten wir jetzt nicht nach ihr suchen. Also erzähl mir nichts, ich will wissen, was wirklich los war." Die Antwort fiel knapp aus und schien sie nicht zu befriedigen. „Seid ihr noch woanders hingegangen? Habt ihr Elise wirklich bis zum Bus gebracht und gesehen, dass sie eingestiegen ist?" Ihre inquisitorischen Nachfragen führten zu keinen neuen Erkenntnissen. Schließlich beendete sie das Gespräch und schaute ihren Mann mit gefurchter Stirn an. Auch er wirkte jetzt deutlich angespannt.

„Uns bleibt nichts anderes übrig, als zur Polizei zu gehen", sagte er.

„Was soll das bringen? Die werden doch erst tätig, wenn jemand nach 24 Stunden nicht aufgetaucht ist. Außerdem ist es für das Turnier nun ohnehin zu spät. Ich darf gar nicht darüber nachdenken."

„Du irrst dich", erwiderte Roland von Cromnitz in scharfem Ton. „Bei Minderjährigen wird die Polizei sofort tätig. Und ich verstehe nicht, wie du in dieser Situation auch nur einen Gedanken an dieses blöde Turnier verschwenden kannst."

„Ach nein? Das verstehst du nicht? Hast du jemals einen Gedanken an das Gestüt verschwendet, in dem meine ganze Kraft und mein Herzblut stecken? Wie kann man sich nur so ignorant verhalten!"

„Es geht hier nicht um den Sieg irgendeines Gaules und das damit verbundene Prestige, es geht um das Schicksal unserer Tochter!"

„Willst du mir etwa unterstellen..." Den Rest hörte Anne schon nicht mehr, sie war nach draußen geflüchtet. Wie sie diese Szenen hasste! Der Streit schien sich noch eine Weile hinzuziehen, doch dann erschienen die verfeindeten Parteien mit deutlichem Abstand zueinander auf der Freitreppe. Immerhin stiegen sie unmittelbar darauf gemeinsam in den weißen Mercedes der Mutter, um zur nächsten Polizeidienststelle zu fahren.

3.

„Blöder Affe!", sagte Sarah laut und löschte die E-Mail von ihrem Computer. Volker hatte sich mal wieder in ätzender Weise über ihre Tätigkeit geäußert. Was denn gerade Aufregendes anliegen würde, hatte er gefragt. Ein Karnickeldiebstahl? Oder eine abgerissene Latte vom Gartenzaun der Frau Müller? Seine verdammte Arroganz ging Sarah gehörig auf die Nerven. Dass sie über drei Jahre lang ein Paar gewesen waren, konnte sie sich jetzt kaum noch vorstellen. Beide hatten sie ihre Ausbildung zum Kommissar an der Polizeihochschule in Hamburg absolviert. Beide hatten sie sich für eine Laufbahn bei der Kriminalpolizei entschieden und waren nach dem Studium in unterschiedlichen Polizeidienststellen eingesetzt worden. Damit hörten die Gemeinsamkeiten aber auch schon auf. Während Sarah ganz in ihrer Arbeit aufging, hatte Volker stets nach Geld und Ansehen gestrebt. Bei der ersten sich bietenden Gelegenheit war er an die Hochschule zurückgekehrt, um sich für den höheren Dienst zu qualifizieren. Leistungsmäßig erfüllte er alle Voraussetzungen. Doch wenn er bei seiner späteren Tätigkeit weiterhin so auf die Kollegen vor Ort herabsehen würde, wäre er mit Sicherheit kein guter Vorgesetzter. Sarah beschloss, einfach nicht auf seine Nachricht zu antworten. Dabei hätte sie gerade jetzt eine Menge zu berichten gehabt, denn die letzten Wochen hatten aufregende Neuigkeiten gebracht. Sie war Mitglied einer neu zusammengestellten Mordkommission geworden, die einen Fall aufklären sollte, hinter dem mehr zu stecken schien, als es im ersten Moment den Anschein gehabt hatte. Vor sechs Wochen waren sie und ihr Kollege, Kriminalhauptkommissar Hansen, wegen eines unklaren Todesfalles nach Geistmoor gerufen worden, einem kleinen Dorf im Kreis Steinburg. Alarmiert hatte sie die Mitarbeiterin eines Pflegedienstes, die ihre Patientin tot in deren Haus aufgefunden hatte. Sie stellte sich als Ulrike Möller vor. Sarah sah die Situation noch deutlich vor sich. Es war morgens gegen neun Uhr gewesen. Die alte Dame lag im Bett ihres spartanisch eingerichteten, jedoch peinlich sauberen Schlafzimmers. Ihr Gesicht wirkte gelblich und eingefallen, die Nase stach spitz daraus hervor. Als sie nach dem Alter der Frau fragte, erfuhr Sarah, dass es sechsundneunzig Jahre betrug. Sie sah die Pflegedienstmitarbeiterin erstaunt an, und die erriet wohl ihre Gedanken. „Kein Wunder, wenn eine noch dazu schwerkranke Frau in diesem Alter verstirbt, nicht wahr? Aber sehen Sie sich das hier mal an." Sie schob beide Ärmel des Nachthemds in die Höhe. Auf den Armen der Toten waren rot-blaue Flecke zu erkennen, in ihrer linken Armbeuge außerdem ein großer Bluterguss.

„Das sind keine Totenflecke", sagte sie. „Diese Hämatome müssen daher rühren, dass jemand sie gewaltsam festgehalten hat. Viel Kraft hatte sie nicht mehr, trotzdem scheint sie sich gewehrt zu haben. Und das hier in der Armbeuge ist eine Einstichstelle. Jemand muss ihr eine Injektion verabreicht haben. Sie bekam blutverdünnende Medikamente, deshalb zeichnen sich die Male mit solcher Deutlichkeit ab."

Sarahs Vorgesetzter beugte sich hinab und begutachtete die Spuren eingehend. Er war ein großer hagerer Mann von Mitte fünfzig mit schütterem grauem Haar und leuchtend hellblauen Augen. Etwas Aristokratisches lag in seiner Haltung und seinen Zügen. Viele Worte machte er nie, dafür entging seinen Blicken kaum etwas.

„Wäre es nicht möglich, dass es sich bei der Spritze um eine ärztliche Maßnahme gehandelt hat? Verabreicht, weil die Frau unruhig war oder über Schmerzen klagte?", fragte er dann.

„Nein, ausgeschlossen." Die junge Frau schüttelte so energisch den Kopf, dass ihr die braunen Locken ins Gesicht flogen. Sarah schätzte sie auf gerade mal Anfang zwanzig. „Frau Mallkowski wurde durch unseren Dienst dreimal täglich besucht. Letztmalig gestern Abend gegen 19:00 Uhr. Die Kollegin hat bei der Übergabe keine besonderen Vorkommnisse vermerkt. Wenn es in der Nacht einen Arztbesuch gegeben hätte, wären wir darüber informiert worden. Der für Frau Mallkowski zuständige Arzt wird Ihnen das sicher bestätigen können. Ich habe ihn ebenfalls informiert, er war allerdings noch nicht hier. Es kann dauern, bis er kommt." Der Kommissar nickte verständnisvoll. Er wusste um die Probleme der Ärzte, die für große ländliche Gebiete zuständig waren.

„Da wir nicht ausschließen können, dass hier ein Tötungsdelikt vorliegt, werden wir die Rechtsmedizin verständigen. Wir brauchen schließlich auch genauere Angaben zum Todeszeitpunkt."

„Sie muss schon mehrere Stunden tot sein, vermutlich über zehn", erklärte Frau Möller. „Die Totenstarre ist bereits voll ausgebildet." Sarah und ihr Kollegen Hansen nickten unisono. So viel wussten sie durch ihre Ausbildung natürlich auch.

„Eine weitere zu klärende Frage wäre, wer alles Zugang zum Haus hatte", fuhr Hansen fort. „Wie sind Sie hereingekommen?"

„Bei unserem Pflegedienst ist ein Schlüssel hinterlegt. Seit Frau Mallkowski bettlägerig war, konnte sie die Tür nicht mehr selbst öffnen."

„Und diesen Schlüssel benutzten sowohl Sie als auch andere Mitarbeiter?"

„Ja." Man sah Ulrike Möller an, dass sie sich unwohl fühlte. Nicht ganz zu Unrecht fürchtete sie wohl, mit dem Ableben ihrer Patientin in Verbindung gebracht zu werden.

„Wissen Sie zufällig, ob noch andere Personen Schlüssel hatten? Verwandte oder Bekannte vielleicht?"

„Frau Mallkowski hatte keinerlei Verwandtschaft. Ihr Mann ist im Krieg gefallen und sie hat nie wieder geheiratet. Kinder hatte sie keine. Über Bekanntschaften weiß ich nicht genau Bescheid. Nur dass regelmäßig eine junge Frau aus dem Dorf vorbeikam, die für sie einkaufte und putzte."

„Hatte die Frau einen Schlüssel?"

„Ich nehme es an, weiß es aber nicht mit Sicherheit."

„Aber den Namen, wissen Sie den?"

„Frau Malik, glaube ich. Einmal bin ich ihr hier kurz begegnet. Die genaue Anschrift weiß ich allerdings nicht."

„Das macht nichts, die werden wir schon herausfinden. Das kann nicht so schwer sein, wenn sie hier im Dorf lebt. Ansonsten brauchen wir Sie jetzt nicht mehr. Sie können erst einmal weiter Ihrer Arbeit nachgehen. Wir werden allerdings auf jeden Fall noch einmal auf Sie zukommen. Jetzt warten wir hier auf das Eintreffen des Arztes. Vorher werden wir uns schon mal vorsichtig im Haus umsehen."

Nachdem sich Ulrike Möller verabschiedet hatte, machten sie sich an die Arbeit. Sarah merkte, wie aufgeregt sie war. Sie hatte schon oft Spuren an Tatorten sichern müssen, allerdings war es dabei bisher nur um Einbrüche und Sachbeschädigungen gegangen. Ein Mord, das war eine andere Größenordnung. Jetzt bloß keinen Fehler machen, dachte sie, während sie die Handschuhe überstreifte. Das Erdgeschoss des Hauses bestand aus drei Räumen. Wohnzimmer und Schlafzimmer lagen zur Straße hin, die Küche nach hinten hinaus. Außerdem gab es ein winziges altmodisches Bad. Vom Flur aus führte eine steile Treppe nach oben zu zwei kleinen Kammern. Den Staubschichten nach zu urteilen, waren sowohl die Treppe als auch die Kammern seit längerer Zeit nicht betreten worden. Kriminalhauptkommissar Holger Hansen inspizierte die Eingangstür.

„Ein sehr simples Schloss", murmelte er. „Wer hier rein wollte, der brauchte nicht mal einen Schlüssel. Angst vor Einbrechern hatte sie jedenfalls nicht."

„Weshalb auch?", stimmte Sarah zu. „Zu holen gab es hier schließlich nichts." Außerdem galten diese kleinen Dörfer als sehr sicher, was Kriminalität betraf. Hier konnte man getrost sein Fahrrad vor der Tür stehen lassen und musste es nicht mal anschließen, etwas was in ihrem früheren Wohnort Berlin undenkbar gewesen wäre. Sie war inzwischen zum Wohnzimmer hinübergegangen. Es wirkte ebenso karg und reinlich wie das Schlafzimmer. Eine billige Glasschale auf einer Anrichte bildete den einzigen Schmuck. Es gab kein einziges Foto. Normalerweise umgaben sich alte Menschen gern mit den Portraits ihrer Lieben. Lieselotte Mallkowski musste wirklich eine sehr einsame Frau gewesen sein. Ein Kalender hing leicht schief an der Wand. Er war von diesem Jahr, zeigte allerdings noch das Deckblatt. „Gestüt Geistmoor – edle Trakehner aus erstklassiger Zucht" war darauf zu lesen. Darunter trabten zwei wie frische Kastanien glänzende Pferde über eine grüne Wiese.

Das Auffälligste in diesem Raum war ein kleiner Tisch in der Ecke, der wie ein Altar hergerichtet war. Auf einem Spitzendeckchen standen zwei Heiligenstatuen. Die eine war die Jungfrau Maria mit dem Jesuskind auf dem Arm, eingehüllt in einen weiten blauen Mantel und mit einer Strahlenkrone über dem sanft geneigten Haupt. Neben ihr stand ein Mann mit einem Kreuz im Arm, der einen Finger leicht auf die Lippen gelegt hatte. Auch um sein Haupt rankte sich ein Strahlenkranz. Sarah hatte keine Ahnung, wen er darstellte, obwohl er ihr merkwürdig bekannt vorkam. Wo hatte sie diesen Heiligen schon einmal gesehen? Ihr Kollege war unbemerkt hinter sie getreten.

„Etwas Interessantes entdeckt?", fragte er.

Sie schüttelte den Kopf. „Weißt du, wer das ist?" Sie deutete auf den Heiligen.

„Leider nicht, ich bin Protestant. Und das auch nicht sehr leidenschaftlich." Er musterte den Altar. Drei Kerzen standen davor, alle waren schon einmal angezündet worden.

„Hast du etwas gefunden?", fragte Sarah.

„Nichts von Bedeutung, jedenfalls keine Einbruchsspuren. Türen und Fenster sind intakt. Im Bad und in der Küche war auch nichts. Wäre zu schön gewesen, wenn wir die Spritze im Abfalleimer gefunden hätten. Die Sache ist rätselhaft, besonders das Motiv. Wir müssen abwarten, was der Rechtsmediziner herausfinden wird."

Das Ergebnis ließ denn auch nicht lange auf sich warten. Der alten Dame war ein blutdrucksenkendes Medikament in hoher Dosis injiziert worden, das in Verbindung mit einer bestehenden Herzschwäche zu ihrem Tod geführt hatte. Einem Tod, an dem niemand ein wirkliches Interesse gehabt haben konnte. So war es zur Konzentration auf den Pflegedienst gekommen und es stellte sich die Frage, ob es noch weitere unklare Todesfälle in dessen Verantwortungsbereich gegeben hatte.

4.

Während andere Kollegen den Pflegedienst unter die Lupe nahmen, war es die Aufgabe von Holger Hansen und Sarah Sandring, Ermittlungen im Umfeld der Toten anzustellen.

„Wo fangen wir an?", fragte Sarah. „Ich nehme an, bei Frau Malik, die immerhin im Haus des Opfers ein und aus gegangen ist, wenn man der Pflegedienstmitarbeiterin Glauben schenken darf." Er nickte. Die Anschrift herauszufinden, war tatsächlich kein Problem gewesen. Maria Malik lebte nur zwei Straßen entfernt in einem Haus, das sich deutlich von seinen schmucken Nachbarn unterschied. Hier war lange nichts gemacht worden, von den Fensterrahmen blätterte die Farbe ab und das Reetdach wies schadhafte Stellen auf. Im Vorgarten wucherte Unkraut, zwischen dem ein paar kümmerliche Hortensien einen verzweifelten Überlebenskampf führten. Holger drückte mehrmals auf die Klingel an der Gartenpforte, bis er begriff, dass sie nicht funktionierte. Da das Türchen windschief in den Angeln hing, konnten sie es aufdrücken und ungehindert eintreten. Auf ihr Klopfen an der Haustür, die ebenfalls dringend einen neuen Anstrich gebraucht hätte, wurden Geräusche im Haus laut. Dann wurde die Tür einen Spaltbreit geöffnet, dunkle Augen funkelten die beiden Kommissare misstrauisch an.

„Frau Malik? Kriminalpolizei. Wir würden Ihnen gern ein paar Fragen stellen. Dürfen wir reinkommen?" Die Tür wurde ganz geöffnet und sie standen einer unförmig dicken jungen Frau gegenüber, die sich in einen gestreiften Bademantel gezwängt hatte, der vorn nicht vollständig schloss. Darunter blitzte ein rosafarbenes Nachthemd hervor. Die schwarzen Haare klebten der Frau feucht am Kopf und ihr Körper verströmte einen säuerlichen Schweißgeruch. Wortlos führte sie die Besucher in das Wohnzimmer. Auf dem Sofa lag zerknautschtes Bettzeug. Mit einem Ächzen ließ sie sich darauf nieder und wies mit einer knappen Handbewegung auf zwei Sessel.

„Bitte nehmen Sie Platz. Es tut mir leid, wie es hier aussieht. Ich bin krank, müssen Sie wissen." Ihre Stimme klang rau.

„Das tut uns leid, Frau Malik. Wir werden es so kurz wie möglich machen, um Sie nicht unnötig zu strapazieren. Es geht um Frau Mallkowski. Sie hatten regelmäßig Kontakt zu ihr?"

Die Reaktion kam überraschend. Das Gesicht der Frau verzog sich zu einer tragischen Maske und die Tränen strömten nur so aus ihren Augen. Sie begann hektisch im Bettzeug herumzuwühlen, offenbar auf der Suche nach einem Taschentuch. Sogar ihre Nase lief nun heftig. Sarah hielt ihr eine Packung Zellstofftücher hin, nach der sie dankbar griff. Doch auch nachdem sie sich ausgiebig geschnäuzt hatte, war sie zu keiner Antwort fähig. Ihr mächtiger Körper zuckte krampfhaft, gequältes Schluchzen drang aus ihrer Kehle. Holger Hansen warf seiner Kollegin einen hilfesuchenden Blick zu.

„Frau Malik", sagte Sarah so sanft wie möglich, „ich sehe, wie sehr Sie das aufregt. Noch dazu, wo Sie auch noch krank sind. Aber Sie müssen uns verstehen, wir haben einen Fall zu lösen. Dazu brauchen wir Informationen. Möchten Sie vielleicht erst einmal ein Glas Wasser?"

Die Frau nickte und wies in eine Richtung, um zu zeigen, wo sich die Küche befand. Wenn Sarah dort mit Unordnung gerechnet hatte, dann musste sie sich eines anderen belehren lassen. Der kleine Raum mit den blau gemusterten Fliesen war penibel aufgeräumt und sauber. Sie fand problemlos ein Glas und kehrte, nachdem sie es mit Wasser gefüllt hatte, damit ins Wohnzimmer zurück. Frau Malik trank in gierigen Schlucken. Danach schien sie sich tatsächlich zu beruhigen.

„Was wollen Sie wissen?", fragte sie resigniert.

„Wie lange kannten Sie Frau Mallkowski schon?"

„Lange. Ich war ein kleines Mädchen von sechs Jahren, als meine Eltern mit uns hierher gezogen sind. Im Dorf kennt jeder jeden."

„War Ihre Familie näher mit ihr bekannt? Gab es persönliche Kontakte? Gegenseitige Besuche?"

„Das nicht. Wir waren sehr für uns. Die Zugezogenen eben. Und außerdem ..." Sie biss sich auf die Unterlippe und schwieg.

„Was außerdem?", hakte Sarah vorsichtig nach.

„Außerdem waren wir das Zigeunerpack", erwiderte sie heftig. „Unsere Familie stammt ursprünglich aus Ungarn."

„Sie sind Roma?"

Die Frau lachte bitter. „Ach ja, so drückt man das heute vornehm aus. Das ändert aber nichts daran, dass man diesen Menschen noch immer mit Misstrauen begegnet. Dabei zählen wir nicht mal wirklich dazu. Nur meine Großmutter väterlicherseits. Sie soll eine Schönheit gewesen sein und eine ganz wunderbare Frau. Mein Großvater war Deutscher, ein sogenannter Donauschwabe. 1947 kamen die beiden nach Deutschland, mein Vater ist hier geboren. Richtig heimisch geworden sind sie aber nie, genauso wenig wie meine Eltern. An manchen Familien klebt das Unglück wie ein Kaugummi an der Schuhsohle. Leider gehört unsere dazu."

„Was ist mit Ihren Eltern?"

„Sie sind beide tot."

„Das tut mir leid. Aber um wieder auf Frau Mallkowski zurückzukommen, Sie haben für sie eingekauft und saubergemacht. Seit wann war das so?"

„Es hat sich nach und nach entwickelt. Anfangs habe ich ihr nur manchmal etwas vom Einkaufen mitgebracht. Als sie dann zunehmend schlechter laufen konnte, kam das öfter vor. Ihren Haushalt konnte sie bis vor einem halben Jahr noch allein versorgen. Seitdem mache ich bei ihr sauber." Sie begann wieder zu weinen, vermutlich weil ihr bewusst wurde, dass sie in der Gegenwartsform gesprochen hatte, obwohl die alte Dame nicht mehr am Leben war. Sarah fragte sich, was diese übermäßige Erschütterung auslösen mochte.

„Haben Sie einen Schlüssel zu dem Haus?"

„Den brauchte ich nicht. Ich wusste, wo der Ersatzschlüssel liegt."

„Und wo ist das?", fragte Holger Hansen verblüfft dazwischen.

„Unter der hellblauen Keramikkugel neben der Tür. Die ist innen hohl."

„Wer außer Ihnen wusste noch von dem Versteck?"

Maria Malik zuckte mit den Schultern. „Niemand, nehme ich an." Plötzlich wurde sie ganz weiß im Gesicht und ihre Unterlippe begann zu beben. „Sie verdächtigen doch nicht mich?" Sie konnte nicht weitersprechen.

Sarah beruhigte sie. „Wir vernehmen Sie lediglich als Zeugin. Hatte Frau Mallkowski irgendwelche Feinde? Wer könnte ein Interesse an ihrem Tod gehabt haben?"

„Da fällt mir niemand ein", erwiderte sie mit fester Stimme.

Als sie wieder draußen standen, schüttelte der Kriminalhauptkommissar unwillig den Kopf. „Ein Schlüsselversteck direkt neben der Haustür, wie leichtsinnig ist das denn? Aber was das Entscheidende ist: Ich habe unter der Kugel nachgeschaut. Da war kein Schlüssel mehr."

5.

Sarah arbeitete gern mit Holger zusammen. Das war nicht von Anfang an so gewesen. Als sie neu in die Polizeidirektion gekommen war, hatte er sie äußerst reserviert behandelt. Sarah glaubte, seine Gedanken erraten zu können: Eine junge Frau, die gleich nach dem Abitur eine Ausbildung zur Kommissarin begonnen hatte und deren ganze Erfahrung sich in zwei halbjährigen Praktika erschöpfte. Dafür hatte sie vermutlich den Kopf voller romantischer Flausen, weil sie zu viele Fernsehkrimis kannte. Praktische Polizeiarbeit sah aber anders aus, als sie dort vermittelt wurde. Das hatte Holger Hansen Sarah dann auch spüren lassen, indem er sie im ersten halben Jahr für das Erstellen von Statistiken, zum Schreiben von Berichten und die Aufarbeitung alter Akten einspannte. Doch Sarah hatte das überhaupt nicht gestört. Sie fand, dass sie sich durch diese Arbeiten einen guten Überblick über die Kriminalität vor Ort verschaffen konnte und hatte sich nebenbei eifrig Notizen gemacht. Eines Morgens, als sie über ihre Aufzeichnungen gebeugt am Schreibtisch saß, hatte der Kriminalhauptkommissar über ihre Schulter geschaut. „Du willst es wirklich, Mädchen", hatte er gemurmelt und ihr damit das größte Kompliment gemacht, dessen er vermutlich fähig war. Seitdem durfte sie ihn regelmäßig bei Einsätzen begleiten und inzwischen waren sie ein gutes Team.

Auch im aktuellen Fall arbeiteten sie gut zusammen, allerdings waren die Ergebnisse zunächst dürftig. Man merkte Holger seine Unzufriedenheit darüber an. Er saß am Kopfende des langen Tisches im Besprechungsraum und trommelte nervös mit seinem Kugelschreiber auf der Platte herum. „Fassen wir also noch einmal zusammen, was wir haben", eröffnete er die Beratung.

Eva Asmuss, die ihm genau gegenübersaß, schlug ihr Notizbuch auf, zückte den Kugelschreiber und sah ihn erwartungsvoll an. Wie von unsichtbaren Fäden gezogen, wandten sich alle zu ihr um. Sarah war immer wieder fasziniert, wie diese Frau es schaffte, die Aufmerksamkeit auf sich zu lenken. Zweifellos war sie sehr attraktiv mit ihren hohen Wangenknochen, dem rabenschwarzen Haar und der makellosen Haut. Der Blick aus ihren eisblauen Augen hatte eine unglaubliche Intensität, fast fürchtete man, dadurch hypnotisiert zu werden. Ihr Kollege, Kriminalkommissar Kai Fischer, starrte sie derart hingerissen an, dass es schon peinlich wirkte. *Kai im Banne der Schneekönigin,* dachte Sarah. *Sie wird ihn gnadenlos erfrieren lassen.*

Holger räusperte sich kurz. „Zunächst zur Person des Opfers. Lieselotte Mallkowski hat zwar siebzig Jahre im Dorf gelebt, aber besonders in den letzten Jahren offenbar nur wenige Kontakte gepflegt. Sie hat ihr kleines Häuschen kaum noch verlassen. Geboren wurde sie 1920 in

Ostpreußen. Sie heiratete jung, ihr Mann fiel allerdings 1942 bei der Schlacht um Stalingrad. Danach hat sie nie wieder geheiratet. 1945 begab sie sich gemeinsam mit ihrer kleinen Tochter auf die Flucht. Das Kind überlebte die Strapazen und die Kälte nicht." An dieser Stelle konnte Sarah ein leises Stöhnen nicht unterdrücken. Dafür warf ihr Eva einen derart vorwurfsvollen Blick zu, als hätte sie sie beim Rülpsen oder Schlimmerem ertappt. Offenbar fand sie Sarahs Gefühlsäußerung unprofessionell.

„Lieselotte Mallkowski hatte in Ostpreußen auf einem Gut gearbeitet", fuhr Holger fort. „Sie war so etwas wie eine Magd und hielt mit den anderen Dienstboten dort aus, bis es für die Flucht fast zu spät war. Ihre Dienstherrin, Elisabeth von Cromnitz, hatte sich dagegen rechtzeitig abgesetzt. Frau Mallkowski gelang es schließlich, sie bei deren Verwandten in Kiel ausfindig zu machen. Als Elisabeth von Cromnitz dann erneut ein Gut erwarb, wurde das alte Dienstverhältnis wiederhergestellt. Das heißt, ganz so war es wohl nicht. Lieselotte hatte von da an eine Sonderstellung inne, sie war fast ein Familienmitglied. Als Elisabeth von Cromnitz vor sechzehn Jahren starb, blieb sie noch für ein Jahr auf dem nunmehr im Besitz der Tochter Sylvia befindlichen Gut. Dann zog sie sich in das Häuschen zurück, in dem sie ihren Lebensabend verbrachte. Da war sie immerhin schon über achtzig Jahre alt. Sylvia von Cromnitz hat sie nach eigenen Angaben hin und wieder besucht, zu ihrem Geburtstag beispielsweise. Ansonsten hat es kaum noch Kontakte gegeben."

„Kaum noch Kontakte? Zu einer Frau, die fast ein Familienmitglied war und in unmittelbarer Nähe lebte?", fragte Kai überrascht.

Holger zuckte mit den Schultern. „Die Dame war recht kurz angebunden und wirkte ziemlich unterkühlt. Als Sarah und ich sie aufsuchten, wollte sie gerade zu einem Ausritt aufbrechen und war nicht einmal gewillt, für das Gespräch von ihrem hohen Ross herunterzusteigen. Sie betonte, dass sie zu Frau Mallkowski gerade so viel Kontakt gehalten habe, wie es der Anstand gebot. So hat sie es wörtlich ausgedrückt. Das sagt doch alles."

„Kurze Pflichtbesuche zum Geburtstag und zu Weihnachten, ein einziger Krankenbesuch im Verlaufe des vergangenen halben Jahres", ergänzte Sarah. „Sachdienliches war von ihr nicht zu erfahren, ebenso wenig wie von Frau Schröder, der einzigen Dorfbewohnerin, mit der Lieselotte, die übrigens von allen nur Lotte genannt wurde, zeitweise eine engere Freundschaft gepflegt hatte. Als die beiden alten Frauen zunehmend schlechter zu Fuß waren, fielen die gegenseitigen Besuche weg. Verwandte gibt es nicht."

„Ich brauche wohl kaum zu erwähnen, dass Frau Mallkowski keine Feinde hatte", erklärte Holger abschließend.

„Ich würde hinter ihrem Tod auch keinen Akt der Feindschaft vermuten", meldete sich Eva zu Wort. „Eher einen der Nächstenliebe. Ich nehme an, da ist jemand ihrem Wunsch nach Sterbehilfe nachgekommen."

„Aber sie hat sich doch gewehrt", wandte Sarah ein. „Die Male auf ihren Armen ..."

Eva winkte ab. „Die sind kein Beweis für Gewalteinwirkung. So dünn, wie ihr Blut durch die Medikamente war, können sie auch bei der normalen Pflege entstanden sein. Dr. Göhlert, den ich daraufhin angesprochen habe, hat mir das bestätigt."

Sie war also nochmals in der Rechtsmedizin gewesen, um jetzt damit auftrumpfen zu können. Immer der Diensteifer in Person. Sarah stimmte ihr dennoch nicht zu. „Außerdem wäre da noch der verschwundene Schlüssel. Der Täter dürfte ihn benutzt und mitgenommen haben."

„Ach, ja?" Eva zog ihre perfekt in Form gezupften Augenbrauen in die Höhe. „Woher weißt du das? Hast du es gesehen? Hast du Beweisfotos gemacht? Jeder kann den entwendet haben, so leichtfertig, wie der abgelegt war. Für mich kommt nur Sterbehilfe in Betracht. Die ist natürlich auch strafbar, aber es wäre immerhin kein Mord gewesen."

„Nehmen wir mal einen Moment an, es verhielte sich so", sagte Holger bedächtig. „Dann käme eigentlich nur jemand vom Pflegedienst infrage. Doch darauf haben wir bisher keinerlei Hinweise." Er schaute Kai an, der resigniert nickte. „Stimmt leider oder zum Glück, wie man es nimmt. Dabei war das ein ganz schöner Ermittlungsaufwand. Wir haben jeden einzelnen Pflegedienstmitarbeiter gründlich durchleuchtet, auch frühere Arbeitgeber wurden auf besondere Vorkommnisse hin befragt. Alles ohne Ergebnis. Das könnte bedeuten, Frau Mallkowski war der erste und bisher einzige Fall. Das wäre natürlich ebenfalls bedenklich, weil der Täter danach weitermachen könnte. Aber wir haben nicht mal einen Verdächtigen."

6.

Sie steckten in einer Sackgasse, das Dorf schien sich vor ihnen zu verschließen wie eine Muschel, wenn sie sich bedroht fühlt. So vergingen sechs Wochen, in denen sie keinen Schritt vorankamen.

„Was machen wir jetzt?", fragte Sarah eines Morgens. „Lassen wir die Akte von Frau Mallkowski langsam im Stapel nach unten wandern?"

Holger runzelte die Stirn. „So schnell möchte ich nicht aufgeben. Ich schlage vor, wir fahren noch mal nach Geistmoor. Ich hab da so meine Erfahrungen. Im ersten Moment will keiner etwas gehört und gesehen haben. Aber die Sache beschäftigt die Leute natürlich weiterhin und plötzlich fällt dem einen oder anderen doch noch etwas ein."

„Schön wäre es", meinte Sarah. „Die Leute hier sind ziemlich wortkarg."

„Sie sind nur vorsichtig. So ein Dorf ist eine enge gewachsene Gemeinschaft. Da redet man Fremden gegenüber nicht so gern über die Nachbarn. Kommst du?" Er hielt die Autoschlüssel bereits in der Hand. Es war ein schöner Herbsttag, hoch wölbte sich der leuchtend blaue Himmel über der weiten Landschaft.

„So ein gruseliger Name für einen so hübschen Ort", sagte Sarah, als sie mit ihrem Wagen das Ortsschild passierten.

„Wieso gruselig?", fragte KHK Holger Hansen verwundert.

„Na ja, wenn ich Geistmoor höre, dann stelle ich mir unheimliche Gestalten vor, die zu nächtlicher Stunde über das Moor schweben. Du nicht?"

„Nein, ich nicht. Daran sieht man mal wieder, dass du nicht aus der Gegend stammst. Das Wort Geist leitet sich von der Geest ab, die prägend für die Landschaft hier ist. Manchmal wird dafür auch das Wort „Gast" oder eben „Geist" verwendet. Mit Geistern hat das nichts zu tun."

Da hatte Sarah wieder etwas dazugelernt. Sie war in Berlin aufgewachsen, hatte sich aber an der Polizeihochschule in Hamburg beworben, weil sie sich dadurch bessere Chancen auf einen baldigen Einsatz als Kriminalkommissarin ausgerechnet hatte. Zu Recht, wie sie nun befriedigt feststellen konnte. Außerdem liebte sie die Landschaft, die Weite des Himmels und die Nähe des Meeres. *Nach Schleswig-Holstein willst du?*, hatten sie ihre Freunde ungläubig gefragt. *Da gibt es doch nur Störche und Kühe.* Keine Ahnung hatten die.

„Wohin zuerst?" Sarah nahm den Fuß vom Gas und ließ den Wagen langsam die Hauptstraße entlangrollen. Die von weißen Holzzäunen umgebenen Vorgärten der schmucken Häuser wirkten allesamt wie frisch geharkt. Dahlien und Winterastern blühten in glühenden Farben.

„Ich würde vorschlagen, zum Gut. Dort hat Lieselotte Mallkowski schließlich den größten Teil ihres Lebens verbracht."

Auf dem Wege dorthin kamen sie an der kleinen Kirche vorbei, die Sarah schon bei ihren früheren Besuchen in Geistmoor aufgefallen war. Die Kombination aus rotem Backstein und Fachwerk wirkte einfach malerisch. Irgendwann, so nahm sie sich vor, würde sie sich das Innere des Kirchleins anschauen. Jetzt aber bog sie erst einmal von der Hauptstraße nach rechts ab. Das Gut lag ein Stück außerhalb des Dorfes. Schilder wiesen darauf hin und warben für die edlen Trakehner-Pferde, die hier gezüchtet wurden. Sarah fiel der Kalender ein, den sie im Wohnzimmer des Mordopfers gesehen hatte. Er stammte von diesem Gut. Offenbar war er ein Werbeartikel und kein besonders nobles Geschenk für eine Frau, die mal fast ein Familienmitglied gewesen war. Aber vielleicht hatte sie ja Pferde gemocht. Nach einer Wegbiegung kam das Gut in Sicht. Alle Gebäude waren blendend weiß, das Haupthaus mit wunderschönen Ornamenten im Jugendstil geschmückt. Auf einer Koppel daneben weideten mehrere Pferde. Nervös wandten sie ihre Köpfe dem ankommenden Auto zu und galoppierten dann in den hinteren Bereich der Koppel davon. Das Tor zum Hof stand offen und Sarah überlegte noch, ob sie direkt vor das Haus fahren sollte, als ein weißer Mercedes neben ihnen hielt, in dem drei Personen saßen. Der Fahrer ließ die Scheibe herunter und beugte sich zu ihnen herüber. „Wollen Sie zu uns?"

Holger Hansen hatte ebenfalls das Fenster auf seiner Seite geöffnet.

„Herr von Cromnitz? Kriminalpolizei. Wir hätten noch ein paar Fragen."

„Kommen Sie!" Mit einer einladenden Handbewegung wurden sie aufgefordert, dem Wagen auf den Hof zu folgen. Vor dem Haupthaus stiegen alle aus. Sandra erkannte das Ehepaar von Cromnitz, doch die junge Frau, die hinten im Wagen gesessen hatte, sah sie zum ersten Mal. Vermutlich war sie die ältere Tochter der Familie und damit eine mögliche weitere Zeugin.

„Das ging ja direkt mal schnell!" Frau von Cromnitz kam auf sie zu. Sarah war ihr bereits bei der ersten Befragung begegnet. Schon damals war ihr der Gedanke gekommen, dass man dieser Frau ansah, womit sie sich hauptberuflich beschäftigte. Sie war sehr schlank, fast dürr. Die Fesseln ihrer langen Beine waren so schmal wie die einer Zuchtstute. In ihrem langgestreckten Gesicht fielen sofort die übergroßen Zähne hinter den wulstigen Lippen auf. Ein Gebiss, das sofort an ein Pferd denken ließ, ebenso wie die schräg stehenden Nasenlöcher, die an Nüstern erinnerten.

„Was gedenken Sie jetzt zu unternehmen?" Diese Frage brachte nicht nur Sarah, sondern auch ihren Kollegen sichtlich aus dem Konzept. In diesem Moment klingelte das Handy von Holger Hansen und er trat mit einer entschuldigenden Geste ein Stück zur Seite. Sarah und Frau von Cromnitz standen sich nun allein gegenüber. „Was Sie zu unternehmen gedenken, möchte ich wissen", wiederholte letztere ungeduldig.

„Frau von Cromnitz, wir sind hier, um Sie noch einmal zu Lieselotte Mallkowski zu befragen. Vielleicht ist Ihnen ja zwischenzeitlich noch etwas eingefallen und ..." Weiter kam Sarah nicht. Ein wahres Donnerwetter brach über sie herein.

„Das ist ja wohl der Gipfel der Unverfrorenheit! Unsere Tochter ist verschwunden und Sie haben nichts Besseres zu tun, als uns mit dem angeblich unnatürlichen Ableben einer uralten, schwerkranken Frau zu behelligen." Bevor Sarah sich von ihrer Verblüffung erholen konnte, war ihr Kollege, der sein Gespräch inzwischen beendet hatte, neben sie getreten.

„Es tut uns leid", ergriff er das Wort. „Ich habe eben erst vom Verschwinden Ihrer Tochter erfahren. Selbstverständlich hat das jetzt Priorität."

Dem Ehemann war das Auftreten seiner Frau offenbar peinlich. „Wir haben sie gerade erst als vermisst gemeldet. Natürlich konnten Sie das noch nicht wissen. Kommen Sie bitte mit ins Haus." Schweigend folgten Sarah und Holger der Familie in einen eleganten Salon, in dem alles sehr teuer aber unpersönlich wirkte. Die Perserteppiche auf dem glänzenden Parkett waren akkurat ausgerichtet, in vergoldeten Vitrinen funkelte Kristall und die antike Sitzgarnitur sah aus, als würde sich nur selten jemand darauf niederlassen. Jetzt durften die beiden Kriminalbeamten dort Platz nehmen. Über dem Kamin fiel Sarah ein großes Ölbild in einem schweren Goldrahmen ins Auge. Es zeigte ein pechschwarzes Pferd auf einer grünen Wiese, im Hintergrund waren die Gebäude des Guts zu erkennen. Auf der marmornen Kaminumrandung standen mehrere Fotografien, die ausnahmslos ebenfalls Pferde zeigten. Er gab kein einziges Kinder- oder Familienfoto. Irgendwie kam ihr das eigenartig vor. Die Tür zum Salon wurde lautlos geöffnet und eine hübsche junge Frau trat ein. Sie wirkte fremdländisch mit ihrem dunklen Haar und dem zarten Gesicht. Über einem schwarzen Kleid trug sie eine weiße Schürze. Es gab einen kurzen Blickwechsel zwischen ihr und der Dame des Hauses.

„Möchten Sie etwas trinken?", fragte diese daraufhin die beiden Kriminalbeamten. Es klang aus ihrem Munde nicht besonders einladend. Sarah schüttelte den Kopf und auch Holger lehnte dankend ab. Die junge Frau wurde mit einer Handbewegung entlassen, mit der man normalerweise eine lästige Fliege verscheucht hätte. Holger kam sofort zur Sache.

„Wann haben Sie Ihre Tochter zuletzt gesehen?" Sylvia von Cromnitz übernahm es zu antworten.

„Gestern gegen 15:00 Uhr. Da ist sie zur Geburtstagsparty ihrer Freundin aufgebrochen. Ich habe sie noch ermahnt, pünktlich zurück zu sein. Sie sollte heute ein wichtiges Turnier reiten." Eine steile Falte, die deutlichen Unmut anzeigte, bildete sich bei dem letzten Satz auf ihrer Stirn.

„Und wann haben Sie bemerkt, dass sie nicht da ist?"

„Heute früh um sieben, als ich sie wecken wollte."

„Ihnen war vorher nicht aufgefallen, dass sie nicht nach Hause gekommen ist?", fragte Sarah überrascht.

„Nein, wie auch? Ich bin früh schlafen gegangen und Elises Räume befinden sich im anderen Flügel. Bisher konnte ich mich immer auf sie verlassen."

„Ich bin sehr spät aus dem Verlag nach Hause gekommen und ging natürlich davon aus, dass Elise daheim ist", ergänzte ihr Vater.

„Und Sie?", wandte sich Holger Hansen an die junge Frau, die auf einem Stuhl ein Stück abseits saß. „Ich nehme an, Sie sind die Schwester." Anne nickte.

„Ich bin erst heute früh hier angekommen und habe erfahren, dass Elise nicht da ist."

„Sie wohnen nicht hier?"

„Ich gehe in Hamburg zur Schule und lebe dort im Internat." Sarah musterte die junge Frau. Mit ihrem dunklen Haar und den braunen Augen sah sie ihrem Vater ähnlich. Er neigte zur Fülle und auch bei ihr waren entsprechende Ansätze zu erkennen. Doch es stand ihr, sie wirkte dadurch weich und weiblich, ganz im Gegensatz zu ihrer Mutter. Bekleidet war sie mit einer schwarzen Jeans und einem schwarzen T-Shirt, die sie vermutlich schlanker wirken lassen sollten.

„Haben Sie ein aktuelles Foto von Ihrer Tochter?"

Roland von Cromnitz nickte. „Danach sind wir schon von Ihren Kollegen gefragt worden, aber in der Aufregung hatten wir nicht daran gedacht. Gut, dass wir es Ihnen nun geben können." Er erhob sich und kam gleich darauf mit mehreren Fotos zurück. Das darauf abgebildete Mädchen hatte die drahtige Figur der Mutter geerbt, sah ansonsten aber keinem Elternteil ähnlich. Sie hatte blondes Haar und sehr hellblaue Augen. Ein Foto zeigte sie in Reitkleidung mit einem Pokal in der Hand. Auf einem anderen stand sie in Jeans und heller Bluse neben einem Pferd, das sie locker am Zügel hielt. Auf keinem der Fotos lächelte sie.

„Was werden Sie jetzt tun?" Sylvia von Cromnitz wirkte schon wieder ungeduldig. „Werden Sie nach ihr suchen lassen?" Holger und Sarah nickten gleichzeitig.

„Wir geben ihr Foto an alle Streifenwagen. Außerdem wäre es natürlich wichtig, genau zu wissen, weshalb sie verschwunden ist. Halten Sie es für möglich, dass sie einfach weggelaufen ist?"

„Auf keinen Fall!" Die Augen der Frau funkelten vor Empörung.

Ihr Mann reagierte besonnener. „Es würde nicht zu Elise passen. Sie ist sehr zuverlässig."

„Niemals hätte sie das Turnier versäumt. Sie hätte am Abend zuvor nicht mehr ausgehen dürfen. Diese Feier war doch völlig unwichtig."

„Für sie war sie schon wichtig, Sylvia."

„Ach, du weißt es natürlich besser! Wir würden jetzt hier nicht sitzen, wenn du ihr nicht in unverantwortlicher Weise erlaubt hättest, daran teilzunehmen!"

„Entschuldigt mich", murmelte Anne an dieser Stelle und stand auf, um den Raum zu verlassen. Holger sah Sarah nur ganz kurz an, worauf sie sich ebenfalls erhob und der jungen Frau nach draußen folgte. Anne ließ sich auf einer Bank in Hausnähe nieder und nickte nur resigniert, als sich Sarah mit einem „Darf ich?" neben sie setzte. Annes Atem ging schnell, sie war sehr blass.

„Das muss alles sehr belastend für Sie sein", sagte Sarah behutsam. „Das Verschwinden Ihrer Schwester und nun wir mit unseren Fragen." Anne schüttelte den Kopf.

„Ihre Fragen sind schon in Ordnung. Die Streiterei meiner Eltern ist es, was mich aufregt. Nicht einmal in so einer Situation können sie sich zusammenreißen. Kein Wunder, wenn Sie dann glauben, Elise könnte einfach davongelaufen sein."

„Glauben Sie das auch?"

„Nein, eigentlich nicht. Weil es nicht zu Elise passt. Sie ist sehr pflichtbewusst, müssen Sie wissen. Heute auf dem Turnier sollte sie Merlin reiten. Das ist im Moment der erfolgversprechendste Hengst des Gestüts. Meine Mutter hat fest mit einem Sieg gerechnet."

„Für mich hört sich das nach einem ziemlichen Druck an, der da auf den Schultern Ihrer Schwester lastet. Könnte es nicht sein, dass sie den nicht ausgehalten hat? Dass sie untergetaucht ist, weil sie Angst hatte zu versagen?"

Anne zögerte kurz mit der Antwort. „Ich kann es mir nicht vorstellen. Elise ist ehrgeizig und eine sehr gute Reiterin."

„Reiten Sie eigentlich auch?"

„Ich? Überhaupt nicht! Ich habe panische Angst vor Pferden."

„Das ist sicher ungünstig, wenn man auf einem Gestüt aufwächst."

„Es ist einer der Gründe, weshalb ich ganz froh war, nach Hamburg aufs Internat gehen zu können. Andere gab es allerdings auch noch."

Sarah war sich sicher, dass sich diese Andeutung auf die Unstimmigkeiten zwischen den Eltern bezog. „Wissen Sie, ob Ihre Schwester in letzter Zeit irgendwelche Probleme hatte? Hatte sie sich verändert?"

„Wir sehen uns nur alle vierzehn Tage am Wochenende, aber ich weiß trotzdem, dass sie Kummer hatte. Liebeskummer, um genau zu sein. Meine Eltern haben keine Ahnung davon. Meine Mutter glaubt sowieso, Elise würde nur Pferde lieben. Weil es bei ihr selbst offenbar so ist."

„Kennen Sie den Namen des Jungen?"

Anne nickte. „Nur den Vornamen. Till heißt er. Er ist an der gleichen Schule, eine Klasse über ihr."

„Dann werden wir ihn finden und mit ihm reden müssen. Ich werde nicht verraten, von wem wir die Information haben."

„Das dürfen Sie ruhig, es macht mir nichts aus. Ich würde Ihnen auch gern mit Informationen über Lotte Mallkowski weiterhelfen, aber da weiß ich kaum etwas. Ich war ja erst fünf, als sie den Hof verließ und in ihr Haus zog. Danach gab es kaum noch Kontakte. Darüber war ich sehr traurig, denn sie war eine ganz liebe Oma für mich, an ihr hing ich mehr als an meiner richtigen Großmutter. Aber meine Mutter mochte sie nicht. Sie wollte nicht, dass ich sie besuche."

„Das überrascht mich. Frau Mallkowski gehörte doch fast zur Familie. Sie war schon da, als Ihre Mutter geboren wurde und hat danach über vierzig Jahre eng mit ihr zusammengelebt."

„Das ist ja gerade das Problem. Meine Großmutter war sehr despotisch. Solange sie lebte, bestimmte sie alles, was auf dem Gestüt und im Haus vor sich ging. Meine Mutter hatte kaum etwas zu sagen. Von meiner Großmutter ließ sie sich das, wenn auch murrend, gefallen. Doch dass die Lotte mehr zu sagen hatte als sie, das hat sie nie verwunden. Die beiden sind deshalb oft aneinandergeraten, aber wenn es hart auf hart kam, hielt meine Großmutter immer zu Lotte. Ich war zu klein, um das mitzubekommen. Später wurde allerdings noch oft genug darüber geredet. Meine Mutter hat ihren Groll auf Lotte nie überwunden." Anne hielt inne und schlug sich erschrocken mit der Hand auf den Mund. „Oh Gott, was rede ich da? Jetzt könnten Sie ja glatt denken, ich verdächtige meine Mutter, der Lotte etwas angetan zu haben."

„Da machen Sie sich mal keine Gedanken. Wenn alle Leute, die jemanden nicht mögen, ihn gleich umbringen würden, dann wäre die Menschheit schon ausgerottet."

„Stimmt. Und seit die Lotte nicht mehr auf dem Hof war, musste sich meine Mutter schließlich nicht mehr über sie ärgern."

Sarah schrieb sich zum Abschluss des Gesprächs noch Annes Personalien auf. „Sie werden in diesem Jahr zwanzig", sagte sie. „Da steht sicher das Abitur unmittelbar bevor."

„Nein, leider nicht. Ich war oft krank und musste ein Jahr wiederholen."

Als sie Holger Hansen aus dem Haus kommen sah, verabschiedete sich Sarah von Anne.

„Nettes Mädchen, sehr aufgeschlossen", bemerkte sie kurz darauf ihrem Kollegen gegenüber.

„Ganz im Gegensatz zur Mutter", knurrte der. „Ein Benehmen nach Gutsherrenart hat die Frau, man hat den Eindruck, sie würde einem am liebsten die Peitsche geben, wenn man nicht spurt, wie sie will. Sollte mich nicht wundern, wenn die Kleine doch ausgerissen ist. Aber diese Möglichkeit bestreitet die gnädige Frau vehement. Ich hätte ganz gern auch den dienstbaren Geist des Hauses befragt, doch die Kleine stammt aus Thailand und spricht angeblich kaum Deutsch. Einen hübschen Namen hat sie übrigens: Kanita."

„Was vermuten die Eltern als Grund für Elises Verschwinden?"

„Die befürchten eine Entführung mit anschließender Erpressung. Ausschließen können wir das nicht, Geld ist schließlich vorhanden. Sie hat das Gestüt und ihm gehören mehrere gutgehende Wissenschaftsverlage. Der Überlegung der Frau von Cromnitz, jemand hätte ihre Tochter entführt, nur um den Sieg dieses Gauls zu hintertreiben, mag ich mich allerdings nicht anschließen."

„Das finde ich ziemlich absurd."

„Wie man es nimmt. Gewisse Spekulanten und Neider sind schon zu einigen Verrücktheiten fähig. Wir hatten Fälle zu untersuchen, in denen Giftanschläge auf Tiere verübt wurden, um deren Sieg zu verhindern. Aber die Entführung eines Kindes, das geht mir zu weit. Jeder wüsste, welches Risiko er damit auf sich nimmt. Wir müssen abwarten, ob eine Lösegeldforderung eingeht. Für den Fall wird umgehend eine Fangschaltung im Haus der Familie installiert. Die Kollegen sind schon unterwegs."

„Und was unternehmen wir sonst noch?"

„Wir müssen uns erst mal ganz schnell neu organisieren, weitere Kollegen hinzuziehen. Die Öffentlichkeitsfahndung kann sofort anlaufen. Um aber gezielt nach dem Mädchen suchen zu können, brauchen wir weitere Informationen. Wir müssen den Busfahrer ausfindig machen, der sie als Letzter gesehen haben dürfte. Außerdem weitere Fahrgäste, die den gleichen Bus benutzt haben. Und natürlich müssen wir die jungen Leute befragen, die auf der Geburtstagsfeier waren. Das solltest du übernehmen."

Sarah war es recht, obwohl ihr klar war, dass bei dieser Entscheidung mal wieder ihr jugendliches Aussehen den Ausschlag gegeben haben dürfte. Obwohl sie siebenundzwanzig war, wurde sie nicht selten auf höchstens zwanzig geschätzt. Sie war mit einem Meter vierundsechzig relativ klein und außerdem zierlich gebaut. Ihr hellbraunes halblanges Haar trug sie der Einfachheit halber meistens zum Pferdeschwanz gebunden.

„Die Schwester glaubt übrigens nicht, dass Elise fortgelaufen sein könnte. Obwohl sie mögliche Gründe einräumte", sagte sie. „Im Hause von Cromnitz scheint es nicht sonderlich harmonisch zuzugehen."

„Viel Geld und wenig Wärme", pflichtete ihr der Kriminalhauptkommissar bei. „Hat sie sonst noch etwas von Bedeutung gesagt?"

„Ja, Elise hatte Liebeskummer. Sie erwähnte auch den Namen des Jungen: Till."

„Sehr gut. Das könnte derselbe sein, der sie zum Bus begleitet haben soll. Da solltest du auf jeden Fall gründlich nachhaken. Hier sind die Anschrift und die Telefonnummer des Mädchens, bei dem gestern die Geburtstagsfeier stattgefunden hat. Die meisten der Gäste besuchen dasselbe Gymnasium in Itzehoe wie das Geburtstagskind. Schade, dass heute Samstag ist, sonst hättest du sie gleich alle schön zusammen befragen können."

„Ich kriege das schon hin. Und was wird nun aus dem Fall Mallkowski?"

„Da bleiben wir ebenfalls dran. Auch wenn wir jetzt erst mal keine neuen Hinweise bekommen konnten."

„Na ja, die Anne hat mir schon einiges erzählt. Ihre Mutter konnte die alte Frau nicht leiden. Sylvia von Cromnitz hat es gestört, welchen Einfluss sie auf ihre Mutter hatte. Und dass sie angeblich mehr zu sagen hatte als sie, die Tochter."

„Das kann ich mir lebhaft vorstellen. Eine Angestellte, die ihr Vorschriften machte, dürfte den Adelsstolz der Dame empfindlich verletzt haben. Ein Mordmotiv sehe ich darin allerdings nicht. Dann hätte sie ihre Konkurrentin schon viel früher beseitigt und nicht erst jetzt, wo sie ihr ohnehin nichts mehr anhaben konnte."

„Das sehe ich genauso. Wir tappen ziemlich im Dunkeln."

„Den Zustand sollten wir schleunigst beenden. Also an die Arbeit."

7.

Das Haus der Familie Freist lag westlich von Itzehoe. Die Fahrt dorthin führte ein Stück über den historischen Mönchsweg, der die Grenze zwischen Marschland und Geest bildet. Die großen Bäume links und rechts der Straße zeigten eine prächtige Laubfärbung. Sarah dachte an ihren Vorsatz, auf dieser Strecke eines Tages eine längere Radwanderung zu unternehmen. Vor dem Frühjahr würde wohl nichts daraus werden.

Sie hielt vor einem Neubau mit Terrasse und großer Glasfront. Ursprünglich schien hier einmal ein Bauernhof gestanden zu haben. Erkennbar war das noch anhand eines ehemaligen Stallgebäudes, in dem sich nun zwei Garagen befanden. Noch bevor sie aussteigen konnte, kam ihr schon eine Frau mittleren Alters entgegen, die sie wohl schon erwartet hatte.

„Sind Sie von der Polizei?" Sarah nickte und nannte Namen und Dienstgrad. Ihrem Ausweis schenkte die sichtlich nervöse Frau kaum Beachtung. „Dann ist Elise also noch nicht wieder aufgetaucht? Wenn ihr nur nichts zugestoßen ist! Ich mache mir ja solche Vorwürfe!" Die Frau war groß und kräftig gebaut, ihr leuchtend türkisfarbenes Hauskleid bildete einen dramatischen Farbkontrast zu ihrem granatrot gefärbten Haar.

„Können wir uns vielleicht drinnen unterhalten?", fragte Sarah.

„Ja natürlich, wie unaufmerksam von mir. Aber mich nimmt das natürlich ziemlich mit, müssen Sie wissen." Sie führte Sarah in ein geräumiges Wohnzimmer, das mit seiner Vielzahl an Teppichen und bunt gemusterten Kissen fast orientalisch anmutete. „Bitte nehmen Sie Platz. Möchten Sie gleich mit den Kindern sprechen?"

„Nein, zuerst würde ich mich gern mit Ihnen allein unterhalten. Aber wen meinen Sie mit den Kindern? Kommt da nicht nur Ihre Tochter Julia infrage?"

„Nein, drei ihrer Freundinnen haben hier übernachtet. Sie sind noch hier. Auch Elise hätte über Nacht hierbleiben können, das wäre kein Problem gewesen."

„Weshalb machen Sie sich Vorwürfe? Weil Sie das Mädchen nicht dazu aufgefordert haben?"

Frau Freist schüttelte den Kopf. „Sie wollte nicht bleiben wegen des Reitturniers heute. Aber als Gastgeberin fühlte ich mich natürlich dafür verantwortlich, dass die Kinder sicher nach Hause kommen. Wir ahnten, dass es spät werden könnte, am Wochenende drückt man da schon mal ein Auge zu. Deshalb haben wir die Möglichkeit der Übernachtung angeboten. Die meisten Jungen und Mädchen wurden von ihren Eltern abgeholt. Dass

Elise den Bus nehmen wollte, wussten wir überhaupt nicht. Wir haben auch ihren Aufbruch nicht bemerkt. Mein Mann und ich hatten uns ins obere Stockwerk zurückgezogen, die Kinder sollten das Gefühl haben, unter sich zu sein. Eigentlich hätte Frau von Cromnitz ihre Tochter abholen können, aber schön, das geht mich natürlich nichts an. Jedenfalls waren wir erst mal beruhigt, als wir hörten, dass Nele und Till sie begleitet hatten. Und nun das!"

„Wo ist eigentlich Ihr Mann?"

„Mit den Hunden raus, die wurden unruhig. Er kommt sicher bald zurück."

„Kennen Sie Elise näher? War sie öfter bei Ihnen zu Gast?"

„Nein, überhaupt nicht. Sie war zum ersten Mal hier. Ein ruhiges, höfliches Mädchen. Eigentlich kannte ich sie nur aus den Erzählungen von Julia und aus Zeitungsberichten. Sie ist eine erfolgreiche Turnierreiterin, aber das wissen Sie sicher schon. Die Familie von Cromnitz ist natürlich jedem hier ein Begriff."

„Und was sagt man so über die Familie?" Sarah versuchte, einen leichten Plauderton anzuschlagen.

„Nur Gutes. Sie sind wohlhabend, konservativ und engagieren sich für soziale Projekte. Immer nach dem alten Motto: Adel verpflichtet. Die Töchter werden streng und nach den Idealen von Pflichterfüllung und Disziplin erzogen. Darin sehe ich nichts Schlechtes, man sollte allgemein wieder mehr darauf setzen. Viele der Jugendlichen von heute wollen doch überhaupt keine Grenzen mehr akzeptieren."

„Kann es sein, dass Elise diese Strenge manchmal zu viel wurde? Oder dass sie etwas vermisst haben könnte?

Wärme und Zuwendung vielleicht? Sie sagten doch, Frau von Cromnitz hätte ihre Tochter ruhig abholen können."

Auf dem Gesicht von Frau Freist erschienen hektische rote Flecke. „So habe ich das nicht gemeint, das sollte kein Vorwurf sein. Ich denke nur, die arme Mutter wird sich das jetzt selbst sagen. Es muss schrecklich für sie sein. Elise kenne ich wie gesagt zu wenig, um Ihnen wirklich weiterhelfen zu können. Sie sollten lieber mit den Kindern reden."

„Gut, dann mache ich das gleich. Außerdem brauche ich eine Liste aller gestern anwesenden Gäste möglichst mit Anschrift und Telefonnummer."

„Das versuche ich sofort zu erledigen." Sie ging in die Diele und rief die Treppe hinauf: „Julia, kommt ihr bitte mal alle nach unten!"

Sarah erwartete die vier Mädchen im Wohnzimmer. Alle wirkten sie übernächtigt und drei von ihnen steckten in glitzernden Outfits, die sie anlässlich der Party getragen haben mussten. Im nüchternen Licht des Vormittags wirkten die etwas deplatziert. Nur eine trug zu ihrer schwarzen Jeans ein schlichtes weißes T-Shirt. Sandra vermutete richtig, als sie annahm, dass es sich bei ihr um Julia handeln musste. Sie war ein apartes Mädchen mit kurzen dunklen Haaren und großen braunen Augen. Unter ihren Begleiterinnen befand sich eine füllige Rotblonde, die sich als Verena vorstellte. Dann waren da noch die zierliche, blasse Katrin und die hübsche Fenja mit den langen braunen Haaren und den auffallend grünen Augen. Sie nahmen gegenüber von Sarah auf der Couch Platz und schauten sie erwartungsvoll an.

„Ihr habt schon gehört, dass eure Freundin Elise in der vergangenen Nacht nicht nach Hause gekommen und bis jetzt nicht wieder aufgetaucht ist", eröffnete Sarah das

Gespräch. „Ihre Eltern machen sich große Sorgen. Wir von der Polizei versuchen, Elise so schnell wie möglich zu finden. Aber dafür benötigen wir eure Hilfe. Jeder Hinweis, wo Elise sich eventuell aufhalten oder was mit ihr passiert sein könnte, ist von Bedeutung. Überlegt bitte gut und sagt mir alles, auch wenn es euch im Moment vielleicht unwichtig erscheint. Manchmal sind es Kleinigkeiten, die uns auf die richtige Spur bringen." Die Mädchen nickten, sie wirkten jetzt bedrückt.

„Ist jemand von euch näher mit ihr befreundet?", fragte Sarah. Alle schüttelten die Köpfe.

„Aber du hast sie doch zu deiner Feier eingeladen, Julia."

„Das schon", erwiderte die Dunkelhaarige, „aber eng befreundet bin ich nicht mit ihr. Sie hat immer wenig Zeit wegen ihres Reitsports. Da muss sie regelmäßig trainieren. Befreundet ist sie nur mit Nele, die zu unserer Clique gehört."

„Verstehe. Du hast in erster Linie Nele eingeladen und Elise durfte mitkommen."

„Ich finde Elise natürlich auch ganz in Ordnung", erwiderte Julia schnell.

„Hatte Elise einen Freund?" Zwischen den Mädchen wurden verstohlene Blicke ausgetauscht.

„Nee", meinte Verena schließlich, während sie an ihrer komplizierten Flechtfrisur herumnestelte, „da lief nichts mehr."

„Aha, und vorher lief was?" Niemand antwortete.

„Hört zu, es geht mir nicht darum euch auszufragen, ich versuche nur herauszufinden, wem sich Elise anvertraut haben könnte. Oder wo sie sich eventuell aufhält."

„Bei einem Freund bestimmt nicht", erwiderte Fenja. „Sie war mal näher mit Till befreundet, aber jetzt nicht mehr."

„War Elise traurig über das Ende dieser Freundschaft? Hat sie sich dadurch verändert?"

Die zierliche Katrin, die bisher noch keinen Ton von sich gegeben hatte, riss die Augen auf.

„Glauben Sie, Elise könnte sich auch etwas angetan haben?" Mit dieser Äußerung zog sie die erschrockenen Blicke der anderen auf sich, dann senkten plötzlich alle die Köpfe.

„So etwas kann man leider nie ausschließen, bis jetzt haben wir allerdings keine Hinweise darauf. Doch wieso *auch*?" Sarah war alarmiert. Keine der vier schien bereit zu antworten. „Katrin, wieso hast du *auch* gesagt? Ist das schon einmal vorgekommen?"

„Na ja", stammelte sie verlegen, „die Vera aus unser Klasse, die hat Tabletten geschluckt und ist daran gestorben."

„Wann war das genau?"

„In den Osterferien." Also vor knapp einem dreiviertel Jahr.

„Wisst ihr, weshalb sie das gemacht hat?"

„Keine Ahnung, sie war sehr für sich. Wohnte mit ihren Eltern noch nicht lange hier." Die unbehagliche Stimmung, die plötzlich unter den Mädchen herrschte, war geradezu körperlich zu spüren. Sarah begriff, dass sie nicht weiter auf diesem Thema herumreiten durfte. Sie würde später genauere Erkundigungen darüber einziehen.

„Aber immerhin hat der Till Elise gemeinsam mit Nele zum Bus gebracht", wechselte sie das Thema. „Wann sind sie von hier aufgebrochen?"

„Gegen dreiviertel zehn", erwiderte Julia schnell. Sie wirkte erleichtert, nicht weiter zu Vera befragt zu werden. Sarah nickte. Der Bus fuhr um 22:00 Uhr von der Haltestelle Mühlenweg ab. Bis dahin sind es von hier aus nur gut fünf Minuten Fußweg. Sie waren demnach rechtzeitig losgegangen.

„Und wann waren Nele und Till wieder zurück?" Wieder diese verstohlenen Blicke zwischen den Mädchen!

„Niemand hat besonders auf die Zeit geachtet", sagte Verena schließlich, „hier war ja richtig Stimmung." Die anderen nickten beifällig. „Jedenfalls bald darauf."

Die Tür ging auf und Frau Freist kam herein. „Ich habe einige der Gäste angerufen", sagte sie eifrig. „Nele und Till werden in zehn Minuten hier sein, die wohnen nicht weit weg. „Reik und Frauke wissen Bescheid und sind zu Hause erreichbar, Jan ebenfalls. Ich habe Ihnen alle Anschriften und Telefonnummern aufgeschrieben. Bei Oliver müssen Sie es später noch einmal versuchen, da geht niemand ans Telefon. Und von Antje wissen wir, dass die Familie das ganze Wochenende auf ihrem Boot verbringt. Die sind garantiert schon draußen."

„Danke, dass Sie sich so viel Mühe gemacht haben."

„Aber das ist doch selbstverständlich, schließlich geht es um ein Kind. Wenn ich sonst noch etwas tun kann ..."

„Ich hätte gern noch die Anschrift der Eltern des verstorbenen Mädchens. Wie hieß Vera mit Familiennamen?"

Frau Freist schaute Sarah erschrocken an. „Vera Konschick? Das Mädchen, das sich vergiftet hat? Eine fürchterliche Geschichte! Glauben Sie etwa, dass mit Elise etwas Ähnliches passiert sein könnte?" Sie wartete nicht auf eine Antwort, weil draußen das knatternde Geräusch eines Mopeds zu hören war. „Das werden Nele und Till sein. Ich hole sie gleich rein!" Damit war sie verschwunden und kehrte kurz darauf mit einem hochaufgeschossenen jungen Mann und einem auffallend attraktiven Mädchen zurück. Nele hatte glänzende honigfarbene Haare, die ihr fast bis auf die Hüften fielen. Ihr Teint war genauso makellos wie das perfekte Oval ihres Gesichts. Mit ihren langen Beinen, der schmalen Taille und dem wohlproportionierten Busen wirkte sie wie eine fleischgewordene Barbie.

„Das ist Frau Sandring, die Kriminalkommissarin", stellte Frau Freist eifrig vor. „Versucht ihr zu helfen, so gut ihr könnt. Ach, und wisst ihr zufällig die Anschrift der Familie Konschick, der Eltern von Vera?"

Das strahlende Lächeln, das Nele zur Begrüßung aufgesetzt hatte, erstarb schlagartig. „Wozu das denn?", wollte sie wissen. „Ich denke, es geht hier um Elise?"

Sarah ergriff das Wort. „Es geht um Elise und um die Frage, ob irgendetwas in der vergangenen Zeit sie beunruhigt oder aufgeregt haben könnte. Der Tod einer Klassenkameradin ist ein einschneidendes Erlebnis. Vielleicht hat es Elise stärker mitgenommen, als ihr glaubt." Diese Argumentation schien Nele nicht zu überzeugen.

„Weshalb sollte es sie mitgenommen haben? Sie hatte kaum etwas mit Vera zu tun. So wenig wie wir alle. Das lag ganz allein an Vera selbst, die kapselte sich völlig ab. Ihre Anschrift kenne ich nicht. Ihr etwa?" Die anderen Anwesenden schüttelten die Köpfe.

„Ihr habt keine Ahnung, weshalb sie sich umgebracht haben könnte?", hakte Sarah nach.

„Nein, keinen blassen Schimmer." Nele verschränkte die Arme vor der Brust, ihre Stimme klang jetzt gereizt. Sarah wusste, wann sie einlenken musste.

„Gut, es war auch nur so eine Idee. Wenden wir uns dem gestrigen Abend zu. Nele, du hast Elise gemeinsam mit Till zum Bus begleitet. War sie anders als sonst, ängstlich oder aufgeregt?"

„Nein, sie war wie immer."

„Waren noch andere Personen an der Haltestelle?"

„Nein, wir waren allein. Der Bus kam und sie ist eingestiegen."

„Seid ihr da ganz sicher? Ich meine, dass sie eingestiegen ist? Habt ihr abgewartet, bis der Bus mit ihr losgefahren war?"

„Ja, haben wir." Nele wirkte leicht genervt.

„Das stimmt, genauso war es", pflichtete Till Nele bei.

„Nele, du bist Elises engste Freundin", fuhr Sarah fort.

„Na, so eng nun auch wieder nicht. Sie trainiert viel und ich habe es nicht so mit dem Reiten."

Ein prustendes Lachen ertönte, die rotblonde Verena presste die Hand auf den Mund und wurde ganz rot im Gesicht. Sie konnte sich überhaupt nicht wieder beruhigen.

„Würdest du sagen, dass sie sich in letzter Zeit verändert hat?", fuhr Sarah unbeirrt fort. Ein Schulterzucken war die Antwort. Unauffällig zog Sarah eine kleine Schlüsseltasche aus ihrer Jacke und steckte sie unbemerkt zwischen die Polster des Sessels, auf dem sie saß.

„Ja, dann danke ich euch erst einmal. Wenn euch noch etwas einfallen sollte, könnt ihr euch jederzeit bei mir melden." Sie legte zwei Visitenkarten auf den Tisch. „Trotz allem ein schönes Wochenende, ich finde allein hinaus." Sie trat in die Diele, von wo aus sie Frau Freist in der Küche hantieren hörte. Hoffentlich kam die jetzt nicht. Sie hatte die Tür zum Wohnzimmer bewusst ganz leise geschlossen. Tatsächlich wurden dahinter erregte Stimmen laut. Deutlich war zu verstehen, dass es um Vera Konschick ging.

„Wieso hast du davon angefangen?" Das war zweifellos Nele. Die Antwort konnte Sarah nicht verstehen, sehr wohl aber, was Nele als nächstes sagte: „Du hängst da genauso mit drin. Bilde dir bloß nicht ein ..." Jemand kam von draußen auf die Eingangstür zu, sie konnte hier nicht länger stehenbleiben. Entschlossen drückte Sarah auf die Klinke und trat ins Wohnzimmer zurück, in dem schlagartig Ruhe eintrat.

„Hat jemand von euch mein Schlüsselbund gesehen?", fragte sie. „Ach, da liegt es ja, es muss mir aus der Tasche gerutscht sein." Sie nahm die kleine Ledertasche wieder an sich. Die darin befindlichen alten Schlüssel passten zu keiner Tür mehr, doch sie hatten ihr schon so manchen Aufschluss geliefert. So auch dieses Mal.

8.

Frau Thießen war nervös. Eigentlich war dieser Zustand bei ihr nichts Ungewöhnliches, doch im Moment hatte er eine auffällige Steigerung erfahren. „Da sind Sie ja endlich, Kindchen", begrüßte sie Sarah bereits an der Haustür. „Ich habe mir Sorgen um Sie gemacht."

„Dazu besteht wirklich kein Grund", beruhigte Sarah ihre Vermieterin. Insgeheim war ihr klar, dass deren Sorge nicht nur ihr, sondern vor allem ihrer eigenen Sicherheit galt. Frau Thießen war äußerst furchtsam, eine Tatsache, die letztendlich dazu geführt hatte, dass Sarah bei ihr eingezogen war. Frau Thießens langjähriger Untermieter hatte sich beruflich verändern können und war deshalb in eine andere Stadt gezogen. Sie hatte diesen Umstand sehr bedauert und sich sogleich nach einem Nachfolger umgesehen, am liebsten wieder einem alleinstehenden Mann, der einer älteren Dame in einem einsamen Haus Schutz bieten konnte. Eine blutjunge Frau kam dafür ihrer Meinung nach nicht in Betracht. Diese Ansicht hatte sie jedoch sofort revidiert, als sie erfuhr, dass Sarah Polizistin war. Sie hatte sogar ihre Mietforderung, die ohnehin nicht hoch gewesen war, noch einmal gesenkt. Sarah war freudig darauf eingegangen. Die kleine Dachgeschosswohnung in dem malerischen Haus mit dem Reetdach bot einen weiten Blick über die Marschlandschaft. Die Stadt war nicht weit, mit dem Auto schaffte sie es in knapp fünfzehn Minuten bis zu ihrer Dienststelle. Hier draußen herrschte eine himmlische Ruhe. Von so einer Wohnlage hatte sie geträumt, als sie früher in ihrer Berliner Wohnung alle zwanzig Minuten die Straßenbahn kreischend um die Ecke biegen hörte.

„Müssen Sie etwa noch mal weg?", wollte Frau Thießen wissen.

„Nein", erwiderte Sarah lächelnd, „ich bleibe hier und bewache Sie und das Haus."

„Das wird auch nötig sein, man fühlt sich ja seines Lebens nicht mehr sicher, wenn man hört, was in Geistmoor passiert ist. Erst ein Mord, und dann verschwindet auch noch ein junges Mädchen. Aber ich hatte so eine Vorahnung, dass dies kein gutes Jahr werden würde. Hoffentlich geschieht nicht noch mehr."

„Woher hatten Sie denn diese Vorahnung?"

„Der Jahrestag, Kindchen!" Frau Thießen riss ihre wasserblauen Augen weit auf. Sie war eine kleine korpulente Person mit schlohweißem Haar, das sie zu einer Außenrolle frisiert trug.

„Welcher Jahrestag denn?", fragte Sarah verwirrt.

„Na, dieser schreckliche Massenmord hier in der Marsch. Hundertfünfzig Jahre ist es jetzt her, dass der

Timm Thode seine ganze Familie und das Dienstmädchen ermordete. Acht Menschen, einfach so erstochen und erschlagen. Hinterher hat er den Hof in Brand gesteckt, um seine Spuren zu verwischen. Aber es kam doch ans Licht und er wurde mit dem Beil hingerichtet. Man musste lange nach einem Scharfrichter suchen, der bereit war, das Urteil zu vollstrecken. Der Geist von Tim Thode soll hier immer noch umgehen, besonders in Jahren wie diesem. Er bringt Unglück übers Land."

Sarah wusste nicht so recht, was sie darauf erwidern sollte. Mit der abergläubischen Ader ihrer Vermieterin war sie schon des Öfteren konfrontiert worden. Auch vom Marschenmörder Thode hatte sie bereits gehört. Doch dass sich Gespenster an Jahrestage halten sollten, das war ihr neu. Als sie oben in ihrer Wohnung angekommen war, machte sie sich nur einen Tee. Sie hatte auf der Dienststelle zwischendurch schon etwas gegessen, es war spät geworden. So richtig zufrieden war sie nicht mit den Ergebnissen ihrer bisherigen Ermittlungen. Auch von den anderen Jugendlichen, die sie inzwischen befragt hatte, waren keine neuen Informationen gekommen. Noch weniger von Herrn Freist, den sie schließlich kurz vor ihrem Aufbruch noch getroffen hatte. Die Anschrift der Familie Konschick hatte sie zwar herausgefunden, doch das durch den Tod seiner einzigen Tochter schwer traumatisierte Ehepaar hatte gerade gemeinsam eine Kur angetreten. Sie würde stattdessen am Montag versuchen, in der Schule nähere Einzelheiten zu erfahren. Für heute konnte sie nichts weiter tun. Sarah setzte sich mit der Tasse ans Fenster und schaute hinaus in die Dunkelheit. Der Himmel kam ihr hier so weit wie sonst nirgends vor und bei klarem Wetter sah man die Sterne. An diesem Abend war es allerdings bewölkt, eine schmale Mondsichel lugte nur ab und zu durch die Wolken. Plötzlich sah sie draußen in der Landschaft ein bläuliches Flämmchen aufleuchten. Hoffentlich sah ihre Vermieterin das nicht auch, sonst würde sie gleich noch einmal zu ihr heraufkommen. Sarah erinnerte sich gut an die Situation, als ihr zum ersten Mal ein solches Licht aufgefallen war. In ihrer ersten Verwirrung hatte sie geglaubt, es käme von einem Schiff auf der Elbe her. Das war natürlich Unsinn gewesen, denn der Fluss war gut zwölf Kilometer entfernt. Sie hatte Frau Thießen darauf aufmerksam gemacht, woraufhin die erschrocken reagiert hatte. „Das ist ein Dodenlicht!" Wo solche Lichter auftauchen, hatte sie dann erklärt, würde sich in absehbarer Zeit ein Unglück ereignen und ein Mensch zu Tode kommen. Was Sarah ihr daraufhin über sich spontan entzündende Faulgase erzählt hatte, konnte sie nicht von ihrer Überzeugung abbringen.

Sarah seufzte auf und schloss das Fenster. Sie hatte kein Interesse an Spukgeschichten, ihr reichten die realen Probleme, mit denen sie sich gegenwärtig herumschlagen musste. Trotzdem ließen sie die Worte ihrer Wirtin nicht los. Jeder hier in der Gegend kannte die grausige Geschichte des Massenmörders Timm Thode. Es war ein Verhängnis, dass solche Täter eine fragwürdige Berühmtheit erlangten und auf manche Menschen sogar eine derartige Faszination ausübten, dass die ihnen nachzueifern versuchten. Was, wenn nun jemand tatsächlich den Jahrestag zum Anlass nahm? Zwei Opfer gab es bereits. Sarah erschrak vor ihren eigenen Gedanken. Das stimmte doch überhaupt nicht, Elise lebte hoffentlich noch. Dennoch geisterten in der Nacht zwei bläuliche Flammen durch ihre Träume. Totenlichter.

9.

Gierig stürzten sich die Barsche auf die langsam durch das Wasser trudelnden Futterbrocken. Holger Hansen stand vor seinem 400 Liter fassenden Aquarium und fütterte seine Schützlinge. Wie immer war er dabei hochkonzentriert, sodass er Sarahs Eintreten überhaupt nicht bemerkte. Sie räusperte sich kurz, bevor sie ihn begrüßte.

„Müssen wir nicht nach unten gehen?", fragte sie dann. Sie hatten vereinbart, ihre morgendliche Dienstbesprechung in einem der größeren Räume der Polizeidirektion abzuhalten. Sie würden gemeinsam mit den Kollegen von der Vermisstenstelle beraten.

„Es sind noch nicht alle da", erwiderte er. „Einen Moment haben wir noch."

„Glaubst du, dass es einen Zusammenhang zwischen dem Mord an der alten Frau und dem Verschwinden des Mädchens gibt?"

„Nein, das kann ich mir ehrlich gesagt nicht vorstellen. Aber wir dürfen keine Möglichkeit ausschließen. Auf jeden Fall werden wir und die Kollegen von der Vermisstenstelle im gleichen Umfeld ermitteln. Da sind ein ständiger Austausch und eine Koordination im Vorgehen sinnvoll. Wir haben in beiden Fällen den Hut auf." Sarah nickte und Holger wandte sich wieder seinen Fischen zu. Er war nicht nur ein begeisterter Aquarianer, sondern auch ein leidenschaftlicher Angler mit der Lizenz zum Raubfischfang. Letzteres führte regelmäßig zu Witzeleien unter den Kollegen, die fanden, das passe ausgezeichnet zu einem Kriminalhauptkommissar. Sarah interessierte sich nicht fürs Angeln, aber was sie so ganz nebenbei über seinen Lieblingsplatz an der Wilsterau zu hören bekam, faszinierte sie doch. Der fischreiche und bei Anglern sehr beliebte Fluss ändert abhängig von Ebbe und Flut viermal am Tag seine Fließrichtung. Die beste Zeit, um dort auf Raubfische zu gehen, sei nach Sonnenuntergang, hatte Holger erklärt. Und obwohl Sarah sich nicht so leicht fürchtete, erschien ihr das ein wenig gruselig. Schon bei Tag wirkte der Fluss unheimlich, besonders dann, wenn die Nebel über ihm zu tanzen begannen. Manchmal glaubte sie, dass jeden Moment Storms Schimmelreiter hinter den Schwaden hervorbrechen müsse.

Die Tür wurde geöffnet und Kai schaute herein. „Wir sind vollzählig, es kann losgehen", sagte er. Zu dritt gingen sie in den Sitzungsraum, in dem sich neben Eva und Kai auch drei Kollegen von der Vermisstenstelle eingefunden hatten. Deren Leiterin Erika Lebrecht war eine mütterlich wirkende Frau um die fünfzig. Die Ruhe und Zuversicht, die sie ausstrahlte, kam bei allen, die einen Angehörigen als vermisst melden mussten, sehr gut an. Ihr Kollege Gerald Haupt war im gleichen Alter und führte den bezeichnenden Spitznamen Spürnase. Er hatte einen beinahe untrüglichen Instinkt dafür, wann an einer Meldung etwas faul war. *Dort sollten wir mal den Vorgarten umgraben*, pflegte er in solchen Fällen zu murmeln und hatte damit schon des Öfteren ins Schwarze getroffen. Sein jüngerer Kollege Mirco Wendland war erst kürzlich zur Abteilung gestoßen, ein hipper Typ mit einem trockenen Humor. Im Moment schien er sich mehr für Eva als für die anstehenden Themen zu interessieren. Holger Hansen begrüßte alle kurz und fasste dann den Stand der Ermittlungen zusammen.

„Elise von Cromnitz ist seit nunmehr sechzig Stunden verschwunden und wir haben keine Spur", begann er seine Ausführungen. „Es ist kein Erpresseranruf eingegangen und die sofort eingeleitete Suchaktion zeigt bisher keinen Erfolg. Bei der Befragung wichtiger Zeugen hat sich allerdings ein bemerkenswerter Widerspruch ergeben. Zwei Freunde des Mädchens behaupten, sie zur Bushaltestelle begleitet und gesehen zu haben, wie sie in den Bus gestiegen ist. Der inzwischen befragte Busfahrer versichert allerdings, an dem Abend an der Haltestelle Mühlenweg keinen Fahrgast aufgenommen zu haben. Weil auch niemand aussteigen wollte, sei er durchgefahren."

„Der Mann sagt offenbar die Wahrheit", meldete sich Kai zu Wort. „Er gab an, an dem Abend wären noch drei andere Fahrgäste im Bus gewesen, ein Ehepaar und eine Krankenschwester. Letztere kannte er namentlich, sie war ihm vor einem Jahr mal behilflich gewesen, als ein Fahrgast einen Herzanfall erlitten hatte. Inzwischen konnte ich sie befragen und sie hat seine Angaben bestätigt. Sieht so aus, als hätten die Jugendlichen gelogen."

„Auf jeden Fall muss das Mädchen an der Haltestelle gewesen sein", bemerkte Holger nachdenklich. „Das hat der Einsatz von Spürhunden ergeben. Sie konnten die

Spur vom Haus der Familie Freist bis zu der fraglichen Haltestelle verfolgen. Dort verlor sie sich, ganz so, als wäre sie in den Bus gestiegen."

„Dann müssen wir wohl auch die Möglichkeit ins Auge fassen, dass der Busfahrer und die Krankenschwester die Unwahrheit sagen. Oder dass sie sich irren", warf Mirco von der Vermisstenstelle ein. Er schielte dabei zu Eva hinüber. Holger Hansen wirkte skeptisch.

„Das halte ich für unwahrscheinlich. Beide wurden gleich am darauffolgenden Tag befragt, da kann man sich in der Regel gut erinnern. Zur Sicherheit werden wir noch nach dem Ehepaar suchen und sie ebenfalls befragen. Für mich sieht es im Moment so aus, als wäre das Mädchen an der Haltestelle in ein Fahrzeug gestiegen, nur eben nicht in den Bus. Vielleicht wurde sie von einem Auto mitgenommen."

Sarah begann sich zunehmend unwohl zu fühlen. „Ich habe die beiden Jugendlichen, also Till und Nele, ausdrücklich gefragt, ob sie gesehen hätten, wie Elise in den Bus gestiegen ist. Das haben sie bejaht", warf sie ein.

„Deshalb muss es noch lange nicht stimmen", ließ sich Eva vernehmen. „Sie wollten schnell zur Party zurück und hatten vermutlich keine Lust, sich lange aufhalten zu lassen. Das wollen sie jetzt natürlich nicht zugeben, weil sie ein schlechtes Gewissen haben. Oder Elise hat sie von sich aus weggeschickt, weil sie auf jemanden warten wollte. Wir sollten sie uns noch einmal gründlich vornehmen. Ein möglichst erfahrener Kollege sollte das tun." Sarah spürte, wie ihr das Blut als heiße Welle in den Kopf schoss. Diese falsche Schlange! Bei jeder Gelegenheit musste sie ihr eine Spitze verpassen, sie vor den Kollegen demütigen und vorführen. Eva hatte einen anderen Werdegang hinter sich, sie hatte vor ihrem Wechsel zur Kripo erst jahrelang bei der Schutzpolizei Erfahrungen gesammelt. Sarah würde ihr niemals die Kompetenz absprechen und war ihr auch ansonsten nicht zu nahe getreten. Sie begriff nicht, was Eva gegen sie hatte.

„Selbstverständlich wird die Kollegin Sandring an den Jugendlichen dranbleiben", sagte Holger ruhig. Sarah sah zu Eva Asmuss hinüber, um deren Lippen sie ein kurzes verächtliches Zucken wahrzunehmen glaubte. Vielleicht bildete sie sich das aber auch nur ein.

Inzwischen war Holger Hansen schon dabei, die Ergebnisse im Fall Mallkowski zusammenzufassen.

„Die umfangreichen Recherchen beim Pflegedienst haben bisher nichts ergeben", sagte er gerade. „Lediglich die üblichen Beschwerden, vor allem darüber, dass sich die Pflegekräfte zu wenig Zeit für den einzelnen Patienten nehmen. Das ist ja ein bekanntes Problem. Aber es sind keine ungeklärten Todesfälle vorgekommen. Alle Pflegekräfte, nicht nur die, die an der Betreuung von Frau Mallkowski beteiligt waren, wurden genau unter die Lupe genommen. Auch deren frühere Arbeitgeber wurden befragt. Ebenfalls ohne Ergebnis. Die Hypothese vom Todesengel konnte bisher nicht bestätigt werden. Ein anderes Motiv ist ebenfalls nicht zu erkennen. Die alte Frau hatte kein Vermögen. Was an Ersparnissen übrig ist, wird gerade die Kosten für die Beisetzung decken. Wir stehen also in beiden Fällen am Anfang."

Erika meldete sich zu Wort. „Wäre es nicht denkbar, dass es einen Zusammenhang gibt? Lieselotte Mallkowski arbeitete für die Familie von Cromnitz, sie war fast so etwas wie ein Familienmitglied. Erst wird sie ermordet, dann verschwindet auch noch die Tochter der Familie. Muss man sich nicht fragen, wem da eigentlich Schaden zugefügt werden soll?"

Es gab zustimmendes Gemurmel und Holger nannte den Ansatz sehr bedenkenswert.

„Wir sind ohnehin dabei, uns die Familie näher anzusehen", sagte er. „Wenn einem Kind etwas zustößt, muss man immer im familiären Umfeld forschen, das ist nun einmal so. Also, was haben wir bisher, Kai?"

„Wenig", gab der angesprochene Kollege, Kriminalkommissar Kai Fischer, zu. „Da wird ziemlich gemauert, keiner will etwas Negatives sagen. Vor allem niemand aus dem Dorf. Doch es gibt andere Quellen, ich muss da noch ein paar Sachen abklopfen."

„In Ordnung." Der Rest der Zusammenkunft war der Besprechung der weiteren Aufgaben gewidmet. Sie waren fast am Ende angekommen, als die Tür aufging und Kriminalhauptkommissar Hansen ein Zettel in die Hand gedrückt wurde.

„Kollegen", sagte der, „ich erhalte gerade die Nachricht, dass in Geistmoor vor fünfzehn Jahren schon mal ein Mädchen verschwunden ist. Sie wurde nie gefunden."

10.

Das Haus von Maria Malik sah an jenem grauen Novembertag noch trostloser aus. Bei der vor fünfzehn Jahren Verschwundenen handelte es sich um ihre ältere Schwester Miriam. Sarah war von dieser Neuigkeit sehr überrascht gewesen. Sie musste an Marias Ausspruch denken, das Unglück würde förmlich an ihrer Familie kleben. Allmählich bekam sie eine Ahnung, was sich dahinter verbarg.

Als Holger und sie sich telefonisch angemeldet hatten, waren sie auf wenig Entgegenkommen gestoßen. „Was wollen Sie denn noch von mir? Ich habe Ihnen doch schon alles gesagt." Auf den Hinweis, dass es diesmal nicht um Frau Mallkowski, sondern um ihre vermisste Schwester ginge, hatte sie höchst unwirsch reagiert. „Wie kommen Sie jetzt darauf, nachdem sich seit Ewigkeiten niemand mehr dafür interessiert hat? Wegen der Kleinen vom Gut etwa? Sie und meine Schwester haben nicht das Geringste gemeinsam. Zu Elise von Cromnitz kann ich Ihnen überhaupt nichts sagen, die kenne ich kaum, in solchen Kreisen verkehre ich nicht."

Es war schwierig gewesen, sie zu überzeugen, sich auf das Gespräch einzulassen. Es hatte sogar des Hinweises bedurft, dass man sie anderenfalls vorladen würde. Immerhin stand die Gartenpforte weit offen und sie erwartete die Kommissare bereits in der Haustür stehend. Diesmal trug sie eine locker fallende blaue Tunika über einer grauen Hose, war sorgfältig frisiert und duftete nach Lavendel. Nur ihr mürrischer Gesichtsausdruck störte das Bild.

„Kommen Sie rein", sagte sie. „Ich hoffe, es dauert nicht lange. Schließlich muss ich arbeiten." Holger und Sarah wussten inzwischen, dass Maria Malik mehrere Putzstellen hatte. Die meisten lagen weiter entfernt. Hier im Dorf hatte sie nur für Lieselotte Mallkowski gearbeitet.

Das Wohnzimmer war aufgeräumt, diesmal lag kein Bettzeug auf dem Sofa. Holger und Sarah durften dort Platz nehmen.

„Ich hoffe, Sie haben sich inzwischen gut von Ihrer Krankheit erholt", versuchte Sarah die Atmosphäre etwas aufzulockern.

Maria Malik ging nicht darauf ein. „Was wollen Sie wissen?", fragte sie knapp. Sie hatte sich nur auf der vorderen Kante eines Sessels niedergelassen, so als wollte sie jeden Moment wieder aufspringen.

„Wir haben uns die Akte Ihrer Schwester natürlich noch einmal genau angesehen", sagte Holger. „Sie verschwand von einem Tag auf den anderen, kurz vor ihrem sechzehnten Geburtstag. Danach gab es nie wieder eine Spur von ihr. Auch der wahre Grund ihres Verschwindens blieb unklar."

„Ach ja?" Das Gesicht der korpulenten jungen Frau lief rot an, sie atmete schwer. „Meines Wissens waren sich im Dorf alle einig, dass sie einfach weggelaufen sei. Geflüchtet aus einer asozialen Familie mit einer arbeitsscheuen Mutter und einem gewalttätigen Vater. Vermutlich hatte sich die Zigeunerschlampe an irgendeinen durchreisenden Mann gehängt, mit dem sie dann durchgebrannt ist. Bloß gut, dass sie weg war, da konnte sie den Frieden in Geistmoor nicht mehr gefährden. Denn allen Männern hier sind fast die Augen aus dem Kopf gefallen, wenn sie nur vorüberging. So eine wollte man hier nicht haben. Da hat sich die Polizei bei der Suche dann auch nicht besonders angestrengt."

„Frau Malik, Sie waren damals noch sehr jung...", versuchte Holger sie zu beschwichtigen.

„Ja, das war ich, zehn Jahre, um genau zu sein. Aber ich habe trotzdem mitbekommen, was damals geredet wurde. Meine Eltern sind daran kaputtgegangen. An Miriams Verschwinden und an den bösen Gerüchten."

„Ich war zwar für die Ermittlungen nicht zuständig, aber ich kann Ihnen versichern, dass die Kollegen sich korrekt verhalten haben. Schließlich gab es Hinweise darauf, dass Ihre Schwester freiwillig fortgegangen war. Sie hatte Kleidung und Gepäck mitgenommen."

„Sie hatte meinen Eltern gesagt, dass sie vorübergehend in Hamburg in einem Geschäft für Reiterbedarf als Aushilfe arbeiten wollte."

„Eine genaue Adresse hatte sie allerdings nicht angegeben. Die Kollegen haben damals in allen infrage kommenden Geschäften nachgefragt. Niemandem war sie bekannt."

„Dann haben sie eben gelogen", erwiderte die junge Frau heftig. „Das wurde mit Sicherheit nicht überprüft. Vermutlich wollte man sie schwarzarbeiten lassen. Das gibt dann natürlich niemand zu." Sie wurde immer wütender. „Ganz nach Vorschrift haben sich die Kollegen verhalten, ja? Ach hören Sie auf mit den Sprüchen, Sie wissen doch genau, wie so etwas läuft. Jetzt ist eine kleine Adelsprinzessin verschwunden und sofort wimmelt es überall nur so von Polizei. Ich wette, ihre Eltern haben Verbindungen bis in höchste Kreise. Nach Miriam hat kein Hahn gekräht. Ich möchte nicht mehr darüber reden, weil ich damit abgeschlossen habe."

„Glauben Sie, dass Ihre Schwester noch lebt?", versuchte Sarah dem Gespräch eine andere Wendung zu geben. Maria presste die Lippen fest aufeinander, es sah aus, als sei sie entschlossen, kein Wort mehr zu dem Thema zu sagen. „Nein, das glaube ich nicht", antwortete sie schließlich doch. „Das hätte sie der Familie nicht angetan, sich einfach nie wieder zu melden. Und obwohl sie es nicht leicht hatte, wäre sie nicht davongelaufen. Niemand von denen im Dorf hat sie wirklich gekannt."

„Erzählen Sie uns von ihr", bat Sarah. „Inwiefern hatte sie es nicht leicht?"

Maria zögerte. „Wollen Sie das wirklich wissen?"

„Ja, natürlich." Auch Holger nickte aufmunternd.

„Meine Mutter war krank", begann sie stockend. „Eigentlich habe ich sie nur so gekannt, mit Schmerzen im Bett liegend oder im Sessel sitzend. Manchmal saß sie die ganze Nacht dort, weil sie es anders nicht aushielt. Sie hatte starkes Rheuma, mit den Jahren wurde es immer schlimmer. Mein Vater musste arbeiten gehen. So blieb viel an Miriam hängen. Für meinen jüngeren Bruder und mich war sie eine Ersatzmutter. Sehr liebevoll war sie, nie ungeduldig. Bewundernswert, wenn man bedenkt, dass sie selbst noch ein Kind war."

„Sie sagten, Ihre Mutter wäre als arbeitsscheu verschrien gewesen. Sie hätte das doch aufklären können."

„Ach ja? Niemand hat sie gefragt. Und den Leuten hinterherzulaufen, dazu war sie zu stolz. Außerdem war sie auch misstrauisch gegen Ärzte und verweigerte sich einer Behandlung."

„Und Ihr Vater? Stimmt es, was man sich über ihn erzählte?"

„Dass er gewalttätig war? Nein. Er war temperamentvoll. Wenn er wütend war, konnte er sehr laut werden. Geschlagen hat er aber nie. Höchstens mal Geschirr zerdeppert."

„Wie war das für die Familie, als Miriam verschwand? Was haben Ihre Eltern geglaubt, was passiert war?"

„Sie waren überzeugt, dass ihr etwas zugestoßen sein musste. Natürlich hatte sie sich manchmal beklagt. Seit mein Vater arbeitslos geworden war, hatten wir kaum genug zum Leben. An neue Kleidung und irgendwelchen Luxus war überhaupt nicht zu denken. Es ist verständlich, dass ein junges Mädchen darunter leidet. Besonders wenn sie so schön ist wie meine Schwester. Irgendjemand hat nach ihrem Verschwinden sogar behauptet, sie würde in Saint Pauli auf den Strich gehen."

„Hatten Ihre Eltern damals eine Vermutung oder einen Verdacht?"

„Sie glaubten, ein Mann aus dem Dorf würde dahinterstecken. Miriam wollte sicher gern das Fahrgeld nach

Hamburg sparen. Vielleicht hatte jemand ihr angeboten, sie mit dem Auto mitzunehmen. Es hätte fast jeder gewesen sein können, sie waren doch alle hinter Miriam her, auch wenn sie es nie zugegeben hätten. Andeutungen hat es damals schon gegeben, aber meinen Eltern gegenüber wollte niemand etwas wissen. Der Polizei gegenüber vermutlich auch nicht. Die halten hier doch alle zusammen. Meine Mutter ist ein Jahr nach Miriams Verschwinden gestorben. Der Kummer hat ihrer Gesundheit den Rest gegeben. Auch mit meinem Vater ging es von da an steil bergab. Erst in dieser Zeit fing er an regelmäßig zu trinken. Vorher war das immer nur zu besonderen Anlässen vorgekommen. Bis zu seinem Tod hat er auf eine Nachricht von Miriam gehofft, auf ein Lebenszeichen oder einen Hinweis, was mit ihr passiert ist."

„Und Sie? Hoffen Sie auch noch?"

„Ich habe lange gehofft, sie würde sich irgendwann melden. Nur deshalb bin ich hier in diesem Dorf geblieben, das meiner Familie nur Unglück gebracht hat."

„Was ist mit Ihrem Bruder?"

„Der hat es hier nicht ausgehalten. So weit wie möglich wollte er weg. Deshalb ist er vor drei Jahren nach Kanada ausgewandert. Wir haben seitdem keinen Kontakt mehr."

„Werden Sie bleiben?"

„Nein, nicht mehr lange. Ich habe die Hoffnung inzwischen aufgegeben." Sie hatte Tränen in den Augen, als sie das sagte.

„Was meinst du?", fragte Sarah ihren Kollegen, als sie wieder im Auto saßen. „War es so, wie sie es dargestellt hat?"

Holger Hansen wiegte bedächtig den Kopf. „Die Wahrheit liegt, wie so oft, in der Mitte. Natürlich idealisiert sie ihre Familie. Das kann man verstehen, schließlich hatte sie keine andere. Der Vater war allerdings kein unbeschriebenes Blatt, der konnte recht jähzornig werden. Es gab eine Anzeige gegen ihn, weil er einem jungen Mann, der sich nach seinem Dafürhalten zu heftig für Miriam interessierte, die Nase gebrochen hatte. Das trug dann wohl auch zu dem Gerücht bei, er selbst hätte mehr als väterliche Gefühle für das Mädchen gehegt. Allerdings gab es dafür keine handfesten Beweise. Als sie dann verschwunden war, wurde es noch schlimmer mit ihm. Er soll einige Dorfbewohner bedroht und ein paar Autos beschädigt haben. Arbeit fand er nicht wieder, sein Ruf eilte ihm voraus und verhinderte das."

„Wo hatte er vorher gearbeitet?"

„Auf dem Gut als Pferdepfleger. Er wurde entlassen, weil er die Tiere misshandelt und dann auch noch Frau von Cromnitz beschimpft hatte, als sie ihn dabei ertappte."

„Und er wollte die Gegend nicht verlassen und anderswo Arbeit suchen, weil er auf Miriam wartete?"

Holger zuckte mit den Schultern. „Ja, möglicherweise war das der Grund. Wir wissen es nicht genau."

„Hast du ein Foto von Miriam?", fragte Sarah.

Holger reichte ihr die Akte. Fasziniert betrachtete sie das Foto der dunkelhaarigen Schönheit. „Sie sieht aus wie die Esmeralda aus dem Glöckner von Notre Dame", sagte sie.

„Hoffentlich hatte sie kein ähnlich düsteres Schicksal", erwiderte Holger nachdenklich.

11.

„Es ist das Haus, es ist dieses Gut, auf dem ein Fluch lastet. Deshalb konnten sie es damals auch für einen Appel und ein Ei kaufen. Aber glauben Sie mir Kindchen, nicht mal geschenkt hätte ich es genommen."

Sarah hatte ihre Vermieterin Frau Thießen zum Kaffee eingeladen. Sie hatte den Tisch sorgsam mit dem schönen alten Porzellangeschirr ihrer Oma gedeckt und frischen Apfelkuchen gekauft. Ganz ohne Hintergedanken hatte sie das nicht getan. Frau Thießen war schließlich hier geboren und aufgewachsen, daher hoffte Sarah, von ihr Näheres über die Familie von Cromnitz erfahren zu können.

„Was ist denn mit dem Gut?", fragte sie.

Frau Thießen seufzte. „Eine schreckliche Geschichte. Der frühere Besitzer hat im Frühjahr 1945 kurz vor Kriegsende sich und seine ganze Familie erschossen, die

Frau und drei Töchter. Die jüngste war erst fünf, die älteste zwölf. Die älteste Tochter hat begriffen, dass sie sterben sollte und sich gewehrt. Er musste mehrmals auf sie schießen, bevor sie tot war. Im Salon auf dem Parkett soll danach ein großer Blutfleck gewesen sein, der sich mit keinem Mittel entfernen ließ. Das hat der alte Gärtner erzählt, der hinterher auch die Toten begraben hat. Sie müssen noch immer irgendwo auf dem Grundstück liegen, wo genau, das weiß niemand."

„Hat man nie nach ihnen gesucht, um ihnen ein ordentliches Begräbnis zu geben?"

Frau Thießen zuckte mit den Schultern. „Wer hätte das tun sollen? Verwandte gab es nicht. Jeder hatte in dieser Zeit mit sich zu tun. Und außerdem", setzte sie zögernd hinzu, „waren sie durch eigene Hand gestorben."

„Aber die Kinder doch nicht! Die konnten nichts dafür!"

Frau Thießen schwieg einen Augenblick und fuhr sich mit der Hand ordnend durch das weiße Haar. „Kennen Sie die Geschichte von den zwei Brüdern, die man sich hier erzählt?", fragte sie. Sarah schüttelte den Kopf.

„Man weiß nicht mehr genau, wo sie sich zugetragen hat, jedenfalls wird sie in mehreren Dörfern weitergegeben. Es waren mal zwei Brüder, ein armer und ein reicher. Der Arme hatte sieben Kinder, die er nicht ordentlich ernähren konnte. Deshalb ging seine Frau eines Tages zu dem reichen, um ihn um Hilfe zu bitten. Sie wurde jedoch mit harten Worten abgewiesen. Als ihr Mann abends vom Feld kam, fand er sie und die Kinder erhängt auf dem Boden des Hauses. Weil sie auf diese Weise aus dem Leben geschieden waren, begrub man sie neben der Landstraße und legte einen großen Stein auf ihr Grab."

„Das ist eine sehr grausame Geschichte", sagte Sarah leise. Solche Geschichten hatten sich immer und überall zugetragen, besonders in Not- und Kriegszeiten. Doch in dieser weiten Landschaft mit ihren bodenständigen, grüblerischen Menschen schienen sie sich besonders lange im Gedächtnis zu halten.

„Vielleicht hat der Gärtner sie auch nicht auf dem Grundstück begraben, sondern dahinter im Moor versenkt", kam Frau Thießen wieder auf die früheren Gutsbesitzer zu sprechen.

„Wo genau ist das Moor eigentlich? Der Ort heißt zwar Geistmoor, doch ich habe es noch nie bemerkt."

„Direkt hinter dem Gut fängt es an. Als Ortsunkundiger bemerkt man es kaum. Der Weg dorthin führt durch ein Erlenwäldchen und wenn man nicht aufpasst, ist man schon eingesunken."

„Sicher nicht angenehm, aber völlig versinken kann man ja zum Glück nicht. Das passiert nur in gruseligen Filmen."

„Trotzdem ist es gefährlich. Man kann steckenbleiben und in der kalten Jahreszeit erfrieren, wenn keine Hilfe kommt. Es gab da schon einige Fälle."

Davon hatte Sarah bereits gehört. Erst im vergangenen Frühjahr waren zwei Kinder beim Spielen ins Moor geraten und durch ihre Befreiungsversuche nur noch tiefer eingesunken. Holger hatte ihr damals erklärt, wie man es richtig macht: Nicht auf der Stelle strampeln, sondern mit dem ganzen Körper so weit wie möglich vor und zurück schwingen. Durch die Hebelwirkung kommt man frei und kann sich dann an Gräsern ganz herausziehen. Sarah hatte es sich gemerkt, obwohl sie hoffte, dieses Wissen niemals anwenden zu müssen.

„Die jetzigen Besitzer des Gutes scheinen sich jedenfalls nicht vor den Geistern der Toten zu fürchten", versuchte sie das Gespräch wieder auf die Familie von Cromnitz zu lenken.

„Nein, die haben mit den Gespenstern ihrer eigenen Vergangenheit genug zu tun."

„Ach, wissen Sie etwas darüber?"

Frau Thießen hatte offenbar das Gefühl, sich mit dieser Äußerung zu weit vorgewagt zu haben.

„Ich will mir da nichts an den Hals reden", sagte sie schnell. „Es ist nur so, dass andere Flüchtlinge, die damals hier ankamen, nicht mehr als das nackte Leben gerettet hatten. Die Frau von Cromnitz dagegen hatte nicht nur Geld und Schmuck, sondern auch edle Pferde mitgebracht."

Natürlich, schließlich hatte sie kurz darauf das Gut erworben und ihre Pferdezucht aufgebaut. Ohne Startkapital wäre das kaum möglich gewesen. Und ihre treue Dienerin Lieselotte? Die hatte nicht mal das Leben ihres einzigen Kindes retten können. Waren ihre Aufnahme in die Familie und die besondere Stellung, die sie einnahm, ein Akt der Wiedergutmachung gewesen?

Frau Thießen war zu diesem Punkt keine Meinung zu entlocken. „Mein Gott, das ist nun schon siebzig Jahre her", sagte sie. „Ich weiß es auch nur aus den Erzählungen der alten Leute damals. Mit der jetzigen Frau von Cromnitz hat das nichts zu tun. Die wurde ja erst hier geboren."

Trotzdem fand Sarah die Information nicht uninteressant.

12.

Ihr Kollege Kai Fischer hockte bereits vor seinem Computer, als Sarah in der Dienststelle eintraf. Er schaute nur ganz kurz auf, um ihr zuzunicken.

„Kommst du voran?", fragte Sarah und ließ sich neben ihm auf einem Stuhl nieder.

Kai fuhr sich mit der Hand durch sein störrisches dunkelblondes Haar. „Ehrlich gesagt nicht so richtig. Über die Familie von Cromnitz will sich niemand äußern. Wenn überhaupt, dann geben alle nur Plattitüden von sich. Wie sozial eingestellt und engagiert die sind."

„Vielleicht kann ich dir weiterhelfen. Meine Wirtin war gestern etwas aufgeschlossener." Sarah erzählte, was sie von Frau Thießen erfahren hatte.

„Interessant", meinte Kai. „Aber irgendwie zu weit zurückliegend. Wenn sich da jemand für etwas rächen wollte, wäre er reichlich spät dran. Nein, Elise muss tatsächlich entweder ausgerissen oder entführt worden sein."

Wie aufs Stichwort betrat Holger den Raum. „Ich habe die Jugendlichen, die Elise zum Bus begleitet haben, für heute Nachmittag einbestellt", begrüßte er Sarah. „Wir müssen sie noch einmal befragen."

„Du willst das machen?" Sarahs Laune sank augenblicklich unter den Gefrierpunkt.

„Nein, wie kommst du denn darauf? Natürlich wirst du sie befragen. Hör zu, es tut mir leid, dass Eva sich dir gegenüber so herablassend geäußert hat. Ich verstehe das nicht, so ist sie sonst gar nicht."

„Ich verstehe es auch nicht, ich habe ihr nichts getan. Im Gegenteil, anfangs fand ich sie sogar nett. Keine Ahnung, wodurch ich es mit ihr verdorben habe."

„Soll ich mal mit ihr reden?"

„Nein, bitte nicht!" Sarah hob abwehrend die Hände. „Dann denkt sie am Ende noch, ich hätte mich bei dir beschwert. Damit muss ich allein klarkommen."

„Es wäre ganz gut, wenn ihr euch mal aussprechen würdet. Spannungen im Team können wir nicht gebrauchen. Schon gar nicht in der jetzigen Situation."

Kai tippte schon wieder auf seinem Computer herum und Sarah war sich nicht sicher, ob er ihren Wortwechsel mit Holger verfolgt hatte. Bei den meisten Einsätzen waren er und Eva gemeinsam unterwegs. Für fast alle war es offensichtlich, dass er in sie verliebt war. Er war zwei Jahre älter als sie und geschieden, seine Ehe hat den beruflichen Belastungen nicht standgehalten. Eva war mit Mitte dreißig noch ledig und schien kein Privatleben zu haben. Falls doch, dann hielt sie es jedenfalls eisern unter Verschluss.

Holger riss Sarah aus ihren Gedanken. „Es gibt Neuigkeiten", sagte er. „Inzwischen konnte das Ehepaar, das ebenfalls im Bus war, gefunden und befragt werden. Auch sie sind sich sicher, dass der Bus am Freitagabend an der Haltestelle Mühlenweg durchgefahren ist. Also haben die Jugendlichen wohl tatsächlich nicht die Wahrheit gesagt. Mit der sollten sie nun unbedingt herausrücken, wir haben schon viel zu viel Zeit verloren. Um dem Ganzen mehr Gewicht zu verleihen, sind sie offiziell vorgeladen. Die Suche nach Elise läuft inzwischen bundesweit. Wir müssen davon ausgehen, dass sie an dem Abend in ein Fahrzeug gestiegen ist, nur eben nicht in den Bus."

„Du glaubst nicht, dass es einen Zusammenhang mit dem Verschwinden von Miriam Malik gibt?"

„Ehrlich gesagt nein. Der Fall war schließlich ganz anders."

„Was glaubst du, was mit ihr passiert ist?"

„Schwer zu sagen. Ich vermute allerdings, dass die angebliche Arbeitsmöglichkeit in Hamburg nur eine Ausrede war. Sie muss andere Pläne gehabt haben, die sie vor der Familie nicht preisgeben wollte. Sonst hätte sie doch das Geschäft, in dem sie arbeiten wollte, korrekt benennen können."

„Aber warum hat sie sich dann nie wieder gemeldet?"

„Ihr kann natürlich tatsächlich etwas zugestoßen sein. Sie war ein sehr schönes Mädchen. Doch selbst wenn sie einer Straftat zum Opfer gefallen sein sollte, dann kommt dafür wohl kaum der gleiche Täter infrage, der Elise entführt hat. Nehmen wir mal an, sie wurde entführt, missbraucht und getötet. Weshalb soll er fünfzehn Jahre pausiert haben? Außerdem gab es wirklich nicht die geringste Spur von Miriam. Es wurde auch keine Leiche gefunden."

Vielleicht nur deshalb nicht, weil sie irgendwo im Moor versenkt wurde, dachte Sarah. Sie sagte es jedoch nicht laut, weil sie fürchtete, Holger würde das leise Grauen in ihrer Stimme auffallen. Die Erzählungen von Frau Thießen hatten sie offenbar in eine morbide Stimmung versetzt. Dabei war jetzt Objektivität gefragt. "Wann werden die Jugendlichen hier sein?", erkundigte sie sich.

"Um 14:00 Uhr."

"Gut, dann fahre ich jetzt noch nach Geistmoor, um mich dort weiter umzuhören."

"Sehr gut, du solltest auf jeden Fall noch einmal mit Frau Schröder reden, der Freundin von Lieselotte Mallkowski. Du kannst doch gut mit älteren Damen umgehen, deine Vermieterin erzählt dir schließlich auch so allerlei. Frag Sie ruhig, was sie über das Verschwinden von Miriam Malik weiß, wenn dich das so beschäftigt. Sie lebt schließlich lange genug im Dorf, um die Familie gekannt zu haben."

"Ich werde mein Bestes tun", versicherte Sarah. Ihre Laune hatte sich merklich gehoben, als sie sich auf den Weg nach Geistmoor machte. Sie parkte vor dem Haus von Frau Schröder und wollte gerade auf die Klingel drücken, als sie durch ein Geräusch abgelenkt wurde. Es war das laute Klirren von zerspringendem Porzellan, das von der anderen Straßenseite kommen musste. Suchend sah sie sich um und entdeckte in einem der Vorgärten eine junge Frau in einem rosa Kleid mit einem Blumenkranz im Haar. Wieder schepperte etwas, diesmal sah Sarah die Scherben bis auf die Straße fliegen. Die Frau im

Garten jauchzte vor Freude laut auf. Irgendetwas an der Szene kam Sarah merkwürdig vor. Ein Polterabend konnte das nicht sein, es war schließlich noch früher Vormittag. Langsam ging sie über die Straße auf die Frau zu. Sie war jung, füllig, hatte strohblondes Haar, ein rundes Kindergesicht und hellblaue Augen. Das Kleid, das sie trug, hatte einen altmodischen Schnitt und war ihr zu eng, der Blumenkranz unordentlich aus Astern zusammengebunden. Eine Blume, die sich gelöst hatte, baumelte ihr traurig ins Gesicht, was sie überhaupt nicht zu stören schien. Doch sie war kein Kind, das Polterabend spielte, sondern zweifellos eine Erwachsene. Jetzt bemerkte sie Sarah und winkte sie eifrig zu sich heran. „Ich heirate", rief sie ihr zu. „Komm, du musst poltern, du kriegst auch Kuchen!" Als Sarah zögerte, kam sie auf sie zugelaufen, ergriff ihre Hand und zog sie energisch in den Vorgarten. Ihr Gesicht war ganz erhitzt vor Eifer. Vorsichtig balancierte Sarah durch die Scherben. Die junge Frau drückte ihr eine Teekanne in die Hand: „Los, schmeiß! Feste!" Verwundert betrachtete Sarah die schöne alte Kanne mit dem zarten Blumenmuster. Auf einem Tablett neben dem Eingang standen die dazu passenden Tassen, denen offenbar das gleiche Schicksal zugedacht war. „Du musst sie hinschmeißen!" Die Frau wurde ungeduldig. Sarah stellte die Kanne auf das Tablett.

„Die brauchen wir noch", sagte sie. „Für die Hochzeitsfeier. Du musst doch Geschirr für deine Gäste haben."

Im gleichen Moment ertönte von nebenan ein erschrockener Schrei. „Oh Gott, oh Gott Wiebke! Was hast du denn da gemacht?" Eine Frau mittleren Alters, die mit einer blauen Kittelschürze bekleidet war, kam in den Garten gelaufen. „Das feine Geschirr! Bist du völlig mall?" Sie wandte sich Sarah zu: „Gut, dass Sie gekommen sind. Ich habe nur kurz nach meiner Wäsche geschaut, und gleich macht das Mädchen solchen Unsinn. Wissen Sie, ihre Mutter ist beim Zahnarzt. Ich hatte versprochen, ein Auge auf die Wiebke zu haben. Und nun sehen Sie sich das an!" Mit einer verzweifelten Geste wies sie auf die Scherben. „Es ist ein Kreuz mit der Wiebke. Die arme Mathilde tut mir leid."

„Ist Mathilde Wiebkes Mutter?" Die Frau nickte. „Sie lebt allein mit ihrer Tochter. Der Vater hat sich aus dem Staub gemacht."

„Und Sie sind die Nachbarin?"

„Ja. Ich habe mich noch gar nicht vorgestellt. Brunken, Anna Brunken."

„Sarah Sandring." Die Frau lächelte verschmitzt.

„Ich weiß. Sie sind die Kriminalerin. Das hat sich hier rumgesprochen. Eine schreckliche Geschichte ist das mit der Lotte. Wer tut einer alten, kranken Frau so etwas an? Und nun wird auch noch Elise vermisst. Was ist nur los in diesem Jahr? Zu wem wollten Sie denn eigentlich?"

„Zu Frau Schröder. Wissen Sie, ob sie zu Hause ist?" Die Frau nickte.

„Sie müsste da sein. Ohne fremde Hilfe kann sie nicht mehr aus dem Haus."

Wiebke, die die ganze Zeit still daneben gestanden hatte, wurde plötzlich ganz aufgeregt. Sie griff nach Sarahs Hand. „Du bist von der Polizei? Du musst was machen! Sie haben mir mein Kind weggenommen und es im Deich eingegraben. Aber es lebt noch, manchmal schreit es nachts, das höre ich immer. Du musst es da rausholen. Du musst!" Der Griff ihrer Hand wurde stärker, in ihren Augen stand nackte Panik.

Frau Brunken versuchte, Wiebke von Sarah fortzuziehen. „Wiebke, was redest du da? Das ist doch nicht wahr. Komm jetzt ins Haus, ich gebe dir deine Tropfen." Und zu Sarah gewandt sagte sie: „Sie müssen entschuldigen, wenn Wiebke sich aufregt, dann bringt sie einiges durcheinander. Es ist alles ein bisschen viel, was in den vergangenen Wochen hier im Dorf passiert ist. Das hat sie natürlich mitbekommen."

„Es ist wahr!", schrie Wiebke. „Meine Mutter hat es mir weggenommen, mein Mädchen, mein kleines Püppchen. Es hat so geschrien, als sie es im Deich eingegraben haben: Wat is harter als hart? Mutters Hart!" Sie war jetzt kaum noch zu bändigen. Sarah stand hilflos daneben, kalte Schauer jagten ihr über den Rücken. Sie kannte die grausame Sage von dem Kind, das man mit Zustimmung der Mutter lebendig im Deich eingegraben hatte, damit der dadurch die nötige Festigkeit erhalten sollte. Mit Brot hatte man es hinein gelockt und dann das Loch schnell mit Erde aufgeschüttet. Doch das Kind hatte noch dreimal auftauchen können, bevor sich der Deich endgültig über ihm schloss. „Was ist weicher als Mutters Schoß?", soll es beim ersten Mal gerufen haben, beim zweiten Mal: „Was ist süßer als Mutters Lieb?" Und beim dritten Auftauchen schließlich: „Was ist härter als Mutters Herz?" Angesichts der verzweifelt schreienden jungen Frau schien das plötzlich Realität geworden zu sein. Frau Brunken schaffte es schließlich, die sich sträubende Wiebke ins Haus zu ziehen. Doch noch immer hörte man deren Schreie: „Was ist harter als Mutters Hart?"

Sarah fühlte ihr eigenes Herz heftig schlagen und hätte diesem Dorf, das ihr plötzlich unheimlich erschien, am liebsten den Rücken gekehrt. Natürlich zog sie das nicht ernsthaft in Erwägung, sondern begab sich stattdessen wieder hinüber zum Anwesen von Frau Schröder. Zu ihrer Überraschung sah sie ein kleines weißes Auto mit einem roten Logo davorstehen. „Pflege mit Herz", verkündete die dazugehörige Aufschrift. Sieh an, das war ja der Pflegedienst, der auch Lieselotte Mallkowski betreut hatte. Sie hatte seine Ankunft überhaupt nicht bemerkt, so beschäftigt war sie mit Wiebke gewesen. Entschlossen drückte Sarah auf die Klingel. Sie gab einen scheppernden Ton von sich und gleich darauf erschien Ulrike Möller im Türrahmen, die Pflegerin, durch die sie damals über den Mord verständigt worden waren. Sie wirkte irritiert, als sie Sarah erkannte. „Oh, Sie! Mit Frau Schröder ist aber alles in Ordnung."

„Na, das will ich doch wohl hoffen, ich möchte schließlich mit ihr reden."

„Entschuldigen Sie, ich muss Ihnen wohl leicht verwirrt vorkommen. Ist alles ein bisschen viel im Moment."

Sarah fiel auf, dass Ulrike sehr bleich war und dunkle Augenringe hatte. „Geht es Ihnen nicht gut?", erkundigte sie sich mitfühlend.

„Ach wissen Sie, die ganzen Ermittlungen gegen unseren Pflegedienst, das hat mich schon mitgenommen. Immerhin war ich diejenige, die den Wirbel ausgelöst hat. Man hat mir zwar nicht direkt Vorwürfe gemacht, aber hinter vorgehaltener Hand schon."

„Das tut mir leid. Aber Sie haben sich absolut korrekt verhalten."

„Ich weiß. Trotzdem, es gab einigen Ärger, Pflegeverträge wurden aufgelöst. Ich hoffe nur, dass Sie bald aufklären können, wer Frau Mallkowski das angetan hat, damit wir von jedem Verdacht reingewaschen werden."

„Das hoffen wir natürlich auch. Allerdings gibt es leider noch keine heiße Spur. Sagen Sie, ist es möglich, dass ich mit Frau Schröder spreche? In welcher Verfassung ist sie denn so?"

„Bis auf das Laufen, das nicht mehr geht, ist sie noch ganz gut beieinander. Allerdings hört sie schwer, Sie müssen laut und deutlich mit ihr reden."

Ulrike Möller war bereit, wieder mit ins Haus zu kommen, obwohl sie eigentlich mit ihrer Arbeit fertig war. Es war Sarah lieber so, denn Frau Schröder kannte sie noch nicht, die erste Befragung hatte Holger damals allein durchgeführt. In Gegenwart der Pflegerin würde die alte Dame ihr eher vertrauen. Ulrike übernahm dann auch die Vorstellung. „Frau Schröder, hier ist Besuch für Sie, eine Kommissarin von der Kriminalpolizei. Sie würde gern mit Ihnen reden."

„Wieso das denn? Ich habe doch schon dem Beamten, der vor ein paar Wochen hier war, gesagt, dass ich nichts weiß. Schließlich komme ich schon lange nicht mehr aus dem Haus." Frau Schröder saß in einem bequemen Sessel neben ihrem Bett, der Rollator stand in Griffweite. Offenbar war ihr Bewegungsradius wirklich sehr klein. Sie trug ihr dichtes graues Haar sorgfältig in Wellen an den Kopf gelegt und blinzelte Sarah durch dicke Brillengläser kurzsichtig an. Die stellte sich erst einmal vor. „Frau Schröder", sagte sie dann, „Sie haben Frau Mallkowski gut gekannt. Wenn man in einem Fall wie diesem weiterkommen will, muss man alles über das Umfeld des Opfers wissen."

„Aber da ist doch nichts. Lotte hatte keine Familie, der Mann war gefallen, die kleine Tochter auf der Flucht erfroren. Fast ihr ganzes Leben hat sie dann auf dem Gut der Familie von Cromnitz verbracht. Dort war sie voll ausgelastet, andere Kontakte hatte sie nicht, wenn man von mir mal absieht. Als sie dann in ihr Häuschen zog, haben wir uns gegenseitig besucht, bis uns das beiden zu beschwerlich wurde. Telefonieren ging auch nicht mehr, sie hat so leise und undeutlich gesprochen, dass sie nicht zu verstehen war." Sarah registrierte, wie bei dieser Äußerung ein verstohlenes Lächeln um die Mundwinkel von Ulrike zuckte. „Jedenfalls habe ich in den letzten zwei Jahren kaum noch etwas von ihr gehört."

„Aber früher, worüber hat sie da geredet? Wie kam sie mit der Familie von Cromnitz zurecht? Und wie hat sie ihr schweres Schicksal ertragen? Gab sie jemandem die Schuld am Tod ihres Kindes?"

„Lotte war ein lieber, sanfter Mensch, sie kam mit jedem aus. Kraft hat sie vor allem im Glauben gefunden. Deshalb hat sie auch niemandem etwas nachgetragen. Sie sagte immer, es sei Gottes Angelegenheit zu richten, nicht die der Menschen."

Sarah musste an den kleinen Altar im Wohnzimmer denken. Drei Kerzen hatten davor gestanden. Ihr kam eine vage Idee. „Sie haben sie früher besucht. Erinnern Sie sich an die Marienstatue in ihrem Wohnzimmer?"

„Ja, natürlich. Zu der hat sie regelmäßig gebetet."

„Die Kerzen davor entzündet man für die Seelen Verstorbener, ist das richtig?"

„Da fragen Sie die Falsche, ich bin nicht katholisch. Ist das wichtig?"

„Nein, sicherlich nicht", erwiderte Sarah schnell. Der Gedanke verflüchtigte sich, so schnell wie er gekommen war. Eine Kerze für den gefallenen Mann, eine für das erfrorene Kind. Die dritte Kerze konnte für viele stehen: Die Mutter, den Vater, eine Freundin. Wenn sie überhaupt für die Seele eines Verstorbenen angezündet worden war. Das brachte sie in der Sache nicht weiter. Sarah wechselte deshalb das Thema. „Frau von Cromnitz hat sich damals rechtzeitig abgesetzt, sogar Vermögen retten können. Den Dienstboten wurde es bei Strafe untersagt, sich auf den Treck zu begeben. Das hat vielen das Leben gekostet."

„Woher wissen Sie das so genau? Sie sind doch viel zu jung, es war alles kompliziert damals. Jedenfalls hat die Elisabeth von Cromnitz nach Kräften versucht, einiges wiedergutzumachen. Wenn sie Lotte auch nicht ihr Kind zurückgeben konnte, hatte die kein schlechtes Leben bei ihr."

„Trotzdem ist es sicher nicht ausgeschlossen, dass Lotte Mallkowski einen geheimen Groll auf ihre Dienstherrin hegte?"

„Doch, das ist es", erklärte Frau Schröder entschieden. „Lotte war in der Lage zu vergeben. Auch der Sylvia, der Tochter, hat sie nichts nachgetragen, obwohl die manchmal schon ein wenig biestig gegen sie war. Aber statt sie zu tadeln, hat sie sie bis zuletzt in ihre Gebete eingeschlossen. So ein Mensch war die Lotte. Die Güte und Barmherzigkeit in Person."

„Also war sie glücklich auf dem Gut?"

„Sie war zufrieden. Trotzdem", setzte Frau Schröder nachdenklich hinzu, „habe ich Lotte oft geraten, das Gut zu verlassen. Ich habe das darauf lastende Unheil gespürt."

„Ach, wie das denn?"

„Sie sind jung", wiederholte Frau Schröder, „und ihrer Sprache nach nicht von hier."

„Stimmt, ich bin in Berlin aufgewachsen. Aber was tut das zur Sache?"

„Sie werden mir nicht glauben."

„Vielleicht doch, aber Sie müssen mir natürlich erst einmal sagen, was Sie wissen."

„Ich habe das Licht dort gesehen, das Dodenlicht. Immer mal wieder war es zu sehen. Da wusste ich, dass dort etwas Schlimmes geschehen würde. Es tritt immer ein, auch wenn manchmal eine lange Zeit bis dahin vergeht. Ich wollte nicht, dass Lotte etwas geschieht."

„Und ist dort etwas passiert? Vor längerer Zeit meine ich, vor dem Verschwinden von Elise."

„Ja, es gab einen bösen Unfall. Ein Arbeiter wollte einen Trecker reparieren. Der ist von der Rampe gefallen, ihm direkt auf die Brust. Er war sofort tot. Zum Schluss hat auch Lotte das Unheimliche gespürt, da wollte sie ganz schnell weg." Sarah dachte über das Gehörte nach. Lieselotte Mallkowski hatte zum Schluss nicht auf dem Gut bleiben wollen, das war nicht uninteressant. Aber andererseits: Elisabeth von Cromnitz war gestorben, deren Tochter Sylvia mochte Lotte nicht und außerdem war sie schon über achtzig. Nachvollziehbar, wenn sie da Ruhe und Abstand gesucht hatte.

Frau Schröder deutete Sarahs Schweigen anders. „Sie glauben mir nicht, wusste ich es doch. Aber ich habe es selbst erlebt. Als ich noch jung war, tauchte so ein Licht auf einem zugefrorenen Teich auf, immer an der gleichen Stelle. Jahre später ist genau dort ein Junge eingebrochen und ertrunken. Ach, übrigens: Lotte hatte Angst vor Gewässern, sie ging nie baden, und erst recht nicht aufs Eis. Das hing wohl mit ihrer Flucht zusammen. Sie musste über das zugefrorene Haff und hat Menschen einbrechen und ertrinken sehen."

„Hat sie darüber gesprochen?"

„Nein, nie. Sie hat es nur ein einziges Mal erwähnt."

Sarah begriff, dass sie nicht mehr zu dem Thema erfahren würde. „Wie gut kannten Sie Elise von Cromnitz?", fragte sie stattdessen.

„Nur vom Sehen, wenn sie mit den Pferden unterwegs war und hier mal vorbeikam. Sie hat immer freundlich gegrüßt, aber mehr auch nicht. Ich weiß nichts über sie."

„Aber vielleicht über Miriam Malik? Die und ihre Familie müssen Sie doch gekannt haben."

Frau Schröder machte ein abweisendes Gesicht. „Das ist lange her und über die Toten soll man nur Gutes sagen. Sie und die Kinder hatten es sicher nicht leicht. Unter jedem Dach ein Ach."

„Was glauben Sie, was mit Miriam geschehen ist?"

„Ich denke, dass sie einfach weggegangen ist. Sie war ein schönes Mädchen und wollte mehr vom Leben, als dieses Dorf ihr bieten konnte. Hoffentlich hat ihr diese Entscheidung kein Unglück gebracht." Mehr war von Frau Schröder nicht zu erfahren. Sarah dankte ihr und ließ sich von ihr das Versprechen abnehmen, den Mörder von Lotte Mallkowski zu finden. Sie fühlte sich dabei wie eine Hochstaplerin, wollte jedoch die alte Dame nicht enttäuschen.

„Ich wusste gar nicht, dass Sie sich für die Vergangenheit von Frau Mallkowski interessieren", sagte Ulrike, als sie draußen standen.

„Doch, schon. Hat sie mit Ihnen darüber gesprochen?"

„Das nicht, aber ich habe gemerkt, wie sehr ihr etwas im Kopf herumging. Das ist bei alten Leuten oft so, sie haben einfach nicht mehr die Kraft, schlimme Erinnerungen zu verdrängen. Da kommt dann alles hoch."

„Und was hat sie gesagt?"

„Es waren nur Bruchstücke, ich hatte ja leider nicht die Zeit, mich ausführlicher mit ihr zu unterhalten. Aber immer wieder war von einem Pferd die Rede, das entsetzlich geschrien hätte. Das muss sich auf die Flucht über das Haff bezogen haben, wo viele Pferde eingebrochen sind."

„Entsetzlich", sagte Sarah leise. „Ich kann mir manchmal gar nicht vorstellen, wie viel Leid diese alten Leute in ihrem Leben ertragen mussten. Wir dagegen jammern oft auf sehr hohem Niveau."

„Das stimmt. Wir sollten es uns öfter mal vor Augen halten." Ulrike nickte. Sarah winkte ihr noch einmal zu und ging dann zu ihrem Auto. Auf der Rückfahrt kam sie wieder an dem Haus vorbei, in dessen Vorgarten Wiebke ihren Polterabend veranstaltet hatte. Von ihr war nichts mehr zu sehen, nur die Nachbarin, Frau Brunken, harkte in ihrem Vorgarten welke Blätter zusammen. Sarah hielt an und stieg aus. „Ist mit Wiebke alles wieder in Ordnung?", fragte sie.

Frau Brunken nickte. „Sie hat sich beruhigt und ihre Mutter ist inzwischen zurückgekommen. Die arme Frau, es ist ein Kreuz mit dem Mädchen."

„Was fehlt Wiebke? War sie immer so?"

„Ja, es ist bei der Geburt passiert. Es war in einer bösen Sturmnacht, die Hebamme schaffte es nicht rechtzeitig hierher. Als Wiebke dann auf die Welt kam, hat sie überhaupt nicht geatmet und war ganz blau im Gesicht. Dadurch ist sie in allem zurückgeblieben, hat erst sehr spät laufen und sprechen gelernt. Im Grunde ist sie immer ein Kind geblieben. Sie kann ganz lieb sein, aber da ist oft diese Unruhe, dann treibt sie sich herum, wenn man nicht aufpasst."

„Hat sie ein Kind?" Das Gesicht der Frau verschloss sich, sie reagierte einen Moment zu spät. „Nein, natürlich nicht. Was sollte sie mit einem Kind, sie braucht selbst jemanden, der auf sie aufpasst." Sie wandte sich demonstrativ ihrem Laub zu.

„Einen schönen Tag noch", wünschte Sarah, bekam aber keine Antwort.

13.

„So, so, die Frau Schröder hat auf dem Gut ein Totenlicht gesehen." Holger sprach es hochdeutsch aus und wiegte dazu bedächtig den Kopf. „Hältst du das für bedeutsam?"

„Du kannst darüber lachen, aber ich finde es irgendwie schon bedeutsam. Hinter dem ganzen Aberglauben verbirgt sich immer auch ein Fünkchen Wahrheit. Es könnte sein, dass die Frau Schröder mehr weiß, als sie sagen will. Sie versteckt ihr Wissen, ihre Ahnungen oder Befürchtungen hinter einem Sinnbild, in diesem Falle dem Totenlicht. Sie will Lotte Mallkowski gewarnt haben, dass ihr auf dem Gut Gefahr drohen könnte. Aber sie ist nicht konkret geworden."

„Das ist eine interessante Überlegung, da könnte was dran sein. Auf jeden Fall scheint die Familie von Cromnitz das Verbindungsglied zwischen den beiden Fällen zu sein. Leider sind sie wenig kooperativ, vor allem die Frau von und zu Cromnitz."

„Und von Elise gibt es noch immer keine Spur?"

„Mehrere angebliche Sichtungen aufgrund der bundesweiten Bitte um Hinweise. Die ersten, die wir überprüfen konnten, haben sich als haltlos erwiesen. Ich setze große Hoffnungen auf das Gespräch mit den Jugendlichen. Eigentlich müssten sie inzwischen da sein. Ich gehe mal nachschauen." Er verließ kurz den Raum, um gleich darauf zurückzukehren und Sarah von der Tür aus zuzunicken. "Es kann losgehen. Diese Nele ist in Begleitung ihres Vaters erschienen. Der sieht so aus, als wollte er Schwierigkeiten machen. Aber du kriegst das schon hin."

„Willst du nicht dabei sein?"

„Wir teilen uns auf. Du redest mit Nele, ich mit ihrem Freund Till. Danach stimmen wir uns kurz ab, ob es Widersprüche zwischen den Aussagen der beiden gibt. Dann sehen wir weiter." Als sie gemeinsam den Raum betraten, in dem die Zeugen warteten, kam ihnen sofort ein Mann entgegen. Alles an ihm strahlte Autorität aus. „Ich bin Dr. Mattissen, der Vater von Nele", stellte er sich vor. Auf den Titel legte er dabei eine besondere Betonung.

„Kriminalkommissarin Sandring, Kriminalhauptkommissar Hansen", übernahm Holger seinerseits die Vorstellung. Zu mehr kam er erst einmal nicht.

„Ich verstehe nicht, was das hier soll", fuhr Dr. Mattissen ihn an. „Meine Tochter hat ihre Aussage bereits gemacht. Mehr hat sie nicht zu sagen. Sie haben kein Recht, sie hier vorzuladen wie eine Verbrecherin."

Sarah sah aus den Augenwinkeln, dass Nele ein triumphierendes Lächeln aufsetzte. Sie war zurechtgemacht wie ein Model kurz vor dem Auftritt. Sarah ergriff das Wort. „Herr Dr. Mattissen, Ihre Tochter ist eine sehr wichtige Zeugin für uns. Und Sie wissen, um was es hier geht. Ein junges Mädchen ist verschwunden. Für die Eltern ist das eine furchtbare Situation und uns läuft die Zeit davon. Wenn es um Ihre Tochter ginge, würden Sie doch sicher erwarten, dass wir alles Menschenmögliche unternehmen, um schnell zu Ergebnissen zu kommen. Diese zweite Befragung ist notwendig, weil sich neue Fragen ergeben haben. Ich bin sicher, dass Sie uns unterstützen wollen."

Sichtlich aus dem Konzept geraten brachte er nur ein trockenes „Gewiss doch" hervor. Jetzt war es Holger, der ein Schmunzeln unterdrücken musste.

„Ich werde Nele zuerst befragen", fuhr Sarah fort, erleichtert, die erste Hürde genommen zu haben. „Wollen Sie dabei sein?" Auf ein leichtes Kopfschütteln seiner Tochter hin verneinte ihr Vater. Nele folgte Sarah in den Vernehmungsraum. Es war ziemlich kühl darin, der karge Holzstuhl, auf dem Nele Platz nehmen durfte, würde es ihr nicht gerade behaglicher machen. Zwischen ihrem Hosenbund und dem figurbetonten Shirt blitzte ein breiter Streifen nackter Haut auf.

„Ich möchte noch einmal genau wissen, wie es abgelaufen ist, als ihr Elise zum Bus gebracht habt."

Ein genervtes Stöhnen war die Antwort auf diese Frage. „Das habe ich doch alles schon erzählt."

„Ich möchte es aber noch einmal hören."

„Wozu? Haben Sie Alzheimer? So alt sehen Sie eigentlich noch gar nicht aus." Nele warf ihr langes Haar schwungvoll über die Schulter und schaute Sarah herausfordernd an.

„Das ist hier kein Spiel, Nele. Du solltest nicht versuchen, witzig zu sein, dazu ist die Situation zu ernst. Elises Leben ist möglicherweise in Gefahr. Als Zeugin bist du zur Wahrheit verpflichtet, das weißt du hoffentlich."

„Ich habe alles gesagt, was ich weiß."

„Aber es gibt mehrere Zeugen, die etwas anderes sagen. Der Bus hat an dem fraglichen Abend überhaupt nicht an der Haltestelle Mühlenweg gestoppt. Niemand ist dort eingestiegen, folglich auch Elise nicht."

Die Verblüffung, mit der Nele sie anstarrte, schien echt zu sein. „So ein Quatsch. Klar hat der Bus gehalten. Elise ist eingestiegen und weggefahren, ich spinne doch nicht!"

„Ich will nicht behaupten, dass du spinnst. Aber ich bin tatsächlich noch nicht alt und weiß, wie man mit fünfzehn drauf ist. Wenn man einer Freundin ein Versprechen gibt, dann hält man es auch. Hatte Elise an dem Abend etwas anderes vor? Hat sie dich gebeten, darüber niemandem etwas zu sagen?"

„Nein, verdammt nochmal! Sie wollte nach Hause und am nächsten Morgen das blöde Turnier gewinnen. Was anderes hatte die doch nicht im Kopf. Wir haben sie zum Bus gebracht. Sie ist richtig gerannt, so eilig hatte sie es."

„Und habt ihr wirklich gesehen, wie sie eingestiegen ist? Oder seid ihr vorher umgekehrt?"

„Sind wir nicht! Reicht es jetzt langsam?"

„Nein! Ich will wissen, ob du absolut sicher bist. Man kann sich irren. An dem Abend war es sehr neblig. Ist Elise wirklich in den Bus gestiegen? Kann es vielleicht ein anderes Fahrzeug gewesen sein?"

Nele deutete auf ihren linken Oberarm. „Sehen Sie hier vielleicht eine gelbe Binde mit drei schwarzen Punkten? Ich bin nicht blind und auch nicht blöd."

Sarah musste schließlich einsehen, dass sie nicht mehr erfahren würde. Sie bat Nele, einen Moment zu warten, und ging hinüber zu Holger. Der hatte die Vernehmung von Till ebenfalls beendet. An seinem resignierten Gesichtsausdruck erkannte Sarah, dass das Ergebnis bei ihm nicht anders aussah. „Und nun?", fragte sie, als sie sich später bei einem dampfenden Pott Tee am Schreibtisch gegenübersaßen. „Glaubst du, dass sie uns anlügen?"

„Der Junge wirkte ehrlich überrascht. Er meinte sogar vehement, dann müssten die anderen Zeugen lügen."

„Wäre das eine Variante? Ein Busfahrer, eine Krankenschwester und ein Ehepaar gehören zu einem Mädchenhändlerring, der seine Opfer an Bushaltestellen aufgreift und entführt." Sarah runzelte die Stirn und schaute Holger über die Tasse hinweg an.

„Klingt für mich nach einem schlechten Krimi."

„Für mich auch. Aber wie erklärt sich der Widerspruch in den Aussagen?"

„Ich denke noch immer, die Jugendlichen verheimlichen uns etwas. Klar, sie waren beide sehr überzeugend. Allerdings gab es auch nicht viel zu erklären. Sie haben die Freundin zur Haltestelle gebracht, sie ist in den Bus gestiegen und fertig. Wenig Stoff, um sich in Widersprüche zu verwickeln. Ich fürchte, wir kommen da nicht weiter."

„Ich würde mein Glück gern noch einmal bei einem der andern Mädchen versuchen" sagte Sarah. „Ich denke da an Katrin. Sie wirkte bei unserem ersten Gespräch unsicher. Dann sprach sie von sich aus über das Mädchen, das sich umgebracht hat. Wenn jemand aus der Clique das Schweigen bricht, dann sie. Vorausgesetzt, sie weiß Bescheid."

„Einen Versuch ist es auf jeden Fall wert. Du solltest das gleich morgen in Angriff nehmen. Und jetzt ab nach Hause. Der Nebel wird immer dichter, man sieht die Hand vor Augen nicht mehr. Sei vorsichtig, hörst du? Nicht dass du mit dem Auto in einem Graben landest."

14.

Sofia war an diesem Abend noch unterwegs. Sie hatte eine Freundin in Glückstadt besucht und war nun mit dem Fahrrad auf dem Heimweg. Normalerweise war die Strecke von dort bis Geistmoor kein Problem, doch inmitten der undurchdringlichen Nebelschwaden fühlte sie sich unsicher. Außer ihr war kein Mensch auf der Landstraße unterwegs. Der Lichtkegel ihrer Fahrradlampe erreichte den Boden nicht, deshalb hielt sie sich fast in der Mitte der Fahrbahn. Es fehlte gerade noch, dass sie seitlich in einen Graben kippte. Ohnehin war sie spät dran und würde zu Hause bestimmt Ärger bekommen.

Plötzlich hörte sie das Brummen eines Motors. Dem Geräusch nach zu urteilen, war es ein großes Fahrzeug, das sich ihr von hinten näherte. Sofia schwenkte weit auf die rechte Seite hinüber, um es vorbei zu lassen. Ganz kurz wandte sie den Kopf nach hinten, konnte allerdings nichts erkennen. Der hatte Nerven, bei dem Wetter ohne Licht unterwegs zu sein! Das Brummen war nun unmittelbar hinter ihr. Verdammt, der wich nicht aus! Sah er sie nicht, funktionierte ihr Rücklicht nicht? Oder war mit dem etwas nicht in Ordnung? Panisch riss sie den Lenker nach rechts, das Vorderrad fand keinen Halt mehr. Sie stürzte eine Böschung hinunter, fühlte Nässe unter sich und einen heftigen Schlag gegen ihr rechtes Knie. Das Rad lag auf ihr, sie konnte sich vor Schmerzen kaum bewegen. Von der Straße her war noch immer das Brummen zu vernehmen, doch es klang jetzt anders. Das Fahrzeug schien angehalten zu haben, sie sah eine schemenhafte Gestalt durch den Nebel auf sich zukommen. Gleich darauf wurde das Rad weggerissen auf so grobe Art, dass sie empört aufschrie: „Au, das tut weh, verdammt noch mal!" Sie versuchte sich aufzurichten, doch ihr verletztes Bein knicke sofort weg. Hilflos wimmernd hockte sie am Boden. Neben sich auf der Straße hörte sie ein schepperndes Geräusch, ihr Fahrrad landete in dem großen Fahrzeug, das sie nur als kompakten Schatten erahnen konnte. Tränen liefen ihr übers Gesicht, sie fühlte sich völlig hilflos, wusste nicht, was hier vor sich ging. Die schemenhafte Gestalt kam zu ihr zurück. Nun war sie es, die grob hochgezogen wurde. Eine brutale Hand legte sich auf ihren Mund und erstickte ihren Schmerzensschrei. Ihr wurde schwarz vor Augen, und als sie wieder zu sich kam, lag sie bäuchlings mit auf dem Rücken gefesselten Händen auf dem Boden eines Fahrzeugs, das sich bereits wieder in Bewegung gesetzt hatte. Mühsam hob sie den Kopf und versuchte sich umzuschauen. Links und rechts von ihr befanden sich Sitze, sie schien direkt im Mittelgang eines Busses zu liegen. Ihr Blick blieb an dunklen Hosenbeinen hängen, jemand saß da nicht weit von ihr. Obwohl es wehtat, drehte sie sich halb auf die Seite und versuchte, an der Gestalt hinaufzuschauen. Ein eisiger Schauer fuhr ihr durch alle Glieder, mit einem erstickten Schrei ließ sie sich auf den Boden zurückfallen. Sie zitterte am ganzen Körper und ein schrecklicher Gedanke blitzte in ihrem Kopf auf: Wiebke hatte die Wahrheit gesagt! Der Totenbus, es gab ihn wirklich! Würde auch sie noch einmal davonkommen?

15.

„Wir haben eine neue Vermisstenmeldung aus Geistmoor. Ein vierzehnjähriges Mädchen." Sarah hatte gebadet und wollte es sich gerade vor dem Fernseher gemütlich machen, als sie der Anruf von Holger erreichte.

„Das gibt es doch nicht! Um wen handelt es sich?"

„Sofia Mehnert. Sie hatte eine Freundin in Glückstadt besucht und ist kurz vor 17:30 Uhr mit dem Fahrrad von dort aufgebrochen. Aber daheim ist sie nicht angekommen. Der Vater ist die Strecke, die sie nehmen musste, bereits mit dem Auto abgefahren. Keine Spur von dem Mädchen. Auch Anrufe in allen umliegenden Krankenhäusern haben nichts gebracht. Ein Unfall wäre bei dem Wetter nicht auszuschließen. Bisher haben wir allerdings keinen Hinweis darauf."

Sarah schaute auf die Uhr. Gleich 22:00 Uhr. Demnach war das Mädchen seit vier Stunden überfällig. Keine lange Zeitspanne angesichts der vorausgegangenen Ereignisse, aber durchaus beunruhigend. „Was machen wir jetzt? Soll ich kommen?", fragte sie.

„Das ist erst einmal nicht nötig, ich wollte dich nur informieren. Wir können einen Unfall immer noch nicht ausschließen. Einsatzkräfte wurden mobilisiert, um die Strecke noch einmal gründlich unter die Lupe zu nehmen. Noch besteht Hoffnung, dass wir sie schnell finden."

Holger wünschte Sarah eine gute Nacht, doch daran war nun nicht mehr zu denken.

Als sie am nächsten Morgen sehr zeitig in der Polizeidirektion auftauchte, wusste sie bereits, dass es von Sofia bisher keine Spur gab. Es herrschte eine hektische Betriebsamkeit. Holger kam ihr entgegen und hinderte sie daran, sich an ihrem Platz niederzulassen. „Wir beide fahren jetzt gleich zu den Mehnerts", sagte er. „Eva kümmert sich hier um die Koordination der Einsatzkräfte. Wir bieten auf, was wir können: Suchmannschaften, Hundestaffeln, Hubschrauber. Auch die Bevölkerung wurde um Mithilfe gebeten."

„Weißt du, wie es den Eltern geht?"

„Fürchterlich. Der Vater wollte nicht nach Hause und die ganze Zeit bei der Suche dabei sein. Erst ein Zusammenbruch seiner Frau hat ihn überzeugt, dass er uns allen mehr nützt, wenn er sich jetzt um sie kümmert. Außerdem sollte er da sein, falls seine Tochter noch auftauchen sollte. Eine Kollegin ist bei ihnen geblieben und steht ständig mit uns in Verbindung."

Schweigend fuhren sie los und wieder einmal passierten sie das Ortsschild von Geistmoor. Inzwischen empfand Sarah keine Diskrepanz mehr zwischen dem Dorf und seinem Namen. Dem Ort schien durchaus etwas Gespenstisches anzuhaften.

Das Haus der Mehnerts war aus roten Klinkersteinen, der Vorgarten liebevoll gepflegt. Sie brauchten nicht zu klingeln, eine junge uniformierte Polizistin trat aus der Tür, sie musste ihre Ankunft bemerkt haben. „Gibt es etwas Neues?" In ihren Augen war Besorgnis zu sehen, als sie das fragte. Unmittelbar hinter ihr tauchte ein Mann auf, bei dem es sich um den Vater von Sofia handeln musste. Er war groß, hatte ein sommersprossiges Gesicht und deutlich gelichtetes rotblondes Haar, das er sehr kurzgeschoren trug. Seine wässrig blauen Augen waren gerötet.

„Noch nichts Neues", sagte Holger ruhig, „aber alle Kräfte sind mobilisiert. Wir hoffen, Ihre Tochter bald wohlbehalten zu finden."

Der Mann strich sich mit einer hilflosen Geste über die Augen. „Meine Frau schläft jetzt", sagte er. „Der Arzt war hier und hat ihr eine Spritze gegeben."

„Das ist gut. Können wir aber mit Ihnen reden?" Holger stellte Sarah als seine Kollegin vor. Herr Mehnert führte sie in das Wohnzimmer und schloss leise die Tür hinter sich. Der Raum war mit Möbeln aus Kiefernholz und einer rustikalen Sitzgarnitur gemütlich eingerichtet. Dennoch strahlte er im Moment keine Behaglichkeit aus, es schien, als hätte sich die Angst in den Polstern der Sitzgarnitur, zwischen den Büchern im Regal und auf dem bunten Flickenteppich niedergelassen. Sarah glaubte sie riechen zu können, einen abgestandenen Dunst aus Schweiß und Tränen. Der Vater von Sofia saß ihnen gegenüber und knetete seine Hände so energisch, als wären sie ein Teig, dem er eine Form geben müsste.

„Herr Mehnert", begann Holger behutsam, „wir müssen alles über Sofia wissen. Jeder noch so kleine Hinweis kann hilfreich sein."

„Ich weiß nicht, was ich Ihnen erzählen soll", erwiderte er hilflos. „Sie ist ein ganz normales Mädchen. Manchmal hat sie Flausen im Kopf, aber das ist wohl normal in dem Alter. Richtigen Ärger hat sie uns noch nie gemacht. Zuverlässig ist sie auch. Sie verspätet sich schon mal, wenn sie mit Freundinnen unterwegs ist, aber niemals ist sie über Nacht nicht nach Hause gekommen. Niemals", wiederholte er und schüttelte den Kopf. „Ihr ist etwas zugestoßen, das weiß ich", flüsterte er. „Genau wie der Elise, dem Mädchen vom Gestüt. Sie wissen das auch."

„Nein, wir wissen es nicht", erwiderte Holger.

„Warum glauben Sie das?", fragte Sarah. „Ist Ihnen in letzter Zeit etwas aufgefallen? Hat jemand die Mädchen beobachtet oder gar belästigt?"

„Nein, das wüsste ich. Sofia hätte uns das erzählt."

„Wie ist das Verhältnis Ihrer Tochter zu Elise von Cromnitz? Sind die beiden befreundet, haben sie regelmäßig Kontakt?"

„Nein, eigentlich überhaupt nicht."

„Sollte man das aber nicht erwarten in einem kleinen Dorf, in dem es schließlich nicht viele Kinder im passenden Alter gibt? Da finden die doch automatisch zueinander."

„Sie haben früher schon mal zusammen gespielt, aber nicht so oft. Die Elise hat schon sehr früh mit dem Reiten angefangen und lebt in einer anderen Welt. Außerdem ist sie ein Jahr älter und besucht eine andere Schule. Hier im Dorf hatte Sofia nur engeren Kontakt mit Wiebke."

„Mit Wiebke Petersen?", fragte Sarah überrascht.

Er nickte. „Scheint so, als hätten Sie sie schon kennengelernt. Das Mädchen ist geistig zurückgeblieben und erzählt gern mal wirre Geschichten. Aber im Grunde ist sie nett und vor allem ganz vernarrt in kleine Kinder. Sie war sieben, als Sofia geboren wurde, und wollte sie immerzu ausfahren. Das haben wir natürlich nicht erlaubt, aber sie durfte uns auf Spaziergängen begleiten und dann auch mal den Kinderwagen schieben. Da war sie unermüdlich. Später hat sie dann ganz lieb mit der Sofia gespielt. Eine Zeit lang befanden sich die beiden auf dem gleichen Entwicklungsstand, inzwischen hat Sofia die Wiebke längst überholt. Trotzdem hält sie zu ihr und verbringt noch viel Zeit mit ihr. Sie weiß, dass sie Wiebke wehtun würde, wenn sie sie einfach fallenließe. Sie ist ein lieber Mensch ..." Er konnte nicht weitersprechen, weil ihm die Tränen kamen. Sarah fragte nach weiteren Freundschaften und notierte sich die Namen. Zum Schluss kam sie doch noch einmal auf Elise zu sprechen.

„Wann haben Elise und Ihre Tochter zum letzten Mal direkten Kontakt gehabt?"

„Im Sommer haben sie miteinander gesprochen. Das war, als ich auf dem Gut gearbeitet habe. Sofia kam hin, weil sie mir etwas von meiner Frau mitteilen sollte. Elise war auch gerade da und die beiden haben eine Weile miteinander geredet. Sofia hat sich von Elise ein neugeborenes Fohlen zeigen lassen, aber das war es dann auch schon. Danach haben sie sich wohl nicht wieder getroffen.

„Sie arbeiten auf dem Gut?" Sarah war überrascht.

„Nicht ständig. Ich bin bei einer Gartenbaufirma angestellt, wir haben die Grünflächen dort angelegt und im vergangenen Sommer neu bepflanzt. Durch die ungewöhnliche Wärme und Trockenheit war vieles eingegangen."

„Arbeiten Sie jetzt auch noch dort?"

„Ja, gelegentlich. Immer dann, wenn Neupflanzungen oder Umgestaltungen gewünscht werden. Meistens zu Beginn und Ende einer Saison."

16.

Am Nachmittag stand Sarah in der Einsatzzentrale vor dem Flipchart. Die Fotos von Elise und Sofia waren dort angebracht, darüber Informationen zu Familie, Freunden und Ort des Verschwindens. Ein Stück abseits davon hing das Foto von Miriam Malik. Die Informationen zum Fall Lieselotte Mallkowski hätte sie fast übersehen, so klein waren sie in eine Ecke gequetscht. Sarah griff nach einem Rotstift. *Familie von Cromnitz* schrieb sie unter alle vier Bilder. Von dort aus zeichnete sie Pfeile zu den Fotos hin. *Lebte bei der Familie* schrieb sie an den von Frau Mallkowski, *Vater arbeitete für die Familie* an den von Sofia. Das gleiche traf auf Miriam zu, auch deren Vater hatte auf dem Gut gearbeitet. Sie notierte es. Jemand trat hinter sie und als Sarah sich umdrehte, schaute sie direkt in das spöttische Gesicht von Eva Asmuss.

„Na sieh mal einer an", sagte die, „das sind ja umwerfende Erkenntnisse. Willst du nicht auch noch *Tochter* an den Pfeil von Elise schreiben? Falls es jemand übersehen haben sollte."

„Ich finde es schon bedeutsam, dass alle vier Fälle einen Bezug zu dieser Familie haben", erwiderte Sarah.

„Ach ja? Findest du das? Wie sollten sie den denn nicht haben? Das Gestüt der Familie von Cromnitz ist doch das Einzige, was diesem Kaff Leben einhaucht. Deshalb hat jeder, der dort lebt, irgendwie damit zu tun. Ebenso gut könntest du anführen, dass alle Familien beim gleichen Fleischer eingekauft haben. Das würde mehr Sinn machen, dann hätten wir wenigstens einen potentiellen Verdächtigen." Sarah sagte nichts mehr. Sie ging zu ihrem Platz und arbeitete verbissen vor sich hin, bis Holger alle Anwesenden zu einer kurzen Besprechung zusammenrief.

Erst jetzt fiel es Sarah auf, dass Kai nicht da war. Der erste Satz von Holger traf sie wie ein Schlag in die Magengrube.

„Kai Fischer hatte einen schweren Autounfall. Wir werden für längere Zeit ohne ihn zurechtkommen müssen."

„Was genau ist passiert? Wie geht es ihm?", fragte Sarah mit belegter Stimme.

„Jemand hat ihm gestern auf dem Heimweg die Vorfahrt genommen und ist ihm seitlich in den Wagen gefahren. Er hat mehrere Rippen gebrochen und wird voraussichtlich eine Weile im Krankenhaus bleiben müssen. Wer will es übernehmen, ihn zu besuchen?"

Sarah schaute Eva an, die allerdings keine Anstalten machte, sich bereitzuerklären. „Liegt das nicht auf deinem Weg?", fragte sie mit Blick auf Sarah. Die hatte eine scharfe Erwiderung auf der Zunge, die sie allerdings im letzten Moment hinunterschluckte. Für Eva wäre es schließlich auch nur ein Umweg von wenigen Minuten gewesen. Außerdem wäre Kai über ihren Besuch mit Sicherheit glücklicher gewesen.

„Ja sicher, ich werde vorbeifahren", sagte sie stattdessen.

Holger nickte nur zufrieden und Sarah fragte sich, ob er sich im Hinblick auf Evas Reaktion ebenfalls seinen Teil dachte.

„Wäre es nicht sinnvoll, wenn Sarah gleich hinfahren würde?", setzte Eva nach. Es klang wie: *Hier ist sie ohnehin entbehrlich.* „Wir müssen schließlich wissen, wie wir demnächst personell aufgestellt sein werden. Angesichts der Aufgaben, die vor uns stehen."

„Da wir inzwischen von zwei Entführungen ausgehen müssen, wird vermutlich ohnehin eine SOKO gebildet werden. Der Fall nimmt größere Dimensionen an. Wir werden gleich noch einmal die aktuelle Lage besprechen."

„Gut, ich würde mir vorher nur gern noch einen starken Kaffee machen. Den brauche ich jetzt einfach", meinte Eva.

Holger seufzte. „Wie bedauerlich, dass ich dich nicht von den Vorzügen eines guten Tees überzeugen kann."

„Mich hast du dafür vollkommen davon überzeugt. Ich liebe die Art, wie du ihn zubereitest", sagte Sarah, worauf er ihr mit einem zufriedenen Lächeln eine Tasse hinstellte und sich in die kleine Küche begab, um das Teewasser aufzusetzen.

Eva bedachte sie mit einem ironischen Lächeln. „Jeder kratzt auf seine Weise, der eine laut, der andre leise", zischte sie Sarah zu. Dann stand sie auf und ging zum Kaffeeautomaten hinüber, der gleich darauf gurgelnde Laute von sich gab. Das war doch wohl der Gipfel, ihr zu unterstellen, sie würde sich bei ihrem Vorgesetzten einkratzen! Doch bevor Sarah sich zu einer passenden Erwiderung durchringen konnte, war Holger schon zurück und dann begann auch gleich der dienstliche Teil.

„Eva, was gibt es Neues? Sind aktuelle Meldungen zu unserer Suche nach den beiden Mädchen hereingekommen?"

„Leider gibt es bisher in keinem der beiden Vermisstenfälle eine heiße Spur." Während Eva sprach, rührte sie in ihrem Kaffee herum. Das Geräusch, mit dem der Löffel gegen die Tasse schlug, klang nervtötend. „Keine der angeblichen Sichtungen von Elise konnte verifiziert werden. Die Fahndung nach Sofia läuft gerade erst richtig an. Übrigens sehe ich immer noch keinen zwingenden Zusammenhang zwischen diesen beiden Fällen. Deshalb halte ich es auch für verfrüht, eine SOKO zu bilden."

Holger runzelte die Stirn. „Es sieht doch ganz danach aus, als wäre hier ein Täter am Werk, der es auf ganz junge Mädchen abgesehen hat. Das dürfen wir nicht auf die leichte Schulter nehmen. Vor allem müssen wir verhindern, dass es weitere Fälle gibt."

Eva widersprach. „Wir haben keine sicheren Belege für diese These. Im Gegenteil: Bei Elise deutet alles darauf hin, dass sie freiwillig verschwunden ist. Sie hatte Angst, bei einem wichtigen Turnier zu versagen. Sie war vermutlich nach der Geburtstagsfeier mit jemandem verabredet, der sie im Auto mitgenommen hat."

„Das steht allerdings im Widerspruch zu den Aussagen der Jugendlichen, die Elise zum Bus begleitet haben. Sie bleiben dabei, gesehen zu haben, wie sie einstieg", wandte Sarah ein.

„Wir haben drei verlässliche Zeugen, die etwas anderes gesagt haben. Die Jugendlichen lügen offenbar, weil sie ein schlechtes Gewissen haben. Oder weil sie die Freundin nicht verraten wollen. Ich könnte ihnen persönlich noch einmal auf den Zahn fühlen." Sarah fühlte heiße Wut in sich aufsteigen. Schon wieder wurde sie von Eva als unfähig hingestellt. Die erfahrenere Kriminalistin sah sich gezwungen, die Fehler der dummen Anfängerin aufzuarbeiten. Aber diesmal hatte sie sich verrannt.

„Dafür gibt es keinen Grund", erwiderte Holger mit deutlicher Schärfe in der Stimme. „Sarahs Idee, einem bestimmten Mädchen aus der Clique eine Information zu entlocken, erscheint mir da vielversprechender. Wie hieß das Mädchen doch gleich?"

„Katrin. Ich suche sie gleich heute noch auf." Dieser Punkt ging an sie. Eva zeigte sich unbeeindruckt.

„Also ich begrüße ja jeden Einfall, der uns weiterhelfen kann", sagte sie unterkühlt. „Aber er muss mit Fakten belegbar sein. Wenn wir vorschnell Zusammenhänge konstruieren, verlieren wir den objektiven Blick. Das darf nicht passieren. Ich bin übrigens auch der Ansicht, dass der Fall Mallkowski gesondert zu behandeln ist. Nachdem sich der Verdacht gegen den Pflegedienst nicht bestätigt hat, sollte die Hypothese geprüft werden, ob es sich um erbetene Sterbehilfe gehandelt haben könnte. Ich bin fest davon überzeugt. Die Frau war schließlich todkrank. "

„Das glaube ich nicht", platzte Sarah spontan heraus.

„Ach, und wieso nicht? Es ist doch wohl wirklich naheliegend", erwiderte Eva pikiert.

„Frau Mallkowski war streng katholisch. Sie hätte das nicht mit ihrem Glauben vereinbaren können."

„Wenn er Schmerzen erleiden musste, ist schon so mancher vom Glauben abgefallen."

Sarah wollte etwas erwidern, stockte jedoch plötzlich. Eine Idee formte sich in ihrem Kopf, doch sie bekam sie nicht richtig zu fassen. Der Glaube, es hing mit dem Glauben von Frau Mallkowski zusammen! Und mit dem verschwundenen Schlüssel. Oder war der gar nicht so wichtig? War der Glaube der eigentliche Schlüssel zu diesem unerklärlichen Fall? Sarah war unmerklich in einen tranceartigen Zustand geraten, aus dem sie ein Klirren jäh herausriss. Vor ihr auf dem Tisch lagen ein Schein und Geldstücke. Den Schein hatte ihr Holger hin geschoben, die Münzen schüttelte Eva aus ihrem Geldbeutel. „Das dürfte reichen", sagte sie dazu. „Dein Anteil fehlt schließlich noch." Natürlich, es ging um die Blumen für Kai. Die sollte sie schließlich auch besorgen.

„Richte ihm bitte unsere besten Genesungswünsche aus", sagte Holger.

„Ja, von mir auch gute Besserung", fügte Eva hinzu. „Und jetzt muss ich wieder an die Arbeit."

Meinst du etwa, ich nicht?, ärgerte sich Sarah. *Sei nicht so empfindlich, das bringt nichts*, wies sie sich gleich darauf selbst zurecht. Allerdings konnte sie es sich nicht verkneifen, in Gedanken noch eine Botschaft an Eva hinzuzufügen: *Du eingebildete Kuh!*

17.

„Nun hör schon auf, mich derart rücksichtsvoll zu behandeln. Da komme ich mir ja vor, als würde ich bereits auf dem Sterbebett liegen. Erzähle mir lieber endlich, was anliegt."

Sarah hatte Kai nicht mit dienstlichen Angelegenheiten behelligen wollen, was der aber überhaupt nicht zu schätzen wusste. „Mein Kopf hat schließlich nichts abbekommen", sagte er. „Die paar angeknacksten Rippen beeinträchtigen mein Denkvermögen nicht, deswegen lasse ich mich nicht aufs Abstellgleis schieben."

Sarah seufzte. „Im Moment befinden wir uns alle mehr oder weniger auf dem toten Gleis. Es geht nicht voran, es gibt keine neuen Hinweise, geschweige denn eine heiße Spur." Sie berichtete kurz von der Dienstbesprechung. „Ich fühle mich nicht wohl bei dem Gedanken, die möglichen Zusammenhänge zwischen den Fällen zu vernachlässigen. Holger ist in der Beziehung aufgeschlossen, doch Eva besteht vehement darauf, dass die Fälle der beiden verschwundenen Mädchen nichts miteinander zu tun haben." Sie formulierte es neutral und hütete sich, den Anschein zu erwecken, sie wolle Eva kritisieren. Damit käme sie bei Kai mit Sicherheit nicht gut an. Er schlug sich auch gleich auf Evas Seite.

„Es gibt doch tatsächlich keine Hinweise darauf, dass da ein Zusammenhang besteht."

„Na hör mal, da verschwinden im Abstand von wenigen Tagen zwei Mädchen aus dem gleichen Dorf. Soll das ein Zufall sein?"

„Warum soll es keiner sein? So sind Zufälle nun mal beschaffen. Erst passiert ewig überhaupt nichts, dann gleich mehrere Sachen unmittelbar hintereinander. Ich bin ehrlich gesagt dafür, sich nur an die Fakten zu halten. Die sind im Moment einfach noch zu dürftig, um alle möglichen Schlussfolgerungen zu ziehen."

„Also ehrlich, Kai! Die Mädchen sind im gleichen Alter und leben im gleichen Dorf. Der Täter wird beide gekannt haben."

„Welcher Täter? Es gibt keinen Verdächtigen. Sie können beide freiwillig verschwunden sein. Das wäre dann der wahre Zusammenhang: Die eine haut ab, die andere macht es nach."

So viel Ignoranz machte Sarah einfach wütend. Ohne Rücksicht auf den angeschlagenen Zustand ihres Kollegen redete sie nun Klartext. „Sag mal Kai, was spielen wir hier eigentlich? Blinde Kuh? Dann bin ich definitiv nicht mit von der Partie. Holger mit Sicherheit auch nicht. Er hat bereits erwähnt, dass sich eventuell eine SOKO des Falles annehmen wird."

Kai stöhnte auf. „Mensch, Sarah, das ist es doch gerade, was wir nicht wollen. In dem Moment, wo das passiert, sind wir den Fall so gut wie los. Dann dürfen wir nur noch am Rande mitmischen. Ich habe aber keine Lust, den Kofferträger für die Experten vom LKA zu spielen. Und Eva auch nicht."

„Ach daher weht der Wind! Aus reiner Profilierungssucht vertuscht ihr Zusammenhänge und gefährdet vielleicht sogar Menschenleben." Sie war laut geworden und Kai wurde es nun ebenfalls.

„Jetzt schalt mal gefälligst einen Gang runter, ja! Wir vertuschen überhaupt nichts. Weil nichts da ist, was man vertuschen könnte. Es ist verdammt unkollegial von dir, solche Vorwürfe zu erheben."

„Ich bin unkollegial, ausgerechnet ich? Wo Eva mich bei jeder Gelegenheit blöd anmacht und alles was ich sage infrage stellt? Und du gibst ihr natürlich Rückendeckung."

„Dir muss ich ja wohl keine geben, wo doch schon Holger wie eine ganze Armee hinter dir steht. Du bist schließlich seine Musterschülerin."

„Willst du mir etwa vorwerfen, dass ich mich bei ihm einkratzen würde? Da bist du mit Eva voll auf einer Wellenlänge, die hat mir das auch schon vorgehalten. Aber vermutlich sprecht ihr euch hinter meinem Rücken ab. Tolle Kollegen seid ihr!"

Die Tür wurde aufgerissen und eine Krankenschwester stecke den Kopf herein. „Was ist denn hier los? Muss ich Sie auf den Charakter des Hauses hinweisen?"

Kai fing sich als Erster. „Hier ist alles in Ordnung. Wir haben nur gerade ein kleines Rollenspiel unter Kollegen veranstaltet. Man muss in Übung bleiben, besonders wenn man vorübergehend ans Bett gefesselt ist."

Die Schwester verdrehte die Augen. „Was immer Sie hier spielen, tun Sie es von jetzt an bitte in Zimmerlautstärke."

Nachdem sie die Tür hinter sich geschlossen hatte, herrschte einen Moment lang verlegenes Schweigen. Sarah sprach zuerst. „Okay, vielleicht musste das einfach mal raus. Aber ich hätte mir einen geeigneteren Zeitpunkt dafür suchen sollen. Es tut mir leid."

„Nein, mir tut es leid", widersprach Kai. „Wir hätten schon früher mal darüber reden müssen. Eva macht sich Gedanken wegen ihrer Beförderung. Sie ist bei der nächsten Runde dran, daran gab es lange keinen Zweifel. Nun hat sie allerdings den Eindruck, Holger könnte sich eher für dich einsetzen. Es wäre ungerecht, weißt du. Also nichts gegen dich, du bist wirklich gut. Aber Eva ist eine ausgezeichnete Kriminalistin und sie hat mehr Berufserfahrung. Außerdem ist sie schon länger dabei. Nur deshalb reagiert sie manchmal ein wenig bissig. Sie fühlt sich von dir in die Ecke gedrängt."

Sarah war ehrlich baff. „Aber das ist überhaupt nicht so, ich habe nicht im Geringsten die Absicht sie auszustechen. Mir geht es nur um die Sache."

„Das ist es ja gerade", erwiderte Kai trocken. „Holger schätzt das an dir, während er Eva schon mal Karrierestreben vorgeworfen hat. Diese Scharte würde sie gern durch einen überzeugenden Ermittlungserfolg auswetzen."

„Und um den zu erreichen, will sie keine SOKO." Langsam dämmerten Sarah die Zusammenhänge. „Aber Kai, bei allem Verständnis für deine besondere Zuneigung zu

Eva musst du zugeben, dass so etwas nicht geht. Wir müssen schließlich objektiv bleiben."

Kai war bei der Erwähnung seiner Gefühlslage rot angelaufen und redete nun sehr schnell auf Sarah ein, um das zu überspielen. „Das sind wir doch auch, Sarah. Wie gesagt, es gibt keine belastbaren Indizien für Zusammenhänge zwischen den Fällen. Warum sollen wir da die Pferde scheu machen? Sobald sich an der Sachlage etwas ändern sollte, werden wir natürlich entsprechend reagieren."

„In Ordnung, das war ein gutes Schlusswort. Jetzt erhole dich gut, damit du bald wieder bei uns bist."

„Nichts lieber als das. Ich werde mir Mühe geben." Er lächelte ein wenig gequält, als sie sich verabschiedeten.

Da es noch nicht allzu spät war, beschloss Sarah, noch Wiebke Petersen aufzusuchen. Die Eltern von Sofia hatten angegeben, zwischen ihrer Tochter und der behinderten jungen Frau hätte ein enger Kontakt bestanden. Bisher wusste sie wenig über Sofia und die Befragung ihrer Mitschüler war nicht besonders ergiebig gewesen. Aber vielleicht würde gerade Wiebke in ihrer direkten, naiven Art aufschlussreiche Hinweise geben können. Das anschließende Gespräch mit Katrin würde sie bei ihr zu Hause führen. Sie musste dem Mädchen zusichern, dass ihre Klassenkameraden nichts davon erfahren würden. Sonst wäre sie womöglich nicht bereit, ihr Schweigen zu brechen.

Der Tag hatte wahrhaftig nicht gut angefangen und schien sich genauso fortsetzen zu wollen. Nachdem sie am Haus der Petersens geklingelt hatte, erschien oben hinter einem der Fenster ein leuchtend blonder Schopf. Wiebke war also daheim. Kurz darauf wurde die Tür von einer hageren Frau von schätzungsweise Mitte vierzig geöffnet. Sie steckte in einem grünen Jogginganzug, ihr blondes Haar hatte sie mit einem Gummi zusammengerafft und ihre Gesichtszüge wirkten verhärmt. Misstrauisch musterte sie Sarah von oben bis unten.

Die zückte ihren Ausweis. „Kriminalpolizei, Sarah Sandring. Ich würde gern mit Ihrer Tochter sprechen."

Die Frau verschränkte die Arme vor der Brust. „Meine Tochter ist nicht da."

„Hören Sie, es ist wichtig. Ich habe Wiebke oben am Fenster gesehen. Es stimmt nicht, dass sie nicht da ist."

„Na und? Ich muss Sie trotzdem nicht zu ihr lassen."

„Ich würde Wiebke gern eine Vorladung ersparen und hier ganz zwanglos mit ihr reden. Sie ist mit Sofia Mehnert befreundet, die, wie Sie ja sicher wissen, verschwunden ist. Ich möchte nur ein paar Informationen zu dem Mädchen. Vielleicht kann Ihre Tochter uns weiterhelfen."

„Das kann sie mit Sicherheit nicht. Ich habe ihr verschwiegen, dass Sofia vermisst wird, das würde sie viel zu sehr aufregen. Wie Ihnen sicher schon aufgefallen ist, ist meine Tochter nicht gesund. Durch die Aufregungen der letzten Wochen hat sich ihr Zustand verschlechtert. Ich werde unter keinen Umständen zulassen, dass sie vernommen wird. Wenn nötig, kann ich gern eine Bescheinigung ihres behandelnden Arztes besorgen."

„Das wird nicht notwendig sein. Es ist schade, dass Wiebke uns nicht weiterhelfen kann, doch es soll natürlich auf keinen Fall auf Kosten ihrer Gesundheit geschehen." Während sie das sagte, hörte Sarah ein Klopfen und schaute zu den oberen Fenstern hinauf. Frau Petersen folgte ihrem Blick. Wiebke stand hinter der Scheibe und macht ihr aufgeregt Zeichen.

„Da sehen Sie es", sagte die Mutter in einem so vorwurfsvollen Ton, als wollte sie Sarah daran die Schuld geben. Wortlos verschwand sie im Haus. Kurz darauf wurde vor dem Fenster im Obergeschoss mit einem energischen Ruck die Gardine zugezogen.

18.

Katrin war sichtlich erschrocken über das Auftauchen von Sarah. Allerdings war sie dafür sehr schnell bereit zu reden. Sie und Sarah saßen sich im Haus ihrer Eltern in einem hellen, freundlichen Jugendzimmer mit Postern von Popstars an den Wänden und Plüschtieren auf dem Bett gegenüber. Katrin hatte Sarah sogar etwas zu trinken angeboten. Ein höfliches, gut erzogenes Mädchen war sie, ganz anders in ihrer Art als die kaltschnäuzige Nele.

„Du hast gefragt, ob sich Elise auch etwas angetan haben könnte", begann Sarah das Gespräch. „So wie deine Mitschülerin Vera. Wie kamst du darauf?"

„Nur so", murmelte Katrin, konnte Sarah dabei jedoch nicht in die Augen schauen.

„Das glaube ich dir nicht. Du hattest einen Grund, das anzunehmen. Erzählst du mir, was genau mit Vera passiert ist?"

Katrin schossen die Tränen in die Augen. „Ich wollte das nicht", stammelte sie. Zwei dicke Tropfen sammelten sich auf ihrer Nasenspitze und tropften von dort auf die Hose, wo sie einen kreisrunden feuchten Fleck hinterließen. Nervös wischte Katrin mit der Hand darüber hinweg.

„Was hast du nicht gewollt?", fragte Sarah behutsam.

„Dass wir sie so an der Nase herumgeführt und uns über sie lustig gemacht haben. Ich habe auch gelacht, aber sie hat mir oft leidgetan."

„Du hast aber nichts gesagt, weil du weiter zu deiner Clique gehören wolltest. Und weil die anderen mitgemacht haben. War es so?"

Katrin nickte. „Wenn ich was gesagt hätte, dann wäre Nele über mich hergezogen. So ist sie nun mal."

Sarah verstand die Angst des schüchternen Mädchens, selbst zum Opfer zu werden. „Manchmal sind wir eben nicht so mutig, wie wir es sein sollten", sagte sie. „Das ist jedem von uns schon passiert. Aber es wäre wichtig, dass du wenigstens jetzt sagst, was du weißt."

„Vera war anders", begann Katrin stockend. „Sie machte sich nichts aus Partys, aus schicken Klamotten und aus Popmusik. Dafür schrieb sie Gedichte, meistens was über Natur, Liebe und so. In manchen ging es auch um den Tod. Ich fand die gar nicht schlecht."

„Aber das hast du ihr nicht gesagt."

„Nein. Alle haben Witze darüber gerissen, da habe ich mich nicht getraut."

„War das alles? Dass ihr euch über ihre Gedichte lustig gemacht habt?"

Katrin schüttelte den Kopf. „Vera hatte sich unheimlich in Till verknallt. Sie konnte das nicht gut verstecken, wenn sie nur in seine Nähe kam, wurde sie ganz rot. Till war schon lange hinter Nele her, hatte bei der aber keine Chance, weil die ältere Jungen bevorzugt. Als sie ihn dann überredete, Vera einen Streich zu spielen, war er sofort einverstanden. Er hoffte, Nele dadurch zu beeindrucken. Eine Zeitlang hat er so getan, als hätte er ebenfalls Interesse an Vera. Er hat ihr Mails geschrieben, die meistens von Nele diktiert waren. Vera hat ihm Liebesgedichte geschickt, über die sich dann alle amüsiert haben. Schließlich hat Nele eine Verabredung eingefädelt, sie hat Vera in Tills Namen zu einem Treffpunkt bestellt. Die kam natürlich auch. Nur traf sie dort nicht auf Till, sondern auf unsere Clique. Nele hat laut aus Veras Gedichten an Till vorgelesen und alle haben sich vor Lachen gebogen. Vera wurde ganz blass und ist fortgelaufen. Das war das letzte Mal, dass wir sie gesehen haben." Sie schluchzte laut auf. „Mir war schon klar, wie gemein das war und wie schlecht Vera sich gefühlt haben muss. Aber ich hätte nie gedacht, dass sie sich deshalb gleich umbringt."

„Wie haben die anderen auf ihren Tod reagiert?"

„Ich glaube, am meisten hat es Till getroffen. Er hatte wohl Angst, dass rauskommt, was sie mit ihr gemacht haben. Ohne ihn hätte es schließlich nicht funktioniert. Till hat sich danach von Nele ferngehalten. Nach einer Weile fing er an, sich um Elise zu bemühen."

„Hatte Elise sich ebenfalls an dem Komplott gegen Vera beteiligt?"

„Nein, die ahnte überhaupt nichts davon. Elise hat andere Interessen, die lebt nur für ihren Reitsport."

„Wie kam es dann aber, dass sie ausgerechnet mit Nele befreundet war?"

„Nele ist eine Zeitlang auch geritten, hat aber bald wieder damit aufgehört. Sie sagte, davon würde man O-Beine bekommen und das könnte ihrer Karriere schaden. Nele will unbedingt Model werden. Sie hatte außerdem Angst, vom Pferd zu fallen und sich ernsthaft zu verletzten. Den Kontakt zu Elise hielt sie weiter aufrecht, weil deren Familie so einflussreich ist. Ich glaube, ihr Vater wollte das so. Ab und zu haben sie zu zweit etwas unternommen, zur Clique hat Elise aber nie gehört."

„Und wie ging es dann weiter? Mit Till und Elise meine ich?"

„Sie waren nicht lange zusammen, da fing Nele plötzlich an, sich um Till zu bemühen. Der schwenkte dann ganz schnell um."

„Wie hat Elise darauf reagiert?"

„Die hat zumindest so getan, als würde es ihr nichts ausmachen. Ich nehme ihr das aber nicht ab."

„Deshalb glaubst du, sie könnte sich etwas angetan haben? Genau wie Vera?"

Katrin nickte. „Werden Sie den anderen, ich meine denen aus meiner Klasse, verraten, was ich Ihnen erzählt habe?" Sie wirkte ängstlich.

„Ich werde mein Versprechen halten und nicht sagen, dass ich diese Informationen von dir habe. Aber einfach auf sich beruhen lassen kann ich die Angelegenheit nicht. Die Eltern von Vera suchen verzweifelt nach einer Erklärung, weshalb ihre Tochter sich umgebracht hat, geben sich vielleicht sogar selbst die Schuld. Und auch du merkst doch, wie sehr es dich belastet. Bevor nicht alles ausgesprochen ist, wirst du nicht zur Ruhe kommen."

„Was wollen Sie machen?"

„Nicht ich, das überlasse ich Fachleuten, die sich damit auskennen. Ich werde mich mit dem schulpsychologischen Dienst in Verbindung setzen. Hab keine Angst, sie werden dich ebenfalls nicht verraten. Aber deinen Anteil an der Schuld, den solltest du schon zugeben."

„Das werde ich ganz bestimmt." Sie sagte es in einem so feierlichen Ton, als würde sie einen Eid leisten.

19.

Diese kleinen intriganten Schlangen! Glaubten, sie wären die Schönsten und Größten und dürften deshalb nach Belieben auf den Gefühlen anderer Menschen herumtrampeln. Sarah konnte ihre Empörung nur mühsam im Zaum halten. Sie saß im Auto und befand sich auf dem Heimweg, doch das Gespräch mit Katrin ging ihr nicht aus dem Kopf. Konnte an deren Vermutung, auch Elise hätte sich eventuell etwas angetan, was dran sein? Ausgerechnet Till und Nele hatten sie an dem fraglichen Abend zum Bus begleitet. War es unterwegs zwischen ihnen zum Streit gekommen? Zu einem Streit, den Nele und Till verschweigen wollten, weil er eventuell die Aufmerksamkeit auf den Suizid von Vera lenken würde?

Obwohl sich hier eine neue Spur andeutete, war sie nach wie vor überzeugt, dass alle Fälle einen verborgenen Zusammenhang aufwiesen. Noch war das nur ein Bauchgefühl. Nicht nur sein Name, das ganze Dorf kam ihr zunehmend unheimlich vor.

Ihre Gedanken wurden unterbrochen, als ihr auf der Gegenfahrbahn der Landstraße in Richtung Geistmoor ein merkwürdig geparkter PKW auffiel. Das Heck des kleinen weißen Golfs ragte ein Stück auf die Fahrbahn. Erst glaubte sie, der Wagen sei leer, doch dann erkannte sie eine dunkelhaarige Frau, die völlig über dem Steuer zusammengesunken war. Kurz entschlossen wendete Sarah, fuhr auf der anderen Seite ein Stück zurück und parkte dann unmittelbar hinter dem Golf. Sie stieg aus und klopfte an die Scheibe. „Hallo, brauchen Sie Hilfe?" Zu ihrer Erleichterung bewegte sich die Frau, sie hob den Kopf vom Lenkrad und schaute zu ihr auf. Aber das war doch ...

„Anne!", sagte Sarah verblüfft. „Was ist los, geht es Ihnen nicht gut?"

Anne von Cromnitz bedeutete ihr mit einer Geste, zu ihr ins Auto zu steigen. Die Beifahrertür war nicht verschlossen. Sarah ließ sich neben der jungen Frau auf den Sitz fallen und musterte sie besorgt. Blass sah sie aus, in ihren Augen war Angst zu erkennen. „Was für ein Zufall", sagte sie. „Ich bin froh, dass Sie da sind."

„Was ist passiert?"

„Ich war auf dem Weg zum Gut. Meine Eltern wünschen, dass ich mich jetzt so oft wie möglich zu Hause aufhalte, solange ..." Sie stockte. „Na, Sie wissen schon, wegen Elise. Auf einmal wurde mir ganz komisch. Ich bekam Herzrasen und konnte nicht mehr deutlich sehen. Da bin ich schnell zur Seite gefahren und habe angehalten."

„Und wie geht es Ihnen jetzt? Soll ich einen Krankenwagen rufen oder Sie zu einem Arzt fahren?" Anne legte ihr mit einer beschwörenden Geste die Hand auf den Arm. „Nein, bitte nicht, auf keinen Fall. Ich kenne das schon, es geht wieder vorüber. Wenn Sie nur noch einen Moment hierbleiben könnten?"

„Ja, sicher kann ich das. Allerdings sollten wir Ihr Auto erst einmal ordentlich parken. Schaffen Sie es oder soll ich das für Sie machen?"

„Ich schaffe es schon. Wenn Sie neben mir sitzen, fühle ich mich gleich sicherer." Tatsächlich gelang es ihr, den Wagen in eine vernünftige Position zu bringen. Danach atmete sie tief durch.

„Es geht schon wieder. Das Problem ist nur, dass diese Anfälle in letzter Zeit häufiger kommen. Ich kann das überhaupt nicht gebrauchen. Wenn ich zu oft ausfalle, muss ich unter Umständen noch einmal ein Schuljahr wiederholen." Ihre Augen wurden feucht, als sie das sagte.

„Das muss nicht so weit kommen. Natürlich stehen Sie zurzeit unter erheblichem Stress, da ist das doch kein Wunder." Sarah hätte gern noch etwas Tröstliches hinzugefügt in der Art, dass man ihre Schwester Elise sicher bald wohlbehalten finden würde, doch das wäre eine Lüge gewesen. Inzwischen glaubte sie nicht mehr daran. „Soll ich Sie vielleicht nach Hause fahren?", fragte sie stattdessen.

„Nein!" Es klang wie ein Aufschrei. „Ich will da heute nicht mehr hin, ich kann das einfach nicht."

„Ist ja schon gut, beruhigen Sie sich. Wo kann ich Sie sonst hinbringen?"

„Ich weiß nicht. Zurück nach Hamburg schaffe ich es heute nicht mehr. Und zum Gut, nein lieber bleibe ich über Nacht hier im Auto sitzen."

„Das ist wirklich keine Lösung. Wollen Sie mit zu mir kommen?"

Anne strahlte sie an wie ein Kind, dem man eine Überraschung versprochen hatte. „Darf ich? Das wäre wunderbar. Ich meine, wenn es Ihnen nicht zu viele Umstände macht."

„Macht es nicht. Wir müssen uns nur etwas mit Ihrem Auto überlegen, wenn Sie mit mir fahren wollen."

„Es ist doch nicht sehr weit, oder?"

„Etwa zwanzig Minuten."

„Das schaffe ich, ich fahre Ihnen einfach hinterher."

Sarah hatte Bedenken gehabt, doch die Heimfahrt klappte problemlos. Nun hockte Anne zufrieden auf dem Sofa in ihrem gemütlichen kleinen Wohn- und Arbeitszimmer und wärmte sich die Hände an einem dampfenden Becher Tee. Sie hatte Sarah gebeten, sie zu duzen.

„Sie können doch nicht viel älter sein als ich", meinte sie jetzt. „Ich frage mich schon die ganze Zeit, wie Sie da schon Kriminalkommissarin sein können?"

„So jung wie du bin ich nicht mehr, fast achtundzwanzig, um genau zu sein."

„Das hätte ich nie vermutet."

„Danke für das Kompliment. Du darfst mich übrigens auch duzen." Draußen war es dunkel geworden und ein kalter Wind pfiff ums Haus. Umso anheimelnder wirkte die warme Stube im gedämpften Licht einer Tischlampe. Zwischen den beiden Frauen breitete sich eine vertrauliche Atmosphäre aus. Sarah spürte förmlich, wie sehr Anne darauf brannte, sich ihr anzuvertrauen. Sie hätte es ihr gern erleichtert, fürchtete aber, sie durch allzu direkte Fragen zu verprellen.

„Geht es dir wieder richtig gut?"

Anne nickte. „Jetzt ja. Er hing mit dem Gut und mit meiner Familie zusammen, dieser Anfall meine ich."

„Weil ihr alle im Moment unter einer solchen Belastung steht."

„Nein, es ist mehr. Ich glaube, es passiert, weil ich mich schuldig fühle. Manchmal glaube ich, alle würden es mir ansehen. Besonders meine Mutter."

„Weshalb fühlst du dich schuldig, Anne?"

„Weil Elise etwas zugestoßen ist", flüsterte sie. Sarah rieselte ein kalter Schauer über den Rücken. Sie musste nicht nachfragen, Anne hatte bereits zu einer Erklärung angesetzt. „Es war wegen dieses verdammten Turniers. Meine Mutter hat auf meiner Anwesenheit bestanden, obwohl sie genau wusste, welchen Horror ich davor hatte. Ich habe mir so gewünscht, dass etwas dazwischen kommen würde. Dass Elise mit einer Magenverstimmung im Bett liegen oder Merlin plötzlich lahmen würde. Irgendwas, damit sie nicht antreten könnte und mir das Spektakel erspart bliebe. Und als es dann hieß, sie wäre nicht nach Hause gekommen, da war ich froh. Kannst du dir das vorstellen? Aber ich hätte ihr niemals etwas wirklich Schlimmes gewünscht. Ich liebe meine kleine Schwester." Ihre Stimme zitterte und sie schaute Sarah unsicher an.

„Und deshalb hast du jetzt Schuldgefühle?"

Sie nickte. „Man soll solche Wünsche nicht haben, sie können sich auf fatale Art erfüllen."

„Aber Anne, das ist Aberglaube. Wenn du so etwas annimmst, fügst du dir selber Schaden zu. Weshalb hattest du eigentlich solchen Horror vor dem Turnier?"

„Ich habe dir doch schon erzählt, dass ich Angst vor Pferden habe."

„Ja schon, aber bei dem Turnier wärst du nur Zuschauerin gewesen und nicht direkt mit den Tieren in Berührung gekommen. Oder versetzt dich bereits ihr Anblick in Panik?"

„Nein, das nicht, es ist etwas anderes. Bei diesen Springturnieren kommt es immer mal wieder vor, dass ein Pferd stürzt. Und dann schreien sie manchmal. Das klingt so schrecklich, das ist nicht auszuhalten. Ich habe dann das Gefühl, verrückt zu werden."

Sarah verstand, was Anne meinte. Sie fand es ebenfalls schier unerträglich, ein Tier leiden zu sehen. Erst im vergangenen Sommer hatte sie die Scheibe eines Autos einschlagen müssen, weil ein darin eingesperrter Hund einen Hitzekollaps erlitten hatte. Das Tier hatte zum Glück mit ihrer Hilfe überlebt, aber es war knapp gewesen. Seitdem konnte sie an heißen Tagen an keinem geparkten Fahrzeug mehr vorbeigehen, ohne besorgt hineinzuspähen.

„Weißt du, was der erste Auslöser bei dir war?", fragte sie Anne. „Ich meine, gab es in deiner Kindheit ein schlimmes Erlebnis mit einem Pferd?"

„Ich weiß es nicht, ich habe keine Erinnerung daran. Angeblich soll ich als kleines Mädchen sogar geritten sein und Spaß daran gehabt haben. Ich würde es nicht glauben, wenn mir meine Eltern nicht Fotos gezeigt hätten, auf denen ich ganz stolz auf einem Pferd sitze."

„Wie alt warst du da?"

„Vier oder fünf."

„Und da hat man dich schon auf ein Pferd gelassen?"

„Es war ein Pony. Einmal soll es mich abgeworfen haben, da war ich fünf. Meine Mutter meinte, danach wäre ich nie wieder zu bewegen gewesen, mich auf ein Pferd zu setzen. Und obwohl das jetzt fünfzehn Jahre her ist, wird meine Angst sogar immer stärker. Ich kann mir das auch nicht erklären."

„Hast du mal daran gedacht, eine Psychotherapie zu machen?"

„Schon, aber meine Mutter ist strikt dagegen. Sie meint, das würde mich erst richtig verrückt machen."

„Du bist erwachsen Anne, es ist deine Entscheidung."

„Ehrlich gesagt habe ich Angst davor. Es soll ja tatsächlich so sein, dass es einem am Anfang einer Therapie sogar schlechter geht. Das kann ich mir einfach nicht leisten. Ich will nicht noch einmal ein Jahr verlieren." Sie lehnte sich zurück und musste plötzlich gähnen.

Sarah lachte. „Es ist spät geworden, lass uns schlafen gehen." Sie bezog Anne das Bett und machte es sich selbst auf dem Sofa bequem. Das hatte sie bereits öfter getan und konnte dort ausgezeichnet schlafen. In dieser Nacht war es jedoch anders, ein wirrer Traum verfolgte sie. Darin befand sie sich auf einem Springturnier, alle anderen Zuschauer stammten aus Geistmoor. Ein stolzes schwarzes Pferd ohne Reiter trabte heran, auf seinem Rücken leuchtete die Startnummer 15. Es näherte sich einem gewaltigen Hindernis und Sarah wurde von einer bangen Ahnung erfasst, dass das nicht gut gehen würde. Tatsächlich stürzte das Pferd. Es stieß gellende Schreie aus, die wie die einer Frau klangen. Sarah wollte dem Tier helfen, konnte es allein aber unmöglich schaffen. Sie rief den anderen Zuschauern zu, sie sollten mit anfassen, doch plötzlich sah sie, dass alle sich die Augen zuhielten. Wut über so viel Ignoranz kochte in ihr hoch. Als sie mit wild klopfendem Herzen erwachte, spürte sie diese Wut immer noch und wurde sich bewusst, dass sie gegen die Bewohner von Geistmoor gerichtet war. Überhaupt schien dieser Traum eine versteckte Botschaft zu enthalten, die ihr ungeheuer wichtig erschien. Sie schaltete die Tischlampe ein, griff nach einem herumliegenden Werbeprospekt und kritzelte auf den Rand: Schreiendes Pferd, Nummer 15? Sie schlief dann noch einmal ein und am nächsten Morgen dachte sie nicht mehr daran. Im Verlaufe des Tages wurde sie von den neuesten Ereignissen so überrollt, dass sie den Traum völlig vergaß.

20.

Anne hatte sich mit tausend Dankesworten verabschiedet und war zum elterlichen Gut aufgebrochen. Wie vereinbart hatte sie Sarah eine Nachricht geschickt, dass sie gut dort angekommen war. Sarah saß inzwischen wieder an ihrem Schreibtisch in der Dienststelle und machte sich Aufzeichnungen. Sie war so in ihre Gedanken vertieft, dass sie heftig zusammenzuckte, als plötzlich etwas Kaltes, Feuchtes ihre Hand berührte. Der imposante Kopf eines schwarzen Riesenschnauzers schob sich unter ihrem Arm hindurch. „Arco!", rief sie erfreut aus, „wo kommst du denn her? Das ist aber lieb, dass du mich besuchst."

„Ich bin übrigens auch mitgekommen", ertönte eine männliche Stimme hinter ihr. „Nächstes Mal hänge ich mir ein Fell um, damit ich ebenfalls in den Genuss einer solchen Begrüßung komme." Björn war Schutzpolizist und der Hundeführer von Arco, ein sympathischer Kollege, den Sarah gleich ins Herz geschlossen hatte. Als Mann war er nicht unbedingt ihr Typ. Er hatte ein rundes, gutmütiges Gesicht, sommersprossige Haut und rotblondes Haar, das ihm immer ein wenig wirr in die Stirn fiel. Sarah schwärmte eher für dunkelhaarige Männer mit markanten Zügen. Obwohl sich solche Männer nicht selten als ausgesprochene Arschlöcher entpuppt hatten. Abgesehen davon, fühlte sie sich nach der Enttäuschung mit Volker noch nicht bereit für eine neue Beziehung. Björn bedauerte ihr diesbezügliches Desinteresse offensichtlich, akzeptierte es allerdings ohne Anzeichen von Verstimmung.

„Hallo, Björn. Über deinen Besuch freue ich mich natürlich auch. Gibt es einen besonderen Anlass?"

„Du wirst es gleich offiziell erfahren", raunte Björn ihr zu, „aber wir wollten dir als Erster von unserem Ermittlungserfolg erzählen. Vielmehr von dem von Arco. Seine Nase hat sich wieder mal als unfehlbar erwiesen."

„Ihr habt etwas gefunden?" Sarah war wie elektrisiert. „In welchem Fall?"

„In dem von Sofia Mehnert. Schon als wir die Strecke, auf der sie nach Hause gefahren sein musste, zum ersten Mal abgelaufen sind, hat Arco an einer bestimmten Stelle angeschlagen. Nur war da nichts zu sehen gewesen. Keine Spur von dem Mädchen. Aber einen Tag später, beim zweiten Versuch, schlug er wieder genau an der Stelle an. Diesmal haben wir die Spurensicherung verständigt und die hat das Terrain Quadratzentimeter für Quadratzentimeter abgesucht. Und Bingo! Sie haben einen Knopf gefunden, den die Mutter von Sofia eindeutig als den ihrer Tochter identifizieren konnte. Erst zwei

Tage zuvor hatte sie alle Knöpfe an deren Jacke neu festgenäht."

„Kann das bedeuten, dass sie an dieser Stelle verschleppt wurde?"

„Es sieht ganz so aus. Man sieht dem Knopf an, dass er gewaltsam abgerissen worden ist. Es hängt sogar ein Fetzchen Stoff daran. Vermutlich hat ein Kampf stattgefunden."

Sarah überlegte. „Wo genau war das?"

„Mitten auf der Landstraße in Richtung Geistmoor."

„Das Mädchen war doch mit dem Fahrrad unterwegs?"

„Von dem Rad fehlt genauso jede Spur wie von ihr selbst. Ich denke, du vermutest jetzt das Gleiche wie ich. Der Täter muss mit einem Fahrzeug unterwegs gewesen sein. Es dürfte sich dabei um etwas Größeres handeln, um einen Kombi vielleicht. Er wird sich kaum die Zeit genommen haben, das Fahrrad umständlich zu verstauen. Es muss alles sehr schnell gegangen sein. Vielleicht fährt er auch einen LKW."

„Oder einen Bus", sagte Sarah leise.

Björn schaute sie überrascht an. „Ausgeschlossen ist das natürlich nicht. Ein Busfahrer hat Dienstschluss und bevor er den Bus ins Depot bringt, unternimmt er noch eine private Tour damit. Aber ist das so ohne Weiteres möglich? Würde das nicht auffallen?"

„Keine Ahnung. Wir sollten das unbedingt recherchieren. Was ich dich schon immer fragen wollte: Wie ist das eigentlich, kann ein für Mantrailing ausgebildeter Hund auch die Spur eines Menschen verfolgen, der sich in einem geschlossenen Fahrzeug fortbewegt? Ich habe Widersprüchliches darüber gehört."

„Das ist auch nicht einfach mit einem Ja oder Nein zu beantworten. Die Duftspur eines Menschen setzt sich vor allem aus den Hautschuppen zusammen, die er ständig verliert. Oder auch aus roten Blutkörperchen, falls er verletzt ist. Die halten sich übrigens besonders lange, so eine Spur kann ein Hund noch nach hundert Tagen verfolgen. Aus einem geschlossenen Fahrzeug dringt nicht allzu viel nach draußen, da hat es der Hund schwer. Es sei denn, es ist nicht völlig geschlossen. Oder es gibt außen Anhaftungen von Blut. Jedenfalls konnte Arco noch die Richtung aufzeigen, in die Sofia verschleppt wurde. Aber nach hundert Metern hat er mir angezeigt, dass er keine Spur mehr wahrnehmen kann. Leider."

Sie wurden unterbrochen, weil Holger den Raum betrat und energisch auf einen Tisch klopfte.

„Kollegen, einen Moment Aufmerksamkeit bitte. Es gibt Neuigkeiten." Er berichtete, was Sarah bereits von Björn erfahren hatte. Auch er gelangte zu der Schlussfolgerung, dass der Täter mit einem Fahrzeug unterwegs gewesen sein musste.

„Es wäre natürlich denkbar, dass Sofia ein Zufallsopfer war", sagte er. „Zur falschen Zeit am falschen Ort. Doch ich finde das unwahrscheinlich. Der Täter hatte vermutlich schon länger ein Auge auf sie geworfen und auf eine günstige Gelegenheit gelauert. Und bei Elise von Cromnitz könnte es genauso gewesen sein. Er kannte nicht nur die Mädchen, er kannte auch ihre Gewohnheiten."

„Dann nimmst du also an, dass der Täter aus Geistmoor stammt?", warf Eva ein.

„Aus Geistmoor oder aus der näheren Umgebung. Es könnte auch jemand sein, der regelmäßig dort zu tun hat. Auf jeden Fall sollten wir überprüfen, wer im Ort ein größeres Fahrzeug, einen LKW oder einen Lieferwagen fährt."

„Ich kümmere mich darum", sagte Eva schnell. Als sie einige Stunden später wieder auftauchte, strahlte sie geradezu im Glanz ihres Erfolges.

„Wir haben einen Verdächtigen", verkündete sie triumphierend. „Es ließ sich schnell überprüfen, wer im Dorf ein größeres Fahrzeug fährt. Ein Kastenwagen der Marke Opel ist auf einen Karl Mollenbeck zugelassen. Der Mann ist erst vor zwei Jahren aus Hessen dorthin gezogen."

„Das allein macht ihn aber noch nicht verdächtig", wagte Sarah einzuwenden.

Eva warf ihr einen eisigen Blick zu. „Natürlich nicht. Aber die Tatsache, dass er wegen sexueller Belästigung einer Zwölfjährigen vorbestraft ist, schon. Und nicht nur das. Einen Tag nach dem Verschwinden von Sofia hat er den Kastenwagen innen gründlich gereinigt. Das konnte ein Nachbar beobachten."

„Einen Kastenwagen wird man kaum mit einem Bus verwechseln können. Nicht mal bei Nebel." Sarah hatte laut gedacht.

„Was soll das denn jetzt heißen?" Eva schaute sie konsterniert an. „Hallo, hier ist die Rede von Sofia und nicht von Elise. Du verwechselst da was."

Holger machte eine beschwichtigende Geste. „Da wir bei Sofia nun mit Sicherheit von einer Entführung ausgehen müssen, liegt es wirklich nahe, dass Elise vom gleichen Täter gekidnappt wurde."

„Ich denke an die Aussage der beiden Jugendlichen, die Elise begleitet haben. Sie sprachen von einem Bus", ergänzte Sarah.

„Müssen wir das wirklich immer wieder durchkauen?" Eva funkelte sie wütend an. „Die beiden lügen. Sie haben sich vorzeitig aus dem Staub gemacht, weil sie so schnell wie möglich wieder zu der Party zurückwollten. Jetzt lügen sie weiter, weil es ihnen peinlich ist. Und der Vater von Nele, dieser Dr. Mattissen, der eingebildete Schnösel, droht inzwischen sogar mit seinem Anwalt. Da kann man doch überhaupt keine Zweifel mehr haben, dass die etwas verbergen wollen. Ihre Aussage können wir vernachlässigen."

Etwas kitzelte ihr Ohr und Sarah glaubte schon, es sei Arco, der ihre Aufmerksamkeit zu erlangen versuchte. Dann bemerkte sie ihren Irrtum. Björn hatte sich zu ihr heruntergebeugt, um ihr etwas ins Ohr zu flüstern. „Wir überprüfen das mit den Bussen. Ich helfe dir." Er zwinkerte ihr verschwörerisch zu, bevor er sich mit Arco auf den Weg nach draußen machte. Sarah vergaß für einen Moment ihre Verärgerung. Björn war wirklich ein netter Kerl. Aber sein Angebot konnte sie natürlich unmöglich annehmen. Es wäre schon schlimm genug, wenn sie auf eigene Faust Ermittlungen anstellte. Aber unbefugt andere Beamte dafür einzuspannen, das gäbe richtig Ärger. Sie wagte sich Evas Reaktion, falls die davon Wind bekäme, gar nicht auszumalen.

21.

Anne stand im Zimmer ihrer Schwester und starrte hinaus auf den Innenhof. Schon den ganzen Tag über fühlte sie sich unwohl. Ihre Mutter hatte sie mit Vorwürfen überschüttet, weil sie später als vereinbart zu Hause eingetroffen war. Das Schicksal von Elise würde sie nicht interessieren, hatte sie ihr sogar vorgeworfen. Dabei war es das Verhalten ihrer Mutter, das Anne als der Situation höchst unangemessen empfand. Seit ihr Vater sich fast ständig daheim aufhielt, hatte sie nichts Besseres zu tun, als ihn von morgens bis abends mit Vorwürfen und Verdächtigungen zu überschütten. Immer wieder gab sie ihm die Schuld an Elises Verschwinden, weil er ihr gestattet hatte, zu der Geburtstagsparty zu gehen. Vom Eingeständnis eigener Versäumnisse war sie wie immer weit entfernt. Als er angedeutet hatte, sie hätte Elise schließlich von der Party abholen können, war sie regelrecht explodiert. Ob sie seine Unvernunft und Nachgiebigkeit auch noch unterstützen solle, hatte sie gebrüllt. Es war seine verdammte Idee gewesen, Elise zu der Party zu lassen, also sei er auch für alle Folgen verantwortlich. Wenn es ihm so wichtig gewesen wäre, hätte er sie doch abholen können. Aber er wollte seine blöde Konferenz nicht vorzeitig verlassen. Und überhaupt: Vielleicht habe es ja überhaupt keine Konferenz gegeben. Jedenfalls keine, die so lange gedauert hatte. Vermutlich habe er es mal wieder mit irgendeinem Flittchen getrieben, während seine Tochter entführt wurde. Anne hatte sich in den anderen Flügel des Hauses geflüchtet, um den Streit nicht weiter mit anhören zu müssen. Wie sie diese Auseinandersetzungen hasste! Ihre ganze Kindheit hatten sie überschattet. Oft hatte sie mit klopfendem Herzen in einer Ecke gehockt, die Fingernägel fest in die Handballen gepresst. Manchmal hatte sie hinterher sogar geblutet. Doch am schlimmsten war die Angst gewesen, der Vater könnte sie verlassen. Ein paar Mal war er tatsächlich Türen schlagend aus dem Haus gestürzt. Sie hatte den Motor seines Wagens aufheulen und ihn davonfahren gehört. Dann hatte sie stundenlang in ihrem Bett geweint, bis sie schließlich darüber eingeschlafen war. Heute weinte sie nicht mehr, doch die Zustände waren die gleichen geblieben. Oft fragte sie sich, was die Ehe der Eltern eigentlich noch zusammenhielt. Dass der Vater tatsächlich eigene Wege ging, das war ihr inzwischen klar geworden. Sie konnte es ihm nicht verdenken. Der Mutter ging es nicht um ihn, sondern nur um das Bild, das sie in der Öffentlichkeit abgaben. Dieses Bild verteidigte sie mit allen Mitteln. Als ob es sich negativ auf den Stammbaum ihrer Pferde auswirken würde, wenn ruchbar werden sollte, dass der Herr des Hauses seine Sekretärin vögelte.

Auf dem Hof war Hufgetrappel zu hören, Anne schaute nach unten. Ihre Mutter trug Reitkleidung und führte eine

Stute am Zügel, offenbar war sie im Begriff auszureiten. Anne konnte nicht verhindern, dass ihr ein kalter Schauer über den Nacken rieselte. Was war das bloß? Allein der Blick aus diesem Fenster löste Unruhe in ihr aus. Dabei war es früher mal ihr Zimmer gewesen, bis Elise hier einquartiert worden und sie in den gegenüberliegenden Raum umgezogen war. Dorthin begab sie sich jetzt, doch das unbehagliche Gefühl blieb. Um sie herum herrschte die akribische Ordnung, auf die sie so viel Wert legte, aber irgendetwas stimmte trotzdem nicht. Ihr Handy lag noch an der Stelle des Schreibtischs, wo sie es vorhin abgelegt hatte, exakt nach der Kante ausgerichtet. Was war anders? Sie erkannte es auf den ersten Blick: Es war um hundertachtzig Grad gedreht worden. Ein Irrtum war ausgeschlossen, sie hatte es nicht zufällig in einer bestimmten Richtung abgelegt, wäre dazu überhaupt nicht in der Lage gewesen. Angefangen hatte das, als sie noch ein kleines Mädchen war. Sie durfte nicht auf die Ritzen zwischen den Gehwegplatten treten, sie durfte mit ihrer Kleidung beim Hindurchgehen nicht den Türrahmen berühren, sie musste bestimmte Gegenstände auf die immer genau gleiche Art hinlegen. Mit den Jahren waren die Zwänge stärker geworden, fraßen viel von ihrer Zeit. Doch sie konnte nicht aus ihrer Haut, hatte das Gefühl, alles um sie her würde auseinanderbrechen und im Chaos versinken, wenn sie ihre ganz persönlichen Regeln nicht einhielte. Und trotzdem war die Panik wieder da, kam sogar immer häufiger. Anne seufzte und trat ans Fenster. Von dieser Seite ging der Blick über die Wiese bis hin zu den Erlen, hinter denen das Moor begann. Anfangs hatte ihr das gefallen. Wann war das anders geworden? Wahrscheinlich seit sie die Geschichte von den Vorbesitzern des Hofes aufgeschnappt hatte, deren Leichen hier irgendwo noch verscharrt sein sollten. Danach hatten auch die Alpträume angefangen. Sie hatten alle dasselbe Motiv: Ein riesiges pechschwarzes Pferd jagte sie vor sich her, bäumte sich auf und bedrohte sie mit seinen Hufen. Sie floh vor ihm und bemerkte erst gar nicht, dass es sie in Richtung Moor drängte. Plötzlich befand sie sich mittendrin, fühlte, wie sie immer tiefer einsank. Verzweifelt versuchte sie sich zu befreien, als direkt neben ihr die Gestalt eines Mädchens hochschnellte und nach ihr griff. Es war eine Tote, die sie zu sich in das modrige Grab hinabzog. Anne war jedes Mal von ihren eigenen Schreien erwacht. Fast immer war es ihr Vater gewesen, der sie dann getröstet hatte. Aber er konnte sie nicht täuschen: Sie hatte sein Erschrecken bemerkt, als sie ihm von ihrem Traum erzählt hatte. Die Sicherheit, die er sonst auszustrahlen pflegte, hatte einen winzigen Riss bekommen, was sie fast genauso entsetzte wie der Traum selbst. Deshalb hatte sie ihm auch verschwiegen, dass er bis heute von Zeit zu Zeit wiederkehrte. Hier im Haus träumte sie ihn besonders oft.

Anne versuchte, den Gedanken an den Traum zu verscheuchen und sich auf die Gegenwart zu konzentrieren. Wer konnte sich an ihrem Handy zu schaffen gemacht haben? Eigentlich kam nur ihre Mutter infrage. Ihr Vater würde so etwas nicht tun. Und Kanita, das thailändische Dienstmädchen, würde sich wohl kaum dafür interessieren. Sie sprach schließlich kaum Deutsch.

Es fehlte gerade noch, dass ihre Mutter ihr hinterher spionierte. Ahnte sie vielleicht bereits etwas? Nein, das konnte nicht sein. In dem Falle hätte sie sofort reagiert. Anne schauderte bei dem Gedanken. Ohnehin fühlte sie sich seit einiger Zeit beobachtet. Es gab keine konkreten Anhaltspunkte dafür, dennoch wurde sie das Unbehagen nicht los. Manchmal hörte sie Schritte hinter sich, doch wenn sie sich dann umwandte, war da niemand. Sie glaubte, abends Schatten vor dem Fenster entlanghuschen zu sehen oder hörte Geräusche, die sie nicht einordnen konnte. Und nun musste sogar jemand in ihrem Zimmer gewesen sein. Anne stöhnte auf. Sie spürte, wie die Panik erneut ihre eisigen Finger um ihr Herz zu legen drohte. Mit beiden Händen griff sie nach der Schreibtischkante und klammerte sich daran fest. Gerade ging die Sonne unter und warf ihre letzten Strahlen durch das Fenster. Anne starrte auf ihre Hände. Sie schienen in Blut getaucht zu sein.

22.

Das Verhör des Verdächtigen Karl Mollenbeck fand am frühen Morgen statt. Durchgeführt wurde es von Kriminalkommissarin Eva Asmuss persönlich. Das hatte sie sich ausbedungen. Sarah gehörte zu den Auserwählten, die es hinter der Spiegelscheibe verfolgen durften. Holger hielt sich etwas im Hintergrund. Karl Mollenbeck war ein untersetzter Mann von Anfang fünfzig, der einen beachtlichen Bierbauch vor sich her trug. „Der könnte auch Mollengrab heißen", flüsterte Holger leise, „so viele Mollen Bier, wie der schon in sich versenkt haben muss." Das Gesicht des Mannes war gerötet. Obwohl es kühl im Raum war, standen Schweißperlen auf seiner Stirn, aus der sich das Haar schon bis zur Mitte des runden Kopfes zurückgezogen hatte.

Eva Asmuss trat gleich zu Beginn sehr forsch auf. „Also, Herr Mollenbeck, was haben Sie mit Sofia gemacht?"

Der Mann schüttelte den Kopf und antwortete mit leiser Stimme: „Nichts habe ich mit ihr gemacht. Ich kenne sie kaum."

„Das soll ich Ihnen glauben? Sie muss Ihnen oft genug über den Weg gelaufen sein, so groß ist das Dorf schließlich nicht. Hat sie Ihnen gefallen? Sie stehen doch auf junge Mädchen, nicht wahr? Wir wissen über Sie Bescheid."

„Nichts wissen Sie, überhaupt nichts. Die kleine Schlampe hat mich damals zu Unrecht beschuldigt. Ich hab ihr nur auf den Hintern geklopft aus Ärger über ihr unverschämtes Benehmen. Sie hatte mitten im Hausflur ihren Dreck von sich geworfen und mir die Zunge rausgestreckt, als ich sie aufgefordert habe, das aufzuheben. Keine Manieren und keinen Respekt. Aber sie hat dann hinterher behauptet, ich hätte sie betatscht. Sie hat dadurch meine Existenz zerstört."

„Sie sind mit einer Bewährungsstrafe davongekommen."

„Aber meinen Job als Hausmeister in der Schule war ich los."

„Sie sind seitdem arbeitslos?"

„So ist es. Ich finde auch keine Arbeit wieder und von dem bisschen Stütze kann ich nicht leben. Ich bessere mein Einkommen auf, indem ich Sperrmüll sammle. Brauchbare Stücke arbeite ich auf und verkaufe sie auf Trödelmärkten. Dafür brauche ich den Transporter, nicht um kleine Mädchen darin zu verschleppen."

„Sie haben kein Alibi für den Nachmittag, an dem Sofia verschwand."

„Ich war zu Hause, das habe ich schon gesagt. Bei der dicken Nebelsuppe konnte ich nicht unterwegs sein, da hätte ich ja die Sperrmüllhaufen am Straßenrand nicht erkannt."

„Was allerdings niemand bestätigen kann."

Er zuckte mit den Achseln. „Wie auch? Man konnte ja die Hand vor Augen nicht erkennen, geschweige denn bis zum Nachbarhaus sehen."

„Dafür hat Ihr Nachbar allerdings gesehen, wie sie am kommenden Tag den Transporter sehr gründlich gereinigt haben."

„Ja und? Das muss ich ab und zu tun. Der Sperrmüll ist nicht gerade sauber, die Leute machen sich nicht die Mühe, die Sachen noch großartig zu reinigen, bevor sie in der Müllpresse landen. Das sieht man meinem Wagen natürlich an."

„Wir werden Ihren Transporter gründlich untersuchen. Wenn Sofia darin auch nur eine Hautschuppe verloren hat, dann werden wir die finden, verlassen Sie sich darauf. Dann werden Sie sich wünschen, rechtzeitig gestanden zu haben. Noch ist Zeit dazu." Sie lehnte sich zurück und musterte ihn kühl.

„Untersuchen Sie den Wagen. Ich hoffe, dass ich ihn dann bald zurückbekomme."

„Er war ganz gelassen", sagte Sarah hinterher zu Björn, der sie auch an diesem Tag wieder besuchte. „Ich glaube, wir haben den Falschen. Eva sieht das allerdings anders. Sie will ihn rund um die Uhr observieren lassen."

„Eine andere Spur haben wir leider nicht", meinte Björn. „Ich war bei zwei Busunternehmen. In beiden Fällen sagte man mir, es sei nicht möglich, sich mal kurz unbemerkt einen Bus auszuleihen."

„Wäre auch zu schön gewesen. War wohl nichts mit meiner Idee. Der ungeklärte Tod der alten Frau Mallkowski lässt mich ebenfalls nicht los. Eva hat sich in die These von der erbetenen Sterbehilfe verbissen. Das ist natürlich praktisch: Nun muss der Fall nicht mehr als Mord angesehen werden und verliert damit an Priorität. Ich fürchte, die Akte wird jetzt ganz schnell im Stapel nach unten wandern."

„Nun guck nicht so resigniert. Ich glaube nach wie vor, dass du mit deinen Überlegungen auf der richtigen Spur bist. Deine Nase ist fast so gut wie die von Arco."

„Was nützt die Spürnase, wenn die Beweise fehlen?"

„Warte ab. Manchmal kommt Hilfe aus einer ganz unerwarteten Richtung."

Sarah konnte nicht ahnen, wie Recht er mit dieser Bemerkung haben sollte.

23.

Manchmal muss man sich einfach mit ganz anderen Dingen beschäftigen, um den Kopf freizubekommen. Sarah beschloss, ein paar notwendige Termine zu erledigen. Ihre Vorsorgeuntersuchung beim Frauenarzt war bereits seit einiger Zeit überfällig. Sie fuhr gleich am nächsten Morgen zum Ärztehaus und stellte ihr Auto auf dem daneben befindlichen Parkplatz ab. Als sie gerade den Motor ausschaltete, fielen ihr zwei Frauen auf, die sich ebenfalls auf den Hauseingang zubewegten. Dabei kämpften sie förmlich miteinander, die eine zog die andere, die sich heftig sträubte, mit sich. Das war doch Wiebke Petersen mit ihrer Mutter! So traf man sich also wieder. Vermutlich hatten sie in einer der im Haus befindlichen Praxen einen Termin. Neben der Gynäkologin im Erdgeschoss gab es hier noch einen Allgemeinpraktiker, einen Augenarzt und einen Neurologen. Sarah blieb einen Moment sitzen, um den beiden einen Vorsprung zu lassen. So misstrauisch, wie Wiebkes Mutter sich ihr gegenüber neulich verhalten hatte, würde sie am Ende noch annehmen, Sarah würde sie beschatten. Deshalb folgte sie ihnen erst, nachdem sie seit ein paar Minuten im Haus verschwunden waren. Die gynäkologische Praxis war an diesem Morgen gut besucht, vor dem Tresen hatte sich eine lange Schlange gebildet. Sarah beschloss daraufhin, zuerst die Toilette aufzusuchen und sich danach anzumelden. Als sie den gefliesten Raum betrat, sah sie zu ihrer Verblüffung, wie gerade eine Person dabei war, aus dem offenen Fenster zu klettern. Und bei dieser Person handelte es sich ohne jeden Zweifel um Wiebke. Durch Sarahs Auftauchen gestört reagierte sie völlig panisch. Statt sich langsam auf der anderen Seite herunterzulassen, warf sie sich mit dem ganzen Körper nach vorn und plumpste wie ein nasser Sack auf die kleine Rasenfläche hinter dem Haus. Verletzt hatte sie sich dank der geringen Höhe zum Glück nicht. Schnell rappelte sie sich wieder auf und schickte sich an davonzulaufen. Sarah ließ sie gewähren. Durch den regelmäßigen Polizeisport war sie bestens im Training und würde Wiebke jederzeit einholen können. Es sollte ruhig ein wenig abseits der Praxis geschehen, damit sie Wiebke nicht dorthin zurückbringen musste. Offenbar hatte die junge Frau große Angst und sie wollte herausfinden weshalb. Erst nachdem Wiebke um einige Straßenecken gebogen war und ihr Tempo verlangsamte, holte Sarah auf und legte sie ihr behutsam die Hand auf die Schulter. Einem heftigen Erschrecken folgte sogleich große Erleichterung. Wiebke erkannte Sarah sofort und umarmte sie so stürmisch, dass sie beide für einen Moment ins Wanken gerieten.

„Du bist da", stammelte Wiebke, „du musst mir helfen. Sie wollen mir wieder wehtun. Du musst mich verstecken." Sie schaute sich angstvoll um, ob ihr die Verfolger wohl schon auf den Fersen waren.

„Wer will dir wehtun?"

„Verstecken, erst verstecken", wimmerte sie. „Sie tun mir weh, immer tun sie mir weh. Und mein Kind haben sie mir weggenommen. Es schreit nach mir! Hörst du, wie es schreit?" Sie legte den Kopf schief und Tränen kullerten über ihr Gesicht. Während Sarah noch versuchte, Wiebke einigermaßen zu beruhigen, sah sie Frau Petersen um die Ecke biegen. Sie hielt Wiebkes Jacke in der Hand, die diese wohl im Warteraum zurückgelassen hatte. Im Laufschritt kam sie näher. Als sie Sarah erkannte, versteinerte sich ihr Gesicht.

„Was fällt Ihnen ein", fauchte sie, „lassen Sie sofort meine Tochter los! Ich habe Ihnen doch wohl ausdrücklich untersagt, mit ihr zu reden. Und jetzt verschleppen Sie sie sogar. Ich werde mich über Sie beschweren." Sie griff nach Wiebkes Hand, die sich nur noch fester an Sarah klammerte. Sarah stellte sich daraufhin zwischen die junge Frau und ihre Mutter.

„Nun mal langsam", sagte sie. „Ich habe niemanden verschleppt. Wiebke ist aus dem Fenster gesprungen und fortgelaufen. Aus Sorge um sie bin ich ihr gefolgt."

„Dann ist es ja gut", erwiderte Frau Petersen mit verkniffenem Gesichtsausdruck. „Jetzt kann ich mich aber wieder allein um sie sorgen." Erneut streckte sie die Hand nach der verängstigten Wiebke aus.

Sarah ließ es nicht zu. „So einfach ist das leider nicht", sagte sie. „Wiebke hat mich ausdrücklich gebeten, ihr zu helfen. Als Polizeibeamtin darf ich das nicht einfach ignorieren."

„Wiebke kann von sich aus um gar nichts bitten. Sie ist nicht geschäftsfähig. Ich habe die Pflegschaft für sie."

„Da sind Sie leider im Irrtum. Ihre Tochter hat mich über zwei mögliche Straftaten unterrichtet. Man tut ihr weh und man hat ihr ihr Kind weggenommen. Dem muss ich nachgehen, das ist meine Pflicht."

„Wiebke redet dummes Zeug. Nichts davon ist wahr. Sie denkt sich solche Sachen aus, weil sie krank ist."

„Auch als Kranke hat sie Rechte. Ich muss ihre Aussage prüfen. Was daran wahr ist und was nicht, werden wir mit Sicherheit herausfinden. Wir haben Fachleute dafür."

So schnell wie er aufgeflammt war, brach der Widerstand von Frau Petersen in sich zusammen. Sie schien förmlich in sich zusammenzusinken. Sogar ihre Stimme klang plötzlich leise und kraftlos.

„Hören Sie, ich habe genug Probleme. Können wir nicht erst einmal in Ruhe über alles reden? Nur unter uns, bevor es an die große Glocke gehängt wird? Ich werde Ihnen alles erklären. Bei mir zu Hause."

„Gut, wie sind Sie hergekommen? Mit dem Auto?" Frau Petersen schüttelte den Kopf.

„Meine Nachbarin hat uns hergefahren. Wiebke macht vor diesen Terminen jedes Mal so ein Theater, dass ich es nicht riskieren kann, allein mit ihr zu fahren. Sie würde mir glatt ins Steuer greifen oder versuchen, aus dem Wagen zu springen. Heute hat es wohl auch keinen Zweck mehr, in die Praxis zurückzukehren."

„Dann können wir mit meinem Auto fahren." Frau Petersen nickte ergeben und Wiebke, sichtlich erleichtert, nicht zum Arzt zu müssen, folgte lammfromm. Die ganze Fahrt über wurde kaum gesprochen. Während Frau Petersen sich innerlich für das unvermeidliche Gespräch zu wappnen schien, beruhigte sich Wiebke langsam. Nur ab und zu war noch ein Schluchzen von ihr zu vernehmen.

„Schauen Sie sich drinnen bloß nicht genau um", sagte Frau Petersen, bevor sie die Haustür aufschloss. „Ich schaffe es einfach nicht, alles so in Ordnung zu halten, wie ich es mir wünschen würde." Ihre Ansprüche an Ordnung schienen sehr hoch zu sein. Bis auf ein paar umherliegende Zeitschriften gab es nichts zu beanstanden. Zwar hatten die Couchgarnitur und die Schrankwand ihre besten Tage bereits hinter sich, doch man sah, dass hier regelmäßig Staub gewischt wurde.

„Würdest du nach oben in dein Zimmer gehen, damit ich mich mit der Frau Kommissarin unterhalten kann?", sagte Frau Petersen an Wiebke gewandt.

Die schürzte trotzig die Lippen. „Ich will zuhören", maulte sie.

Sarah gelang es, die Situation zu retten. „Mach, was deine Mutter sagt, Wiebke. Dafür rede ich nachher mit dir ganz allein, dann darf uns auch niemand zuhören."

„Auch meine Mutter nicht?"

„Nein, auch deine Mutter nicht." Nach dieser Ankündigung strahlte Wiebke über das ganze Gesicht und begab sich folgsam die Treppe hinauf.

„Also?", fragte Sarah, nachdem Wiebke außer Hörweite war.

„Was wollen Sie denn wissen?" Die Frau wirkte verbittert. „Ja, es stimmt, Wiebke hat ein Kind. Es lebt bei einer Pflegefamilie und es geht ihm dort gut. Niemand außer meiner Nachbarin weiß davon. Ich will nicht, dass es sich herumspricht."

„Wie alt ist das Kind? Wann wurde es geboren?"

„Im März dieses Jahres. Acht Monate ist es jetzt alt. Wiebke hatte überhaupt nicht gewusst, dass sie schwanger war und ich habe es leider auch erst sehr spät bemerkt. Sie war schon immer recht füllig, da fiel es nicht auf."

„Wissen Sie, wer der Vater ist?"

Sie schnaubte verächtlich. „Irgendein gewissenloser Kerl, der sich die Naivität einer Behinderten zunutze gemacht hat. Es könnte jeder sein."

„Meinen Sie, dass er hier aus dem Dorf stammt?"

„Ich habe keine Ahnung. Wiebke hat es immer wieder geschafft, mir zu entwischen und sich in der Gegend umherzutreiben. Sie hat es sogar fertiggebracht, zu Fremden ins Auto zu steigen und mitzufahren. Schlimme Ängste habe ich deshalb ausgestanden. Aber ich kann sie doch nicht immer einsperren! Sie legt es darauf an, da spielen wohl gewisse Bedürfnisse eine Rolle. Körperlich ist sie eine erwachsene Frau, nur hat sie leider den Verstand einer Sechsjährigen."

„Haben Sie versucht, sie nach dem Vater zu fragen?"

„Versucht schon, nur war das total sinnlos. Sie antwortet nur wirres Zeug. Eine lebhafte Phantasie hat sie. Wenn Sie wüssten, was für Räubergeschichten sie mir schon erzählt hat. Sie liebt aufregende Filme, bringt sie dann aber mit der Realität durcheinander, bildet sich ein, das selbst erlebt zu haben. Ich weiß, dass das viele Fernsehen nicht gut für sie ist, aber es ist die einzige Möglichkeit, sie für eine Weile zu beschäftigen. Sonst käme ich zu überhaupt nichts mehr."

„Wie kommt es, dass ihr Kind bei einer Pflegefamilie aufwächst?"

„Was sollte ich denn machen? Ich bin mit Wiebke oft genug am Ende meiner Kräfte, wie soll ich mich da noch um einen Säugling kümmern? Es war alles geplant. Sie sollte in Hamburg entbinden und das Kind gleich in der Klinik den Pflegeeltern übergeben werden. Aber dann kam es anders. Die Wehen setzten ganz plötzlich ein. Es war in der ersten Märzwoche. Sicher erinnern Sie sich, dass es noch einmal stark geschneit hatte, auf den Straßen war kein Durchkommen. Der Krankenwagen traf verspätet ein, das Kind kam hier im Haus zur Welt. Ein niedliches kleines Mädchen war es, Wiebke war sofort ganz närrisch nach ihm. In der Klinik ließ sie es sich nicht fortnehmen, sie hat die ganze Station zusammengeschrien. Ich war es, die schließlich das Kunststück vollbrachte, es aus dem Zimmer zu bringen. Sie hat das nicht vergessen. Seitdem behauptet sie, ich hätte ihr Kind umgebracht. Kennen Sie die Sage vom Kind im Deich?"
Sarah nickte. „Ich kann nicht einmal sagen, wer ihr die erzählt hat", fuhr Frau Petersen fort, doch sie hat sich jedes Wort davon gemerkt. Das ist ganz seltsam mit ihr, so schwerfällig sie in vielen Dingen ist, so außerordentlich funktioniert ihr Gedächtnis für solche Geschichten. Sie hatte sich sehr darüber aufgeregt. Dass es sich nur um eine Sage handelt, war ihr nicht begreiflich zu machen. Warum die Mutter ihr Kind hergegeben hat, wollte sie von mir wissen. Ich habe gesagt, weil sie so arm war und das angebotene Geld brauchte. Da habe ich wohl einen Fehler gemacht, denn Wiebke weiß natürlich, dass auch wir wenig Geld haben."

„Deshalb glaubt sie, Sie hätten ihr Kind verkauft. Durfte sie es nicht wenigstens besuchen?"

„Nein, ich hielt das nicht für ratsam." Sarah erschien das ziemlich grausam, Wiebke tat ihr unendlich leid.

Frau Petersen schien ihre Gedanken zu erraten. „Es ist besser für das Kind", sagte sie beschwörend. „Was soll es mit einer Mutter, die es nicht ordentlich versorgen kann?"

„Man könnte ihr eine Hilfskraft zur Seite stellen", erwiderte Sarah. „Ich kenne mich da nicht so gut aus, aber es gibt bestimmt Möglichkeiten."

„Und dann? Wenn das Kind älter wird? Das kleine Mädchen ist gesund. Wiebkes Behinderung ist nicht erblich, sie ist durch Sauerstoffmangel bei ihrer Geburt entstanden. Wenn die Kleine zur Schule kommt, wird sie klüger sein als ihre Mutter und sich für sie schämen. Das will ich den beiden ersparen."

„Und was wollen Sie sich ersparen?", fragte Sarah leise. „Warum wollen Sie die Existenz ihrer Enkelin unbedingt geheim halten?"

Bei dem Wort „Enkelin" war Frau Petersen unmerklich zusammengezuckt, fing sich aber schnell. „Es wird schon so genug hinter dem Rücken geredet", sagte sie. „Ich will keine Vorwürfe hören, weil ich nicht genug auf Wiebke achtgegeben habe. Jeder hat doch sofort eine Meinung und weiß alles besser. Dabei sollten die mal in meiner Situation sein, dann würden sie anders darüber denken. Wegen der Kleinen will ich mir auch keine Vorhaltungen machen lassen. Es ist das Beste für sie."

„Aber Wiebke leidet."

„Ich hatte gehofft, sie vergisst es mit der Zeit. Mit vielen Dingen ist das bei ihr so, was heute noch ganz wichtig war, spielt schon am nächsten Tag keine Rolle mehr. Diesmal ist es anders. Sie wird immer schwieriger und störrischer."

„So wie vorhin beim Frauenarzt?"

„Das ist auch so ein Problem. Sie will sich nicht untersuchen lassen, verkrampft sich total. Dann ist es natürlich schmerzhaft. Dabei gibt sich die Ärztin wirklich viel Mühe mit ihr."

„Vermutlich hängt das alles zusammen. Die Geburt, auf die sie nicht wirklich vorbereitet war, der Verlust des Kindes und nun die Angst vor der Untersuchung. Könnte es nicht sein, dass die Schwangerschaft das Ergebnis einer Vergewaltigung war?"

„Ausschließen kann ich das nicht. Erst vor ein paar Wochen dachte ich, es wäre schon wieder was passiert. Da war sie den halben Tag verschwunden gewesen und als ich sie endlich fand, war sie völlig mit Dreck besudelt. Ihr Rock war auch zerrissen. Deshalb wollte ich sie ja untersuchen lassen."

„Waren Sie bei der Polizei?"

„Nein, natürlich nicht. Was hätte das bringen sollen? Wiebke konnte nichts Vernünftiges sagen, sie faselte nur was von Toten und Gespenstern. Vermutlich hatte sie gerade wieder einen Horrorfilm gesehen. Der Mist läuft ja ständig im Fernsehen, ich kann nicht immer aufpassen, was sie gerade sieht. Sollte ich bei der Polizei erzählen, meine Tochter ist von Zombies überfallen worden? Die hätten uns doch gleich rausgeworfen."

„Das glaube ich nicht. Ihre Tochter ist immerhin mindestens einmal Opfer eines Missbrauchs geworden. Der Täter läuft frei herum. Vielleicht verfolgt er Wiebke noch immer, vielleicht sucht er sich andere Opfer."

Frau Petersen stutzte. „Sie denken an die verschwundenen Mädchen? Das mit Wiebke ist doch etwas ganz anderes. Sie ist schließlich freiwillig weggelaufen und immer wieder aufgetaucht." Sarah war sich da nicht so sicher. Wiebke war aufgrund ihrer Behinderung ein leichtes Opfer. Sie könnte der „Einstieg" in eine Serie von Verbrechen gewesen sein, bei denen der Täter zunehmend raffinierter, kühner und grausamer wurde.

„Ich möchte dann jetzt bitte mit Wiebke sprechen", sagte sie. Die Mutter zuckte resigniert mit den Schultern und wies nach oben.

„Gehen Sie ruhig. Aber ich kann mir nicht vorstellen, dass Sie etwas Vernünftiges zu hören bekommen werden." Schon als Sarah noch auf der Treppe war, öffnete sich oben eine Tür und Wiebke winkte ihr freudestrahlend zu. Stolz zeigte sie ihr das Zimmer. Abgesehen von dem großen Bett, war es wie ein typisches Kinderzimmer eingerichtet. Unmengen von Puppen und Teddybären waren hier versammelt, einige von ihnen sahen sehr lädiert aus. Vermutlich handelte es sich um Geschenke aus zweiter Hand. Wiebke schien das nichts auszumachen, sie stellte sie Sarah alle mit Namen vor. Ihr ursprüngliches Anliegen schien sie vor Eifer ganz vergessen zu haben.

„Du hast ja wirklich viele Puppenkinder", sagte Sarah. Damit gab sie ihr das Stichwort. Ihre Fröhlichkeit verschwand schlagartig.

„Aber mein Baby ist nicht hier", jammerte sie. „Es ist im Deich, aber es lebt noch. Kannst du es rausholen?"

Sarah nahm ihre Hand. „Hör zu Wiebke, das Baby lebt und es ist nicht im Deich. Es ist in einem warmen Zimmer in einem schönen Bett."

„Lügst du auch nicht?"

„Nein, ich bin von der Polizei, ich darf nicht lügen."

Das schien ihr einzuleuchten, ihre Miene hellte sich auf. „Holst du es her?"

„Weißt du Wiebke, das wäre nicht gut. Du hast so viel mit deinen Puppenkindern zu tun, da bleibt nicht genug Zeit für das Baby. Wenn es hier wäre, könntest du überhaupt nicht mehr spielen. Willst du das?" Sie schien nachzudenken, schüttelte dann ganz leicht den Kopf. Für den Moment schien sie überzeugt, doch Sarah ahnte, dass sich das wieder ändern würde. Sie wechselte schnell das Thema.

„Du hast Hochzeit gespielt, weißt du noch?" Eifriges Nicken.

„Hast du einen Freund, den du heiraten willst?" Ein verschämter Blick von unten verriet ihr, dass sie mit ihrer Vermutung richtig lag.

„Sagst du mir, wer das ist?"

Jetzt schüttelte Wiebke heftig den Kopf. „Das ist ein Geheimnis, das darf ich nicht verraten."

„Aber mir darfst du es sagen. Weil ich von der Polizei bin." Das war ein Fehler gewesen. Die junge Frau sprang auf, setzte sich mit dem Rücken zu Sarah auf einen Stuhl in der Ecke und presste beide Hände fest auf den Mund. Nun würde sie überhaupt nicht mehr reden. Sarah suchte nach einem Weg, sie aus der Reserve zu locken. „Es ist schön, einen Freund zu haben." Sie sagte es, als spräche sie zu sich selbst. „Er ist lieb zu einem. Manchmal bekommt man Geschenke von ihm. Mein Freund schenkt mir immer schöne Sachen. Dieses Armband hier hat er mir geschenkt." Sie drehte an dem schmalen Silberreif mit den grünen Steinen, den sie kürzlich in einem Antiquitätenladen erstanden hatte. Neugierig lugte Wiebke zu ihr herüber. Dann stand sie auf, ging zu einer Spielzeugkiste und wühlte darin herum. Mit triumphierender Miene förderte sie ein kleines Schaf zutage und reichte es Sarah. Die betrachtete es aufmerksam. Es war aus Seife und noch in Folie eingeschweißt. An der Unterseite befand sich ein goldfarbener Aufkleber, der auf einen Hofladen verwies, in dem Produkte aus eigener Herstellung vertrieben wurden.

„Hat dir das dein Freund geschenkt? Das ist aber nett von Klaus."

„Sven", korrigierte Wiebke sie.

„Ach richtig, Sven. Und wie heißt er weiter?"

„Nur Sven." Na schön, da war wohl nicht mehr herauszuholen.

„Sag mal Wiebke, ist Sven manchmal auch böse?"

Sie schüttelte heftig den Kopf. „Nein, nie."

„Aber dein Rock war zerrissen, weißt du noch?"

„Ja, Mutti hat geschimpft, weil er teuer war."

„Wer hat den Rock zerrissen, Wiebke?"

„Der Busfahrer."

„Der Busfahrer? Wie war das Wiebke? Wann bist du mit dem Bus gefahren?"

„Es war schon dunkel, ich hatte mich verlaufen. Da hat der Bus gehalten und der Mann hat gesagt, er fährt mich nach Hause."

„Und dann?"

„In dem Bus war alles alt und kaputt. Da haben Tote gesessen. Einer hatte kein Gesicht mehr, nur noch Knochen." Ihre Augen waren jetzt vor Entsetzen geweitet, sie zitterte vor Erregung. „Dann hat der Bus gehalten. Ich habe ganz doll gegen die Tür geschlagen, weil ich raus wollte. Da ging die Tür auf und ich bin weggelaufen."

„Und wie ist das mit dem Rock passiert?"

„Der Mann wollte mich festhalten. Aber ich habe so gezogen, da ist der Rock gerissen. Ich bin ganz schnell gerannt, er hat mich nicht gefangen. Dann bin ich hingefallen. Und dann kam Mutti mit dem Auto und hat mich gefunden."

Sarah hatte wenig Erfahrung mit der Befragung von Kindern, doch wenn sie fabulierten, zeigten sie nicht diesen Grad von Erregtheit. Irgendetwas Schlimmes war Wiebke tatsächlich widerfahren, daran hatte sie keinen Zweifel. Sie würde herausfinden müssen, was es gewesen war.

24.

„Wenn du es unpassend findest, dass ich dich nach Feierabend belästige, dann sag es mir bitte." Sarah fühlte sich nicht wohl in ihrer Haut. Sie hatte sicher sein wollen, Holger allein sprechen zu können ohne die Einmischung von Eva. Doch jetzt kam ihr der spontan gefasste Entschluss, ihn zu Hause aufzusuchen, einfach nur aufdringlich vor.

„Nun entspann dich einfach. Ich merke doch, dass du etwas auf dem Herzen hast. Ein Kriminalist hat nie Feierabend, daran bin ich gewöhnt." Holger Hansen saß Sarah in seinem häuslichen Arbeitszimmer gegenüber und lächelte ihr aufmunternd zu.

Seine Frau Ulla, die gerade mit einem Teetablett hereinkam, hatte den letzten Satz vernommen.

„Wie wahr, mein Lieber", sagte sie. „Es hat eine Weile gedauert, bis ich mich daran gewöhnt hatte."

„Ach komm, du warst hin und wieder ganz froh, mich mal los zu sein", frotzelte er.

„Ja, aber wenigstens hier möchte dich deine Frau sicher für sich allein haben", warf Sarah ein. „Es tut mir wirklich leid, dass ich störe."

„Unsinn, Sie stören nicht", erwiderte Ulla Hansen resolut. „Sie scheinen Neuigkeiten zu bringen und ich sehe meinem Göttergatten an, dass er fast vor Neugier platzt, sie endlich zu erfahren."

„Genau", pflichtete Holger ihr bei. „Also raus mit der Sprache."

„Du hast mich durchschaut", lachte Sarah. „Ich habe Neuigkeiten, aber sie sind gelinde gesagt recht diffus und verwirrend. Deshalb würde ich gern deine Meinung hören."

„Nur zu", sagte er, griff nach der Hand seiner Frau und bedeutete ihr, neben ihm Platz zu nehmen.

„Du weißt ja, wie ich das mit Ulla handhabe", sagte er zu Sarah. „Nach dreißig Ehejahren haben wir keine Geheimnisse voreinander, auch keine Dienstgeheimnisse." Sarah nickte. Sie bewunderte die beiden, die es fertigbrachten, eine harmonische Ehe zu führen, obwohl sie beide beruflich sehr eingespannt waren. Ulla hatte als Lehrerin ebenfalls keinen leichten Job. Sie war eine gepflegte Frau von fünfzig, mit vollem dunklem Haar und feinen Zügen. Als sie sich setzte, ließ sie ihre Hand in der ihres Mannes liegen, der sie fest drückte. Sarah verspürte einen feinen Stich in der Brust. Ob sie jemals einen Mann finden würde, der auch nach dreißig Jahren noch immer ihre Hand halten würde? Sie schaute in die erwartungsvollen Gesichter und rief sich zur Ordnung. „Ich habe Wiebke wiedergetroffen", sagte sie. „Das ist die junge

Frau, die Polterabend gespielt hatte und deren Mutter nicht erlauben wollte, dass sie befragt wird. Die Umstände des Wiedersehens waren ziemlich merkwürdig." Sie berichtete von Wiebkes spektakulärer Flucht aus der Arztpraxis und dem darauffolgenden Gespräch mit ihrer Mutter.

Die erste Äußerung danach kam von Ulla. „Mein Gott, ist das traurig. Die junge Frau begreift kaum, was ihr widerfahren ist, aber trotzdem hat sie Gefühle für das Kind, das sie geboren hat. Sie braucht unbedingt therapeutische Hilfe." Darauf war Sarah auch schon gekommen, allerdings hatte Frau Petersen sehr ablehnend auf diesen Hinweis reagiert.

Holger interessierte sich mehr für den Kindsvater. „An deiner Überlegung, dass er einen Bezug zu den beiden verschwundenen Mädchen haben könnte, kann durchaus etwas dran sein", sagte er nachdenklich. „Wir sollten versuchen, ihn zu finden und zu überprüfen."

„Aber wie denn? Wir wissen so gut wie nichts über ihn. Dieses Seifenschaf stammt aus einem Hofladen in der Marsch, gar nicht mal weit von hier. Es kaufen viele Leute dort ein, vor allem Urlauber. Jeder kann es erworben haben. Der Name Sven wird uns auch kaum weiterbringen. Ich vermute sogar, dass es nicht sein richtiger Name sein dürfte."

„Damit hast du vermutlich Recht, trotzdem sind wir inzwischen leider in der Situation, nach jedem Strohhalm greifen zu müssen. Sofia ist seit vierzehn Tagen verschwunden, Elise sogar noch fünf Tage länger. Wir haben nichts in der Hand, überhaupt nichts. Alle bisherigen Maßnahmen haben keinen Erfolg gezeigt."

„Da wäre noch etwas, Wiebke hat mir eine merkwürdige Geschichte erzählt", begann Sarah zögernd. So genau wie möglich gab sie deren Worte wieder und erwähnte auch den Ausdruck von Furcht, den sie dabei gezeigt hatte. „Ich finde es bemerkenswert, dass sie von einem Bus sprach", sagte sie. „Irgendetwas ist ihr auf jeden Fall zugestoßen. Auch ihre Mutter konnte immerhin bestätigen, sie verschmutzt und mit zerrissenem Rock aufgegriffen zu haben."

„Wann war das genau?", fragte Holger.

„Vor zwei oder drei Wochen. Frau Petersen hat sich nicht so genau geäußert. Sie hält das Ganze sowieso für ein Hirngespinst ihrer Tochter."

„Es muss vor drei Wochen gewesen sein." Verblüfft schaute Sarah Ulla an, die das mit großer Bestimmtheit in den Raum gestellt hatte.

„Das liegt doch auf der Hand", setzte sie hinzu. „Einunddreißigster Oktober, Halloween. Eine Horde junger Leute in Zombiekostümen erschreckt eine junge Frau, von der sie natürlich nicht wissen können, dass sie geistig behindert ist. Sie ist in Panik davongelaufen. Ein Glück nur, dass sie sich dabei nicht ernsthaft verletzt hat." Sarah war wie vor den Kopf geschlagen. Natürlich, das war die Lösung. Wieso hatte sie nicht an Halloween gedacht? Hätte bloß gefehlt, dass sie auf der Dienststelle mit der Geschichte vom Gespensterbus herausgeplatzt wäre. Den ätzenden Kommentar von Eva wagte sie sich nicht auszumalen. Hatte sie sich zu sehr in den Gedanken verrannt, dass bei der Entführung der Mädchen ein Bus eine Rolle gespielt haben könnte? Sie musste vorsichtig sein, solange sie keine Beweise hatte. Vielleicht war es wirklich am sinnvollsten, erst einmal nach dem Vater von Wiebkes Kind zu suchen. Auch wenn ihr das nicht besonders aussichtsreich erschien.

25.

Sarah erschrak, als sie die reglose Gestalt im Stockdunklen auf der Schwelle des Hauses hocken sah. Doch dann bewegte sie sich plötzlich und sprach sie an: „Ich hoffe, ich störe nicht zu sehr. Es ist aber wichtig."

„Nein Anne, du störst nicht", erwiderte Sarah. „Wie lange wartest du hier schon? Bei dieser ekligen, feuchten Kälte solltest du nicht auf den Steinen sitzen. Du holst dir den Tod."

„Ich hätte natürlich im Auto warten können. Aber direkt vor dem Haus wollte ich nicht parken. Deine Wirtin hätte mich bemerkt und mich am Ende noch für einen Einbrecher gehalten, der das Haus in Augenschein nehmen will."

„Glaubst du, es wäre weniger beunruhigend für sie gewesen, wenn sie dich hier auf der Schwelle entdeckt hätte? Aber nun komm schnell ins Haus." Schon auf der

Treppe fiel Sarah auf, wie schlecht Anne aussah. Sie war sehr bleich und zitterte, was nicht nur von der Kälte herzurühren schien. Das Angebot, erst einmal einen heißen Tee zu trinken, nahm sie jedenfalls dankbar an. Dann hockte sie mit unter den Körper gezogenen Beinen auf einem Sessel und wärmte ihre Hände am Teebecher.

„Was ist passiert, Anne?", ermutigte Sarah sie zum Reden.

„Ich kann es nicht beweisen", brach es aus ihr heraus. „Aber ich weiß, was ich gesehen habe. Jedenfalls glaubte ich, es vorhin noch zu wissen. Allerdings hat meine Mutter mich deshalb derart heruntergeputzt, dass ich inzwischen unsicher bin. Vielleicht werde ich tatsächlich langsam verrückt oder bin es schon immer gewesen."

„Wie wäre es, wenn du einfach mal der Reihe nach erzählst?"

Sie nickte gehorsam. „Es war heute früh. Ich kam ins Wohnzimmer und sah meine Mutter dort am Fenster stehen. Sie hatte ein Blatt Papier in der Hand. Ihre Hand hat gezittert, das konnte ich deutlich sehen. Der Anblick war so ungewöhnlich, sie hat sich sonst immer zu hundert Prozent unter Kontrolle. Auf dem Papier standen nur wenige Zeilen in einer ganz dicken Balkenschrift. Sie sahen aus, wie aus einer Zeitung ausgeschnitten. Als meine Mutter mich hörte, stopfte sie den Zettel ganz schnell in ihre Tasche. Ich habe sie gefragt, was das ist. Darauf sagte sie, es würde sich um eine Rechnung von einem Futterlieferanten handeln und seit wann ich mich dafür interessieren würde. Sie war total gereizt und nervös."

„Was glaubst du, was es war?"

„Ein Erpresserbrief, etwas das mit Elise zu tun hat. Dummerweise habe ich das zu ihr gesagt. So ausfallend habe ich sie noch nie erlebt. Sie hat mich angebrüllt, ich würde nur Blödsinn reden und der Familie das Leben dadurch noch schwerer machen. Am besten wäre ich in einer geschlossenen Anstalt aufgehoben. Da habe ich meinen Mund gehalten."

„Was hat dein Vater dazu gesagt?"

„Er war nicht da."

„Arbeitet er wieder?"

„Nein, er ist aber den ganzen Tag unterwegs, um die Suche nach Elise zu unterstützen. Er klebt überall Zettel mit ihrem Foto an und fragt alle möglichen Leute nach ihr."

„Verständlich. Vermutlich hält er es nicht aus, untätig daheimzusitzen und auf Nachrichten zu warten."

„Meine Mutter ist anders. Ihr Tag verläuft wie immer, sie reitet aus, erledigt die Buchhaltung und empfängt Kunden. Ich verstehe das nicht. Sie ist so kalt." Anne zog die Schultern zusammen, als würde sie diese Kälte körperlich empfinden.

„Sie wurde so erzogen, Anne. Haltung und Disziplin um jeden Preis. Nach dem Motto: Adel verpflichtet. Aber es muss schwer für dich sein."

„Schwer? Es war die Hölle. Nie habe ich ihr etwas recht machen können, nie hat sie mich gelobt. Stattdessen wurde ich von morgens bis abends mit meiner Unzulänglichkeit konfrontiert. Weißt du, was ich besonders gehasst habe? Wenn sie in meiner Gegenwart in der dritten Person von mir gesprochen hat, so, als wäre ich überhaupt nicht vorhanden. Manchmal macht sie das heute noch."

„Ist sie zu Elise anders?" Sarah vermied es, in der Vergangenheitsform von der Schwester zu sprechen.

„Auf Elise ist sie stolz, weil sie so gut reiten kann. Dafür wird sie natürlich von ihr gelobt. Allerdings lässt sie ihr auch keinen Patzer durchgehen, da ist sie gnadenlos. Sogar als sie einmal ziemlich übel gestürzt ist, hat sie sie dafür noch kritisiert. Kein Zeichen des Mitleids. Geweint haben soll sie nur ein einziges Mal. Das war, als ihr Lieblingspferd Herkules erschossen werden musste. Ihr kommen heute noch die Tränen, wenn sie von ihm spricht."

„Es gibt da ein paar Fotos in eurem Salon."

„Ja genau, das ist Herkules. Auf dem Ölgemälde über dem Kamin ist er ebenfalls drauf. Der reinste Kult um ein totes Pferd. Dabei ist das schon fünfzehn Jahre her." Sarah hatte das Gefühl, als würde ein kleines Glöckchen in ihrem Hinterkopf leise anschlagen. Doch Anne sprach schon weiter.

„Ich kann mich nicht bewusst daran erinnern, ich war damals erst fünf. Aber manchmal träume ich von einem großen schwarzen Pferd, das auf mich losgeht. Dieser Herkules soll ein temperamentvolles und unberechenbares Tier gewesen sein, nur meine Mutter konnte ihn reiten. Manchmal glaube ich, meine Angst vor Pferden könnte etwas mit ihm zu tun haben. Die wäre noch auszuhalten, nur macht mir im Moment fast alles Angst."

„Anne, hast du darüber nachgedacht, dich in Therapie zu begeben?" Jetzt lächelte sie verschmitzt.

„Nicht nur das. Ich habe in der kommenden Woche meinen ersten Termin. Der Psychologe ist ein älterer Mann und sehr nett. Er hat so eine väterliche Ausstrahlung, das gefällt mir. Eigentlich hätte ich über ein halbes

Jahr auf einen Termin warten müssen. Aber nachdem er kurz mit mir gesprochen hatte, hat er mich als Notfall eingestuft. Das bin ich wohl auch, ich bin nur noch am Zittern und bringe nichts mehr auf die Reihe. Außerdem ..." Sie zögerte kurz, sprach dann aber doch weiter. „Außerdem habe ich neuerdings auch noch das Gefühl verfolgt zu werden. Vermutlich passiert das nur in meiner Einbildung." Während sie das sagte, hörte Sarah unten vor der Haustür ein leises Scheppern, als wäre jemand gegen die alte bemalte Milchkanne gelaufen, die dort zur Dekoration stand. *Vermutlich ein Tier,* beruhigte sie sich selbst. Doch sie bot Anne vorsichtshalber an, bei ihr zu übernachten.

26.

Während Anne nebenan fest schlief, kam Sarah in dieser Nacht nicht zur Ruhe. Ihr ging etwas im Kopf herum, das sie einfach nicht zu fassen bekam. Für kurze Zeit fiel sie in einen unruhigen Schlaf, aus dem sie aber gleich wieder hochschreckte. Der Zettel, wo war der Zettel geblieben? Sie hatte vor Tagen einen wirren Traum gehabt, der ihr bedeutsam erschienen war. Danach hatte sie etwas aufgeschrieben. Sie sprang vom Sofa auf und begann nach dem Zettel zu suchen. Im Kasten eines Beistelltischchens entdeckte sie ihn schließlich. Als sie ihre Notiz las, konnte sie sich wieder erinnern. Es war um ein Pferd gegangen und um die Zahl fünfzehn. Vor fünfzehn Jahren hatte sich so einiges ereignet. Auf dem Gut der Familie von Cromnitz war es zu einem tödlichen Arbeitsunfall gekommen und ein Pferd musste erschossen werden. Lieselotte Mallkowski hatte das Gut verlassen und Miriam Malik war spurlos verschwunden. Jetzt war die alte Dame tot und zwei Mädchen wurden vermisst. Alle drei hatten einen Bezug zum Gut gehabt. Mit der Überzeugung, dass das kein Zufall sein konnte, schlief Sarah schließlich ein.

Am nächsten Morgen betrachtete sie die Dinge schon wieder nüchterner. War es nicht die reinste Zahlenmagie, die sie da betrieb? Das alles musste in keinem Zusammenhang stehen. Frau Mallkowski war alt gewesen und hatte sich mit Sylvia von Cromnitz nicht verstanden. Kein Wunder, dass sie ausgezogen war. Der Arbeitsunfall beruhte auf einem tragischen menschlichen Versagen. Das Pferd war daran jedenfalls nicht beteiligt gewesen. Und mit Miriam hatte das alles schon gar nichts zu tun. Oder doch? Zerstreut begann sie den Frühstückstisch zu decken. Anne, die inzwischen auch aufgestanden war, wollte nur einen Kaffee und dann sofort nach Hamburg aufbrechen.

„Wirst du meine Mutter auf den Brief hin ansprechen?", fragte sie fast ängstlich.

„Ich muss es wohl tun. Allerdings wird sie wissen wollen, wie ich darauf komme."

„Verrate ihr bitte nicht, dass ich es dir erzählt habe."

Diese flehentlich vorgetragene Bitte würde nicht leicht zu erfüllen sein. Sarah dachte noch darüber nach, wie sie es geschickt anstellen könnte, Anne aus dem Spiel zu lassen, als ihr Handy zu läuten begann. Herr Mehnert, der Vater von Sofia, meldete sich und er schien sehr aufgeregt zu sein.

„Können Sie bitte sofort kommen? Wir haben einen anonymen Brief erhalten. Aber wir verstehen nicht, was er zu bedeuten hat."

„Ich bin sofort bei Ihnen", erwiderte Sarah.

„Gibt es etwas Neues? Etwas von Elise?", fragte Anne atemlos.

„Nein, das nicht. Aber ich glaube, ich weiß jetzt einen Weg, wie ich mit deiner Mutter reden kann, ohne dich da reinzuziehen."

„Ich bin dir so dankbar, für alles." Anne nahm Sarah in die Arme und drückte sie an sich, als wollte sie sie nie mehr loslassen.

Herr Mehnert empfing Sarah allein. Seine Frau hatte sich hinlegen müssen, die erneute Aufregung hatte ihr ohnehin angeschlagener Kreislauf nicht verkraftet. Der Brief lag auf dem Tisch im Wohnzimmer, ein weißes A4-Blatt, das mit großen Lettern beklebt war, die offenbar aus Zeitungen herausgeschnitten waren.

„Kein Umschlag?", fragte Sarah. Er schüttelte den Kopf.

„Nein. Der Zettel steckte so im Briefkasten, zweimal gefaltet. Er muss ihn persönlich eingeworfen haben. Allein die Vorstellung, dass der Entführer unseres Kindes sich nachts an unser Haus herangeschlichen hat! Meiner Frau hat das den Rest gegeben. Der Kerl muss sich hier auskennen. Wenn ich so etwas im Entferntesten geahnt hätte, Tag und Nacht hätte ich den Briefkasten bewacht. Ich hätte ihn erwischt und aus ihm herausgeprügelt, wo meine Sofia jetzt ist."

„Niemand konnte mit so einer Dreistigkeit rechnen." Sarah versuchte ihn zu beruhigen. „Wir können allerdings nicht sicher sein, ob der Brief wirklich vom Entführer stammt. Leider gibt es immer wieder skrupellose Menschen, die sich am Leid der Eltern weiden. Lassen Sie mich erst einmal einen Blick darauf werfen." Sarah las die kurze Nachricht, ohne den Zettel zu berühren. Es war eine seltsame Botschaft, die nur wenige Worte umfasste.

Sie begann mit einer kompletten Zeile: *Der Preis des Schweigens.* Das schien eine Überschrift gewesen zu sein, die dem Verfasser für seine Zwecke passend erschienen sein musste. Dahinter hatte er einen dicken Doppelpunkt gesetzt und das Fahndungsfoto von Sofia, das in allen Zeitungen abgebildet gewesen war, aufgeklebt. Dann folgte nur noch ein einziges aus einzelnen Buchstaben zusammengesetztes Wort: *Rede!*

Das war alles, keine Lösegeldforderung, kein Versuch der Kontaktaufnahme.

„Können Sie mir sagen, was das zu bedeuten hat?", fragte Herr Mehnert verzweifelt.

„Sie selbst haben keine Ahnung?"

„Nein, überhaupt keine. Ich fürchte, Sofia ist einem Verrückten in die Hände gefallen."

„Dieser Brief enthält eine Botschaft an Sie", sagte Sarah vorsichtig. „Jemand nimmt an, dass Sie etwas verschweigen. Der Preis, den Sie dafür zahlen müssen, ist Ihre Tochter. Sie werden aufgefordert zu reden. Zwar steht es nicht ausdrücklich hier, es ist jedoch zu hoffen, dass er Sofia dann freilassen wird."

„Aber ich verschweige doch nichts! Warum kann der Kerl nicht deutlich sagen, was er hören will? Ich würde es sofort in die Welt hinausschreien, selbst wenn es überhaupt nicht stimmen sollte. Verdammt, ich will mein Kind zurück!"

„Herr Mehnert, denken Sie bitte nach. Dass dieser Mensch nicht normal denkt und handelt, das liegt auf der Hand. Es kann sich um etwas in Ihren Augen völlig Unbedeutendes handeln, das für ihn aber eine enorme Bedeutung hat. Könnte sich jemand von Ihnen ungerecht behandelt oder betrogen fühlen? Gab es mal eine unerfreuliche Auseinandersetzung im Betrieb? Unterstellt Ihnen jemand ein Verhältnis mit seiner Frau? Irgendetwas in dieser Art."

Er schien ernsthaft nachzudenken. „Nein, mir fällt absolut nichts ein. Wenn da etwas wäre, ich würde es Ihnen sagen, das müssen Sie mir glauben."

„Denken Sie bitte trotzdem weiter darüber nach. Erstellen Sie eine Liste aller Personen, die Ihnen feindlich gesinnt sein könnten." Er nickte ergeben. Sarah streifte sich Handschuhe über und verstaute den Brief in einer Plastikhülle. Der Brief musste so schnell wie möglich zur KTU. Immerhin bestand die Chance, dass der Täter so unvorsichtig gewesen war, Spuren zu hinterlassen. Eigentlich wollte sie deshalb gleich zu ihrer Dienststelle fahren, doch dann überlegte sie es sich anders. Wenn Anne richtig beobachtet und ihre Mutter ebenfalls einen Brief des Entführers erhalten hatte, dann wäre es wichtig, ihn von ihr einzufordern. Sie setzte sich in ihren Wagen und schlug den Weg zum Gut ein. Die mysteriöse Nachricht des Briefes ging ihr nicht aus dem Kopf, verselbstständigte sich, erzeugte Gedankenspiralen: Der Preis des Schweigens, Schweigen ist Gold, Schweigen kann tödlich sein. Wieso tödlich? Es hatte Märtyrer des Schweigens gegeben. Sie sah sich in Prag auf der Karlsbrücke stehen im Urlaub vor drei Jahren. Sie hielt einen Reiseführer in der Hand, in dem die Statuen auf der Brücke beschrieben wurden. Und dort ... Ein wütendes Hupen und das Geräusch kreischender Bremsen riss sie aus ihren Gedanken. Haarscharf neben ihr kam ein roter Golf zum Stehen. Das durfte doch nicht wahr sein, sie hatte die Vorfahrt missachtet! Der Fahrer riss die Tür auf und beschimpfte sie unter Zuhilfenahme einiger unzweideutiger Gesten. Sie wollte sich entschuldigen, doch er gab ihr wütend zu verstehen, dass sie verschwinden solle. „Hauen Sie ab und machen Sie endlich Ihren Führerschein!", brüllte er. Sarah fuhr nur bis zur nächsten Parkbucht. Dort hielt sie an und gab ihrem flatternden Herzen Zeit sich zu beruhigen. Wie hatte ihr das nur passieren können! Das hätte gerade noch gefehlt, dass sie kurz nach dem Unfall von Kai auch noch verunglückte. Nur mit einem Unterschied: Kai war Opfer eines Verkehrssünders geworden, in ihrem Falle wäre es eigenes Verschulden gewesen. Nachdem sie sich beruhigt hatte, setzte sie ihre Fahrt fort. Diesmal konzentrierte sie sich ganz auf den Verkehr und erlaubte ihren Gedanken nicht die kleinste Abschweifung.

Als sie beim Gut ankam, schien Frau von Cromnitz gerade von einem Ausritt zurückzukommen. Jedenfalls war sie in Reitkleidung auf dem Weg ins Haus. Kurz vor der Tür holte Sarah sie ein.

„Frau von Cromnitz, darf ich Sie kurz sprechen? Wir kennen uns ja bereits."

„Allerdings", erwiderte die Angesprochene gedehnt. In ihrem Ton schwang deutlich mit, dass sie über diese Bekanntschaft alles andere als erfreut war. „Was wollen Sie? Ich habe wenig Zeit." Obwohl es heftig nieselte und ein kühler Wind wehte, machte sie keine Anstalten, Sarah ins Haus zu bitten. Na schön, dann würden sie eben hier draußen miteinander reden müssen.

„Ich gehe davon aus, dass sich der Entführer Ihrer Tochter schriftlich bei Ihnen gemeldet hat. Haben Sie das bereits der Polizei mitgeteilt?"

„Was mitgeteilt?" Ihre Augenbrauen schnellten hochmütig in die Höhe. „Niemand hat sich bei mir gemeldet. Wie kommen Sie überhaupt darauf?" Ein böses Lächeln erschien auf ihrem Gesicht. „Ich kann es mir natürlich denken", setzte sie an, doch Sarah unterbrach sie.

„Die Familie von Sofia hat eine Nachricht erhalten. Wir müssen davon ausgehen, dass es bei Ihnen ebenfalls der Fall ist."

„Gar nichts müssen Sie. Bei uns hat sich niemand gemeldet. Jetzt gebe ich Ihnen auch gleich noch einen guten Rat. Lassen Sie unsere Tochter Anne in Ruhe. Ihre Versuche, sie zu beeinflussen und auszuhorchen, werden wir nicht länger hinnehmen."

„Ich habe nichts dergleichen getan. Ihre Tochter ist volljährig und darf selbst entscheiden, mit wem sie redet."

„Meine Tochter ist labil. Sie nutzen das in unverschämter Weise aus. Wenn Sie nicht damit aufhören, wird es unangenehme Konsequenzen für sie haben, das verspreche ich Ihnen." Damit ließ sie Sarah stehen und zog mit Nachdruck die Tür hinter sich zu. *Wie ein begossener Pudel stehe ich jetzt da,* dachte Sarah. *An Tagen wie diesem sollte man sich ins Bett legen, die Decke über den Kopf ziehen und warten, dass es Abend wird.* Die Nässe triefte ihr aus den Haaren, sie fror. Leider war das mit dem Bett nicht wirklich eine Option. Voller Resignation begab sie sich auf den Weg zur Dienststelle.

27.

Dort angekommen, fand sie Holger und Eva in einen lebhaften Disput vertieft vor. „Der Kerl verarscht uns, das ist doch völlig klar", schrie Eva erregt. „Der hat Dreck am Stecken, dafür lege ich meine Hand ins Feuer. Der hat mitgekriegt, dass er observiert wurde und das extra für uns inszeniert."

„Was ist denn los?", fragte Sarah verwundert.

Holger Hansen klärte sie auf. „Wir haben Karl Mollenbeck beobachten lassen", sagte er. „Einen Moment lang sah es so aus, als würden wir kurz vor einer Festnahme stehen. Er hatte ein junges Mädchen zu sich ins Auto steigen lassen. Doch dann stellte sich heraus, dass es sich um seine Nichte handelte. Sie wollte einen alten Nähtisch abholen, den er für sie aus dem Sperrmüll gefischt hatte." Sarah war ein wenig verstimmt, weil sie nichts von der Observierung gewusst hatte. Offenbar war es Evas Idee gewesen, die jetzt mit Vehemenz auf einer Fortführung der Maßnahme bestand. Holger versuchte, sie so diplomatisch wie möglich davon abzubringen. „Es gibt einfach keine hinreichenden Verdachtsmomente gegen ihn, die das rechtfertigen würden. Die KTU hat seinen Transporter buchstäblich auseinandergenommen, ohne die geringste Spur von einem der beiden Mädchen zu finden. Wenn da etwas gewesen wäre, hätten sie es mit Sicherheit nachgewiesen. So gründlich hätte er den niemals reinigen können. Wir haben außerdem nicht die Leute, um ihn rund um die Uhr beobachten zu lassen."

„Na schön, dann warten wir eben ab, bis das nächste Mädchen verschwindet", erwiderte Eva schnippisch und stürmte aus dem Raum.

Holger zuckte mit den Schultern. „Polizeiarbeit ist kein Wunschkonzert", sagte er. „Sie hatte gehofft, einen schnellen Erfolg vorweisen zu können. Weil das nicht geklappt hat, ist sie sauer. Etwas mehr Frustrationstoleranz sollte sie als Kriminalistin schon haben."

„Wieso wusste ich nichts von dem Einsatz?", wollte Sarah wissen.

„Eva hatte die Beobachtung veranlasst. Als dann heute früh die Meldung kam, dass er mit einem Mädchen unterwegs ist, mussten wir schnell handeln. Um ihn dann mit einer Entschuldigung wieder laufen zu lassen." Holger sagte es in einem gleichmütigen Ton. Solche Fehlschläge gehörten nun mal zum Polizeialltag, darüber verlor man nicht viele Worte. „Wo warst du heute Vormittag eigentlich?", fragte er.

„Ich hatte einen Anruf von Familie Mehnert. Sie haben mich gebeten, sofort vorbeizukommen. Und dann haben sie mir das hier gezeigt." Sie legte die ominöse Botschaft auf den Tisch.

Holger pfiff durch die Zähne. „Das ist wirklich eine Neuigkeit. Auf welchem Wege wurde das zugestellt?"

„Es steckte morgens direkt im Briefkasten. Der Verfasser muss es selbst eingeworfen haben."

„Demnach kennt er sich aus. Er weiß, wo die Familie wohnt, und er ist ein hohes Risiko eingegangen. Schließlich hätte er dabei ertappt werden können. Konnte die Familie mit dem Schreiben etwas anfangen? Konnten sie es deuten oder daraus vielleicht sogar auf den Absender schließen?"

„Leider nicht. Angeblich ist es ihnen völlig unverständlich."

„Der Preis des Schweigens", murmelte Holger. „Und eine klare Aufforderung: Rede! Demnach soll die Familie Mehnert etwas preisgeben. Aber was? Könnte der Mann in eine Straftat verwickelt sein?"

„Es gibt keinen Hinweis darauf. Er sagte, dass er alles zugeben würde, um Sofia zu retten. Aber er wisse nicht, was. Seine Verzweiflung wirkte echt."

„Theoretisch könnte das Schreiben auch von einem Trittbrettfahrer stammen. Von jemandem, der mit der Entführung nichts zu tun hat und nur Verwirrung stiften will."

„Irgendwie glaube ich das nicht. Die Eltern von Elise haben vermutlich ebenfalls einen anonymen Brief bekommen."

„Was heißt vermutlich? Warst du nicht dort?"

„Schon, aber es ist ein wenig kompliziert." Sarah berichtete von Annes Beobachtung und von der Reaktion ihrer Mutter auf ihre Frage. „Sie hat es glatt abgestritten. Richtig wütend ist sie geworden. Diesen Affekt kann ich mir nur damit erklären, dass sie wirklich etwas zu verbergen hat. Außerdem will Anne gesehen haben, dass der Brief aus ausgeschnittenen Buchstaben zusammengesetzt war. Das würde passen. Der an Mehnerts sieht schließlich genauso aus."

„Diese Frau von Cromnitz ist mir ein Rätsel. Wenn sie es abstreitet, können wir erst mal nichts machen. Jedenfalls muss dieser Brief sofort zur KTU. Wenn wir Glück haben, liefert er uns einen Hinweis auf den Täter."

Sarah nickte. „Ich erledige das sofort. Danach würde ich gern einen Ausflug in die Marsch unternehmen. Ich will versuchen, den Vater des Kindes von Wiebke Petersen ausfindig zu machen. Große Erfolgschancen rechne ich mir allerdings nicht aus. Natürlich mache ich das nur, wenn du keine anderen Pläne hast."

„Ich wünschte, ich hätte sie. Fahr ruhig, den Versuch ist es auf jeden Fall wert."

28.

Der Hof hätte idyllischer nicht sein können. Die hohen roten Klinkergebäude hatten Sprossenfenster mit Rundbögen und leuchtend weiß gestrichenen Rahmen. An der Scheune rankte Efeu bis zum reetgedeckten Dach empor. „Öko-Hof Jessen" stand über dem Tor. Ein Schild wies darauf hin, dass sich hier auch ein Hofladen befand. Sarah steuerte darauf zu, fand ihn jedoch verschlossen vor.

„Wir haben heute geschlossen, junge Frau", rief ihr jemand zu. Eine Frau in einem blauen Overall und mit geblümten Gummistiefeln kam quer über den Hof. „Wenn Sie allerdings etwas kaufen wollen, sperre ich kurz für Sie auf."

„Oh, das ist sehr nett", erwiderte Sarah. „Ich will allerdings keine Umstände machen."

Die Frau lachte. Sie konnte nicht viel älter als vierzig sein und strotzte nur so vor Gesundheit.

„Wenn Sie den Weg hierher schon mal auf sich genommen haben, dann sollen Sie auch nicht umsonst gekommen sein", meinte sie. Mit einem großen Schlüssel öffnete sie die Tür zu einem geräumigen von aromatischen Düften erfüllten Verkaufsraum. Sarah entdeckte Schaffelle in verschiedenen Größen, Teppiche und Läufer aus Schafwolle, Socken in allen Größen und Farben sowie mehrere Regale mit Kosmetikartikeln wie Cremes und Seifen. Ganz oben thronten die kleinen Seifenschafe, die sie hierher geführt hatten. Die Frau war ihrem Blick gefolgt und schlussfolgerte daraus, dass Sarah sich besonders für Kosmetika interessierte. Sie pries sofort die besonderen Vorzüge der Lotionen und Cremes. „Nichts schützt die natürliche Hautbarriere besser als Produkte aus Schafmilch. Das hängt mit ihrem hohen Fettanteil zusammen", sagte sie.

Pflichtschuldig kaufte Sarah eine Körperlotion und eine Gesichtsmilch. Dann ließ sie sich noch zwei von den Seifenschafen einpacken. „Die verkaufen sich sicher gut", sagte sie.

„Oh ja", bestätigte die Frau. „Die gehen am besten vom ganzen Sortiment." Sarahs Herz sank. Was hatte sie erwartet? Dass sie hier einen Hinweis auf einen bestimmten Käufer erhalten würde? Lächerlich! Sie bedankte sich herzlich und wollte zu ihrem Auto zurückgehen.

Ein junger Mann kam über den Hof. „Sven", rief die Frau ihm zu, „ich bin hier mit allem fertig. Schau du bitte noch mal nach den Schafen."

Sarah reagierte sofort. „Wenn es Ihnen nichts ausmacht, würde ich mir auch gern die Schafe ansehen", sagte sie.

„Was sollte ich dagegen haben", lachte die Frau. „Die Schafe freuen sich bestimmt auch über so netten Besuch. Sie können mit meinem Sohn mitgehen. Aber passen Sie auf, wo sie hintreten, sonst haben Sie nachher lange an Ihren Schuhsohlen zu kratzen."

Das war nun Sarahs geringste Sorge. Sie musterte den jungen Mann, der mit mürrischem Gesichtsausdruck neben ihr her trabte, unauffällig von der Seite. Er wirkte sehr jung, sie schätzte ihn auf sechzehn oder siebzehn. Sein blondes Haar war auffällig dünn und strähnig, seine Haut unrein. Eigentlich war er ziemlich groß, doch er zog beim Gehen derart die Schultern ein, dass er beinahe verwachsen wirkte. Sie hatten ein Stück zu laufen, die Koppeln für die Schafe lagen nicht unmittelbar hinter dem Grundstück. Sarah war das sehr recht, so kamen sie außer Hörweite. Sie beschloss, sofort in die Offensive zu gehen. „Sie kennen doch Wiebke Petersen?"

Er wurde flammend rot. „Nie gehört", murmelte er. Sarah war sich nun allerdings sicher.

„Aber sicher doch. Sie hat mir von Ihnen erzählt. Ihr Geschenk, das kleine Schaf, hat sie mir auch gezeigt. Sie ist traurig, weil Sie sich nicht bei ihr melden. Behandelt man so seine Freundin?"

„Sie ist nicht meine Freundin", brach es aus ihm heraus. „Ich habe nichts mit ihr zu tun. Sie ist ein bisschen ..." Er wischte mit der Hand vor seiner Stirn hin und her. „Verstehen Sie?"

„Ich würde nicht sagen, dass Sie nichts mit ihr zu tun haben. Sie haben schließlich ein gemeinsames Kind." Seine Röte wich einer wächsernen Blässe. Sarah fürchtete einen Moment lang, er würde gleich ohnmächtig werden.

„Das Kind muss doch nicht von mir sein", stammelte er. „Es ist sicher nicht von mir. Die ist doch gleich so anhänglich, bei jedem ist sie das. Es kann jeder gewesen sein."

„Nun, das wird ein Vaterschaftstest ergeben."

Jetzt reagierte er trotzig. „Da mache ich nicht mit. Das muss ich nicht."

„Doch, das müssen Sie. Sie kommen sogar gut weg, wenn es nur um die Feststellung der Vaterschaft geht. Wiebke ist geistig behindert. Man kann es durchaus als Missbrauch auslegen, dass Sie mit ihr geschlafen haben." Sarah wusste, dass sie sich rechtlich auf dünnem Eis bewegte. Was war, wenn Wiebkes Mutter von alldem überhaupt nichts hören wollte? Wenn ihr die Wahrung des Geheimnisses um das Kind ihrer Tochter wichtiger war? Dann hatte sie in dieser Beziehung unnötigerweise Staub aufgewirbelt. Allerdings ging es um mehr, um sehr viel mehr.

„Wer sind Sie überhaupt? Was geht Sie das alles an?", fragte er aggressiv. Sarah zückte ihren Ausweis und stellte sich vor. Er wirkte so erschrocken, dass sie beinahe Mitleid empfand. Doch sie wollte seine Verunsicherung auch ausnutzen. „Wo waren Sie am Abend des 10. November?", fragte sie.

„Woher soll ich das wissen", stotterte er. „Was war das für ein Tag? Ich bin fast immer zu Hause."

„Und wenn Sie nicht zu Hause sind? Wo halten Sie sich dann auf?"

„Ich … also … ich bin … immer hier, abends jedenfalls. Sie können meine Mutter fragen."

„Genau das werde ich jetzt tun." Sie schickte sich zum Gehen an, doch er hielt sie an der Schulter fest. „Werden Sie ihr das sagen, ich meine das von Wiebke und dem Kind?"

„Nein, aber Sie sollten es ihr so bald wie möglich sagen und Ihre Angelegenheiten in Ordnung bringen."

Er trottete hinter ihr her wie ein zum Tode Verurteilter auf dem Wege zum Schafott. Seine Mutter war auf dem Hof inzwischen damit beschäftigt, Laub zusammenzuharken. „Na, haben Ihnen die Schafe gefallen?", fragte sie. Als sie den Gesichtsausdruck ihres Sohnes sah, wurde sie schlagartig ernst. „Was hat dir denn die Petersilie verhagelt?"

Als er darauf nichts erwiderte, schaute sie Sarah fragend an. Die zeigte abermals ihren Ausweis vor. „Es tut mir leid, Frau Jessen, dass ich mich nicht gleich ordentlich vorgestellt habe. Ich muss das Alibi Ihres Sohnes für den Abend des 10. November überprüfen."

„Aber wieso das denn? Was soll denn da gewesen sein?" Sie schlug erschrocken die Hand vor den Mund. „Ist das etwa der Abend, an dem das Mädchen aus Geistmoor entführt wurde? Da war mein Sohn zu Hause. Er ist abends eigentlich immer zu Hause, unternimmt nie etwas. Und wir haben hier auch kein Mädchen versteckt, da dürfen Sie sich gern umschauen. Mein Gott, wie kommen Sie denn ausgerechnet auf Sven? Der kann doch keinem Mädchen in die Augen schauen, ohne rot zu werden. Obwohl er schon zweiundzwanzig ist, hatte er noch nie eine Freundin."

Sarah verkniff sich die Bemerkung, dass das kein überzeugendes Argument gegen eine mögliche Täterschaft sei, sondern sogar eher dafür sprach. „Wir müssen leider jede Möglichkeit überprüfen", sagte sie fast entschuldigend. Frau Jessen versuchte zu nicken, wirkte jedoch immer noch völlig entgeistert. Ihr Sohn hatte sich gegen die Hauswand gelehnt, als würde er sich kaum noch auf den Beinen halten können. „Es tut mir leid", sagte Sarah angesichts dieses Häufchens Elend. Doch sie wusste natürlich, wie sehr der äußere Anschein trügen konnte. Viele Täter wirkten erschreckend harmlos. Von Nachbarn und Bekannten bekam man dann oft die Beteuerung zu hören: „Das hätte ich dem niemals zugetraut." Darauf konnte man nichts geben.

29.

Sarah hatte nicht ernsthaft damit gerechnet, dass sich Evas Laune inzwischen wesentlich gebessert hätte. Doch auf das, was nun auf sie einprasselte, war sie wirklich nicht gefasst.

„Sag mal, nennst du das seriöse Ermittlungsarbeit?", fuhr Eva sie an, kaum dass Sarah die Tür hinter sich geschlossen hatte. „Du hängst dich an labile Jugendliche, bringst sie unter deinen Einfluss, indem du sie sogar bei dir übernachten lässt, und quetschst sie dann aus. Bildest du dir etwa ein, dass die so erpressten Aussagen verwertbar sind?"

„Wieso unterstellst du mir so etwas? Wen habe ich erpresst?"

„Dreh mir gefälligst nicht das Wort im Munde um! Du hast Anne von Cromnitz in unzulässiger Weise manipuliert und über ihre Familie ausgefragt. Frau von Cromnitz hat hier angerufen und sich über dich beschwert. Sie will den Polizeipräsidenten persönlich informieren, da steht uns gewaltig Ärger ins Haus."

In ihrer Erregung hatte sie nicht bemerkt, dass Holger inzwischen den Raum betreten hatte. „Es steht jedem frei, sich zu beschweren", sagte er gelassen. „Das Ergebnis hängt immer davon ab, ob er etwas Substanzielles vorzubringen hat."

„Ist die Beeinflussung von Zeugen etwa nichts Substanzielles?", fauchte Eva.

„Wenn es sich denn um solche handelt. Aber erstens ist Anne von Cromnitz keine unmittelbare Zeugin. Sie war nicht da, als ihre Schwester verschwand. Zweitens hat Sarah mir die Situation so geschildert, dass Anne ihre Hilfe gesucht hat. Die durfte sie durchaus gewähren. Sollte sie die junge Frau allein auf der Landstraße in ihrem Auto sitzen lassen?"

„Sie hätte einen Arzt rufen können."

„Gegen den Willen von Anne? Das wäre nicht gut gewesen. Mir erscheint die Reaktion der guten Frau von Cromnitz sehr überzogen. Fast sollte man annehmen, sie hätte etwas zu verbergen."

Eva verzog das Gesicht zu einem maliziösen Lächeln. „Wenn hier jemand etwas zu verbergen hat, dann eher die Tochter Anne selber. Statt mich von ihr einwickeln zu lassen, habe ich meine Hausaufgaben gemacht und Hintergrundwissen über sie gesammelt. Sehr interessant, was dabei herausgekommen ist."

„Eva nun komm, spann uns nicht auf die Folter. Wenn du etwas zu sagen hast, dann sag es." Holger wirkte ungeduldig. Eva ging zu ihrem Schreibtisch hinüber und schaltete den Computer ein. Dann drehte sie den Bildschirm so, dass ihre Kollegen ihn einsehen konnten. Eine düstere Szenerie wurde sichtbar. In einem bunkerartigen Raum lag ein Mädchen mit verrenkten Gliedern auf dem schmutzigen Boden. Ihr weißes Kleid war blutbefleckt, an ihrem Hals klaffte eine Wunde. Hinter ihr stand eine schwarzgekleidete Frau mit schwarzen Flügeln. Mit einer Geste, die segnend und besitzergreifend zugleich wirkte, streckte sie die Hände nach der Liegenden aus. Obwohl Ihr Gesicht schneeweiß geschminkt war, erkannte Sarah Anne. Das Bild war mit „Totenfee" untertitelt. Anne, die Totenfee.

„Da staunt ihr, was?" Evas Stimme klang triumphierend.

„Was bedeutet das?", fragte Holger. „Zunächst doch mal nur, dass sich Anne in der Gothic-Szene herumtreibt. Das ist ein gestelltes Foto. Oder denkst du etwa, da liegt eine echte Leiche?"

Eva verneinte das zwar, war aber entschlossen, sich in der Szene näher umzusehen. Sie wollte herausfinden, wann und wo die Aufnahme entstanden war. Sarah äußerte sich überhaupt nicht. Sie war durch das Foto verunsichert und verwirrt. Wie passte das mit der Anne zusammen, die sie kennengelernt hatte? Mit dem sensiblen Mädchen, das sich vor allem fürchtete? War es möglich, dass sie gleichzeitig derart morbide Fantasien auslebte? Oder hatte sie ihr die ganze Zeit über etwas vorgespielt? Ihre Gedanken wurden durch das Klingeln des Telefons unterbrochen. Holger nahm ab und winkte Sarah zu sich heran. „Eine Frau Jessen. Sie möchte dich sprechen." Auch das noch! Kam da etwa die nächste Beschwerde auf sie zu? Sarah räusperte sich. „Frau Jessen? Sie möchten mir etwas sagen?"

„Ja, das möchte ich. Was da gestern auf mich eingestürzt ist, das wollte erst mal verarbeitet werden. Mein

Sohn hat mir inzwischen gebeichtet. Die Sache mit dieser Wiebke, nichts weiter. Mit der Entführung des anderen Mädchens hat er definitiv nichts zu tun. Ich erinnere mich inzwischen genau an den Tag. Da war es so neblig, dass man kaum über den Hof gucken konnte. Wir haben den Laden vorzeitig geschlossen und sind daheim geblieben. Wo hätte man bei dem Wetter auch hingehen sollen? Man hätte ja den Weg nicht gefunden."

„Gut, danke, ich nehme das so zur Kenntnis."

„Was das andere betrifft, werden wir uns darum kümmern." Sie scheute sich offenbar, die potenzielle Vaterschaft ihres Sohnes beim Namen zu nennen. Sarah war auch nicht klar, was sie unter „kümmern" verstand. Doch sie kam nicht mehr dazu, es näher zu erfragen. Holger hatte inzwischen ein Gespräch auf dem anderen Apparat entgegengenommen und wirkte plötzlich sehr angespannt. „Wo genau?", fragte er nur. „Wir kommen sofort." Und an Sarah und Eva gewandt: „Wir haben eine Leiche."

30.

Sofia zitterte. Sie fror, obwohl ihr Körper zu glühen schien. Ihr Kopf fühlte sich so schwer an, dass sie ihn kaum auf den Schultern zu halten vermochte. Sie hatte die elende stinkende Matratze in ihrem Kerker gehasst, doch jetzt war der Ekel verschwunden. Sie war froh, einen Platz zu haben, auf dem sie sich ausstrecken konnte. Die Gliederschmerzen waren so stark geworden, dass sie den Schmerz in ihrem Fußgelenk überlagerten. Dort wo sie wie ein Tier angekettet war, hatte sie in den ersten Tagen verzweifelt versucht, sich gewaltsam loszureißen. Doch der eiserne Ring um ihren Knöchel hatte nicht nachgegeben, sondern sich nur tief in ihr Fleisch gegraben. Vermutlich hatte sich die Wunde entzündet. Rührte das Krankheitsgefühl daher? Oder hatte sie sich eine Erkältung geholt? Verwunderlich wäre es in diesem kalten, feuchten Verlies, in das nur ein schwacher Lichtschein drang, nicht. Tag und Nacht ließen sich kaum unterscheiden. Das diffuse Dämmerlicht reichte geradeso aus, um ein paar Konturen zu erkennen. Sie konnte dadurch ihre Matratze finden, und auch den Eimer, in den sie ihre Notdurft verrichten musste. Ohnehin war ihr Bewegungsradius durch die Kette stark eingeschränkt. Sofia hatte keine Ahnung, wo sie sich befand. Sie hatte bäuchlings im Bus gelegen, unfähig, nach draußen zu schauen, wo ohnehin dichter Nebel geherrscht hatte. Bevor sie nach längerer Fahrt aussteigen musste, hatte ihr ihr Entführer einen dunklen Sack über den Kopf gestülpt. Sie war mehrere Stufen hinabgeführt worden in einen Raum, der sie mit feuchter Kälte und einem muffigen Geruch umfangen hatte. Inzwischen war sie sich fast sicher, dass es sich um einen alten Keller handelte. Er musste sich in einem ziemlich abgelegenen Gebäude befinden, denn es drangen kaum Geräusche von draußen herein. Alles was sie hörte, waren die Schritte des Mannes, wenn er über ihr auf und ab ging. Er kam ihr groß und kräftig vor, sein Gesicht hatte sie allerdings noch nie gesehen. Von Anfang an war er mit einer Sturmhaube maskiert gewesen. Die trug er auch, wenn er kam, um ihr das Essen zu bringen oder den Eimer zu leeren. Nie sprach er ein Wort, so sehr sie sich auch bemüht hatte, ihn zum Reden zu bringen. In den ersten Tagen hatte sie nur geweint, hatte sich die schlimmsten Schreckensszenarien ausgemalt, was er wohl mit ihr vorhätte. Doch war sie bisher weder vergewaltigt noch gefoltert worden. Ihr Entführer gab sich ihr gegenüber wie ein stummer, gleichgültiger Kerkermeister. Also wollte er vermutlich nur Lösegeld erpressen. In dieser Ansicht fühlte sie sich bestärkt, als sie realisierte, dass sie nicht allein hier unten war. Da war auf einmal die Stimme eines anderen Mädchens gewesen. Weit entfernt schien sie nicht zu sein, vermutlich wurde sie in einem benachbarten Raum gefangengehalten. Eine Stimme, die ihr bekannt vorkam und die sie schließlich als die von Elise von Cromnitz erkannte. Sie hatte nach ihr gerufen, doch im nächsten Moment war er über ihr gewesen und hatte ihr so brutal die Hand auf den Mund gepresst, dass sie befürchtet hatte, zu ersticken. Seitdem hatte sie es nie wieder gewagt. Gefängnisinsassen sollten sich ihres Wissens nach untereinander mit Klopfzeichen verständigen, nur hatte sie keine Ahnung, wie das genau ging. Und was nützte es schließlich auch? Sie konnten einander nicht helfen, da sie beide in der gleichen verzweifelten Lage waren. Trotzdem hatte Sofia damals wieder etwas Hoffnung geschöpft. Der Mann wollte ganz sicher nur Geld, danach würde er sie laufen lassen. Er sprach nicht und er verbarg sein Gesicht, damit sie ihn später nicht beschreiben konnten. Wenn er sie umbringen wollte, könnte er sich diese Mühe sparen. Die Familie von Cromnitz hatte eine Menge Geld und würde zweifellos zahlen können. Auf die Eltern von Sofia traf das nicht zu. Das Haus, in dem sie lebten, war noch nicht abbezahlt. Das war etwas, was sich Sofia einfach nicht erklären konnte: Wieso hatte er sie auch noch entführt, wo er doch schon Elise in seiner Gewalt hatte? War er über die finanzielle Situation ihrer Eltern falsch informiert? Sofia war sich sicher, dass sie sich das Geld für ihre Freilassung überall zusammenborgen würden. Ihre Eltern würden sie niemals im Stich lassen. Als dann jedoch immer mehr Zeit verging, waren ihr Zweifel gekommen. Irgendetwas musste schiefgelaufen sein. Hatten sie die Polizei informiert? Sie wusste aus einschlägigen Filmen, dass Erpresser stets verlangten, nicht die Polizei einzuschalten. Hatten sich ihre oder die Eltern von Elise vielleicht darüber hinweggesetzt? Und welche Konsequenzen würde das haben? Würde er seinen Plan einfach aufgeben, sie beide töten und unerkannt verschwinden? Mit jedem Tag, der verging, war ihre Angst gewachsen. Sie hatte zweifellos dazu beigetragen, dass sie nun so krank und schwach am Boden lag. Auf Elise hatte es sich anders ausgewirkt, sie war zunehmend aggressiv geworden, hatte getobt und geschrien.

Sofia hörte Schritte auf der Treppe, kurz darauf huschte der Schein einer Taschenlampe in ihr Verlies. Geblendet kniff sie die Augen zu. Jetzt stand er direkt über ihr und leuchtete sie an. Dann spürte sie plötzlich seine Hand auf ihrer Stirn. Sofia hielt vor Angst den Atem an. Ein unzufriedenes Brummen war unter seiner Maske zu hören. Er ließ ihre Stirn los, zog ihr Hosenbein ein Stück nach oben und betrachtete die Verletzung an ihrem Bein. Gleich darauf schrie sie erschrocken auf, weil sie ein heftiges Brennen spürte. Er hatte eine Flüssigkeit auf die offene Wunde gesprüht, die daraufhin in Flammen aufzugehen schien. Sofia liefen die Tränen über die Wangen. Langsam ließ das Brennen nach und wich einer wohltuenden Kühle. Fast empfand sie so etwas wie Dankbarkeit. Er kümmerte sich um sie, er wollte sie hier nicht sterben lassen. Alles würde gut werden.

Dem Klang seiner Schritte nach zu urteilen musste er jetzt bei Elise sein. Gleich daraus hörte sie sie kreischen: „Verdammter Dreckskerl, nimm deine stinkenden Finger weg!" Der Schrei, der danach zu hören war, kam nicht von Elise, es war der unterdrückte Wutschrei eines Mannes. Unmittelbar darauf waren mehrere dumpfe Schläge zu hören und danach trat Stille ein, eine furchtbare Stille. Totenstille.

31.

Die Fahrt zum Tatort gestaltete sich unerwartet schwierig. Eine Straße war gesperrt, die Umleitung schlecht ausgeschildert, und dann geriet auch noch der Verkehr immer wieder ins Stocken. Da half es nicht einmal, dass Holger kurzzeitig das Signal einschaltete. Auf den engen, verstopften Wegen war einfach kein Durchkommen. Dann ertönte plötzlich von vorn ein Martinshorn und ein paar Minuten später drängte sich ein Krankenwagen an ihnen vorbei. Sarah, die am Steuer saß, stöhnte leise auf. „Könnte sein, dass es auf der Strecke einen Unfall gegeben hat", sagte sie. „Dann kommen wir noch später an."

Holger zuckte gleichmütig mit den Schultern. „Nicht zu ändern und auch kein Drama. Schließlich sind wir unterwegs zu einer Leiche. Die läuft uns nicht weg."

Als sie endlich vor dem komfortablen Haus im Bungalowstil parkten, kam ihnen ein junger Mann in Polizeiuniform entgegen. Er wirkte äußerst nervös.

„Sie sind der Kollege, der uns informiert hat?", fragte Holger. Der Beamte nickte nur.

„In Ordnung. Wo ist der Tote?"

„Sie, ähm, Sie müssten ihn getroffen haben. Er müsste Ihnen entgegengekommen sein."

So entgeistert hatte Sarah Holger noch nie gesehen. Hatte der junge Beamte durch den Anblick der Leiche etwa einen Schock erlitten und redete daher wirres Zeug? „Wir möchten wissen, wo der Tote ist, zu dem Sie uns gerufen haben", artikulierte sie betont langsam und deutlich.

„Also, der ist auf dem Weg in die Klinik. Mit dem Krankenwagen. Der, ähm, also der war gar nicht richtig tot."

„Ja, so etwas passiert, wenn man den Tod aus fünf Metern Entfernung von der Türschwelle aus festzustellen versucht", ertönte eine tiefe Männerstimme von der Tür her. Dr. Göhlert, der Rechtsmediziner, kam ihnen entgegen.

Der junge Beamte lief tiefrot an. „Ich bin schon nah an ihm dran gewesen", verteidigte er sich. „Aber da waren das viele Blut und das Loch im Hinterkopf. Der hat sich überhaupt nicht mehr gerührt und ich dachte nicht, dass man es überleben kann, wenn man sich so von hinten in den Kopf schießt. Seine Putzfrau hatte ihn gefunden und mich gerufen. Sie sagte auch, er wäre tot."

„Wo ist die Frau jetzt?", wollte Holger wissen.

„Im Wohnzimmer, musste sich kurz hinlegen."

„Werden wir sie befragen können?"

„Ich denke schon", beantwortete Dr. Göhlert die Frage.

Holger stelle ihm gleich die nächste. „Wir haben es hier also mit einem Suizidversuch zu tun?"

Der Rechtsmediziner schüttelte den Kopf. „Nein, hier sollte lediglich ein Suizid vorgetäuscht werden. Das Opfer lag auf dem Bauch, der Revolver neben seiner rechten Hand. Aber die Art der Schussverletzung verrät, dass er nicht selber geschossen haben kann. Der Schusskanal verläuft fast waagerecht, die Kugel ist am Hinterkopf ein- und aus der rechten Wange ausgetreten. Er hätte sich niemals so verrenken können, um das selbst hinzubekommen."

Gemeinsam gingen sie ins Haus und nahmen den Tatort in Augenschein. Das Opfer hatte in der Küche gelegen. Tatsächlich war auf dem gefliesten Boden eine ziemlich große Blutlache, aber leider auch eine erkleckliche Anzahl blutiger Fußspuren zu erkennen. Holger kratzte sich bei dem Anblick am Kopf. „Das wird die Spurensicherung sicher wenig freuen", meinte er.

„Es ließ sich nicht vermeiden. Der Notarzt und die Sanitäter mussten den Verletzten schließlich versorgen. Meine Sohlen haben leider auch was abgekriegt." Mit einem Ausdruck des Bedauerns wies der Mediziner auf seine Schuhe. „Wenigstens konnte ich sicherstellen, dass niemand den Revolver anrührt."

Eine Tür wurde geöffnet und eine bleiche Frau erschien im Rahmen.

„Sind Sie...?" Holger vollendete den Satz nicht. Er wollte nicht riskieren, eventuell die Dame des Hauses zu brüskieren, indem er sie mit ihrer Putzfrau verwechselte.

„Kilian, Roswitha Kilian", stellte sich die Frau vor. Sie war klein, pummelig und schätzungsweise nicht älter als vierzig. „Ich halte das Haus in Ordnung, wenn der Doktor arbeitet."

„Wohnen Sie hier?"

„Nein das nicht. Ich komme jeden Morgen gegen acht hierher, wenn der Doktor schon unterwegs ist. Aber heute..." Sie verstummte, schaute auf die Blutlache und stützte sich am Türrahmen ab.

„Kommen Sie", sagte Sarah. „Wir gehen nach nebenan und Sie setzen sich hin. Wenn es Ihnen nichts ausmacht, würden wir Ihnen gern ein paar Fragen stellen."

„Ja, natürlich." Frau Kilian wirkte sichtlich erleichtert, sich vom Tatort abwenden zu dürfen. Der Raum, in den sie Holger und Sarah führte, war offensichtlich das Wohnzimmer. Es war mit einer hellen Bücherwand, einem großformatigen Fernseher und einer Couchgarnitur sparsam eingerichtet. Nichts Überflüssiges stand herum, allerdings auch nichts, was auf persönliche Vorlieben des Wohnungsinhabers schließen ließ.

„Haben Sie hier heute schon saubergemacht?", fragte Holger. Frau Kilian schien das als Kritik aufzufassen.

„Nein, ich konnte nicht. Als ich hier reinkam und den Doktor daliegen sah, da wurde mir ganz anders. Ich bin sofort wieder raus und habe die Polizei gerufen. Der junge Polizist hat dann gesagt, ich soll mich hier auf die Couch legen, bis es mir wieder besser geht."

Holger runzelte leicht die Stirn. „Na schön. Und jetzt mal der Reihe nach: Sagen Sie uns bitte alles, was Sie über das Opfer wissen."

„Der Doktor Hundt ist Tierarzt. Aber das wissen Sie sicher schon. Er lebt allein, verheiratet war er nie. Seine

Praxis hat er hier im Ort, aber er hält sich nur zu bestimmten Zeiten dort auf. Er ist auf Pferde spezialisiert, betreut fast alle Gestüte im weiten Umkreis und ist bei Reitturnieren dabei, falls ein Pferd stürzt oder sich irgendwie verletzt."

„Betreut er auch das Gestüt der Familie von Cromnitz in Geistmoor?" Die Frage rutschte Sarah ganz spontan heraus.

„Das weiß ich nicht so genau, aber ich nehme es an."

Holger sah Sarah mit einem Blick an, den sie nicht zu deuten wusste. Dann stellte er die nächste Frage. „Wie sind Sie heute ins Haus gekommen? Haben Sie einen Schlüssel?"

„Ja, den habe ich natürlich. Aber heute war die Tür nicht verschlossen."

„Hat Sie das nicht stutzig gemacht?"

„Nein, eigentlich nicht. Ich dachte, der Doktor hätte etwas vergessen und wäre nochmal kurz ins Haus zurückgekehrt. Schließlich stand sein Auto draußen in der Einfahrt."

„Hatte er Feinde oder Streit mit jemanden? Ist Ihnen etwas in der Richtung bekannt?"

Frau Kilian schüttelte den Kopf. „Nein, überhaupt nicht. Er ging ganz in seiner Arbeit auf, die immerhin recht anstrengend ist. Privat lebte er sehr zurückgezogen. Ein typischer Junggeselle eben."

Holger schien das Gespräch damit abschließen zu wollen. „Frau Kilian, fällt Ihnen sonst noch etwas ein, was uns weiterhelfen könnte?"

Sie zögerte kurz. „Nun ja, die Waffe."

„Was ist mit der Waffe?"

„Ich bin mir natürlich nicht sicher, weil ich vor Schreck nicht so genau hingeschaut habe, aber das könnte seine eigene sein."

„Dr. Hundt hatte einen Revolver? Sind Sie sicher?"

„Ja, da bin ich mir sicher. Der lag schließlich in seinem Nachttischkasten."

„Wie, einfach so? Unverschlossen und für jedermann zugänglich?"

Frau Kilian schien sich nicht daran zu stören. „Warum nicht? Er hat immer gesagt, wenn er ihn wegschließt, dann nützt er ihm überhaupt nichts, falls mitten in der Nacht plötzlich ein Einbrecher vor seinem Bett steht. Und hier im Haus liefen keine Kinder herum, die in Schubladen gucken konnten."

Sarah sah Holger an, wie schwer es ihm fiel, einen derart leichtfertigen Umgang mit einer Waffe unkommentiert zu lassen. Sie selbst war ebenfalls entsetzt darüber. Nebenan wurden Stimmen laut, die Spurensicherung war eingetroffen. Holger erhob sich und ging zu den Kollegen hinüber. „Ihr solltet jeden Raum unter die Lupe nehmen", hörte Sarah ihn sagen. „Es sieht nämlich ganz so aus, als hätte das Opfer den Täter selbst hereingelassen. Bei dem muss es sich um jemanden handeln, der sich hier sehr gut auskannte. Er wusste unter Umständen, dass Dr. Hundt in seinem Nachttisch einen Revolver aufbewahrte. Den könnte er entwendet haben, während der Doktor etwas aus der Küche holen wollte. Demnach müsste er auch dort Spuren hinterlassen haben. Überprüft das bitte."

„Sonst noch was gefällig? Schuhgröße, Augenfarbe, besondere sexuelle Vorlieben des Täters?", grummelte einer der Spurensicherer, der in seinem weißen Overall wie ein großes Baby wirkte.

„Schuhabdrücke erwarte ich auf jeden Fall. Ein paar brauchbare Fingerabdrücke wären natürlich noch besser." Holger ging nicht auf den flapsigen Ton des Kollegen ein. „Leider haben die Sanitäter und der Notarzt den Tatort ziemlich kontaminiert. Das war in diesem Falle leider nicht zu umgehen. Kümmert euch also um den entsprechenden Abgleich der Spuren."

„Eine Menge Arbeit für die Spurensicherung", meinte Sarah als sie das Haus verließen.

„Für uns allerdings auch", erwiderte Holger. „Wir müssen uns schleunigst um die Kontakte des Doktors kümmern. Er scheint seinen Mörder gekannt zu haben."

„Mörder", flüsterte Sarah. „Du glaubst nicht, dass er überleben könnte?"

„Doch, das ist durchaus möglich, so wie Dr. Göhlert seine Verletzung eingeschätzt hat. Es ist erstaunlich, wie viele Personen einen Kopfschuss überleben. Allerdings ist nicht absehbar, mit welchen Einschränkungen. Wünschen wir ihm Glück. Und uns auch."

32.

Glück hatten sie zunächst insofern, dass Kai am nächsten Tag seinen Dienst wieder aufnahm.

„Geht es wirklich schon wieder?", fragte Sarah besorgt.

„Aber sicher doch. Eventuell bin ich noch nicht wieder ganz so schnell, wenn ich flüchtigen Verbrechern hinterherjagen muss, aber der Kopf funktioniert und ist voller Tatendrang."

„Das höre ich natürlich gern", sagte Holger. „Wir können im Moment jeden Kopf gebrauchen. Du kannst dich zusammen mit Eva gleich an die Recherche zum Fall Dr. Hundt machen. Klopft alle seine Kontakte ab. Befragt die Nachbarschaft, wer bei ihm so ein und aus ging. Na ja, das Übliche eben."

Kai blickte Eva strahlend an. „Nichts wie los. Das habe ich vermisst. Und dich natürlich auch."

Eva wirkte einfach nur missmutig. Sie griff widerwillig nach ihrer Jacke, ohne Kai eines Blickes zu würdigen.

„Armer Kerl", sagte Holger, als sich die Tür hinter den beiden geschlossen hatte. Sarah stimmte ihm von Herzen zu, staunte allerdings, dass er sich überhaupt zu so einer Äußerung hinreißen ließ. Normalerweise ging er schweigend über Kais offenkundige Verliebtheit hinweg.

„Was hat sie nur, dass sie heute so mies drauf ist?", wunderte sie sich stattdessen laut.

„Sie ist sauer wegen unserer ausbleibenden Ermittlungserfolge. Natürlich ist das bitter für uns alle. Der Mordfall Mallkowski liegt auf Eis, es sieht aus, als könnte er nicht aufgeklärt werden. Zwei Mädchen sind verschwunden, ohne dass wir den geringsten Hinweis auf den Täter haben. Und jetzt noch der Mordversuch an dem Tierarzt. Wenn wir nicht bald Erfolge vorweisen können, wird man uns eine SOKO vor die Nase setzen."

„Die kann sich auch keine Fakten aus den Rippen schneiden. Die einzige Verbindung zwischen den Fällen ist Geistmoor."

„Dr. Hundt ist aus Glückstadt."

„Aber er hat Gestüte betreut, bestimmt auch das in Geistmoor. Eva und Kai werden das sicher herausfinden. Wie geht es Dr. Hundt überhaupt?"

„Er ist außer Lebensgefahr. Die Ärzte sagen, er hätte unglaubliches Glück gehabt. Die Kugel hat einen Weg genommen, auf dem sie den geringstmöglichen Schaden angerichtet hat. Doch er hat durch den Druck des Geschosses und die Ausweichbewegungen der Hirnmasse eine Hirnprellung erlitten. Das soll zu einer sofortigen Bewusstlosigkeit führen, die sehr lange anhalten kann. Noch ist er nicht wieder erwacht und die behandelnden

Ärzte wagen keine Prognose, wann das der Fall sein könnte. Auch soll nach dem Erwachen nicht selten Verwirrtheit auftreten. Wir können nur abwarten und hoffen."

„Immerhin ist allein die Tatsache, dass er überleben wird, eine tolle Nachricht."

„Allerdings ist sie streng geheim, es darf nichts davon nach außen dringen. Sein Zimmer im Krankenhaus wird rund um die Uhr bewacht."

„Ja, natürlich. Dass er überlebt hat, dürfte dem Täter bekannt sein. Er könnte versuchen, an Informationen über seinen Zustand zu gelangen und sich dadurch verraten."

Holger nickte. „Das ist anzunehmen. Das Krankenhauspersonal wurde entsprechend instruiert. Inzwischen sollten wir uns allerdings dringend um unsere anderen Fälle kümmern. Also, was haben wir?" Er ging zum Flipchart hinüber, das inzwischen mit einer Menge Skizzen und Namen bedeckt war. „Ich denke mal, die Spur Mollenbeck können wir vergessen. Inzwischen wurden weitere größere Fahrzeuge im Umkreis überprüft, allerdings ohne Ergebnis. Das bringt uns leider nicht weiter. Es ist wie stochern im Nebel."

Sarah seufzte. „Das Bild passt. Nebel herrschte schließlich an beiden Tagen, als die Mädchen verschwanden. Als hätte der Täter das bewusst ausgenutzt. Ein gewisser Verdacht besteht natürlich weiterhin gegen diesen Sven Jessen, den mutmaßlichen Vater von Wiebkes Kind. Er ist ein schwer gehemmter junger Mann, der sich nicht traut, auf normalem Wege Bekanntschaft mit Mädchen zu schließen. Es hätte irgendwie gepasst. Allerdings wirkt die Aussage der Mutter, die ihm ein Alibi gegeben hat, sehr glaubwürdig."

„Das sehe ich genauso. Ich denke, wir können ihn aus unseren weiteren Überlegungen erst einmal ausklammern. Wir haben nach wie vor keinen konkreten Verdächtigen. Nur die Vermutung, dass es eine Verbindung zum Gestüt der Familie von Cromnitz gibt. Die Frau spielt jedenfalls ein doppeltes Spiel, sie verbirgt einiges vor uns. Das ist schon ein auffälliges Verhalten für eine Mutter, deren Kind sich in der Gewalt eines Entführers befindet. Ich habe dafür nur eine Erklärung: Sie kennt ihn und will uns raus halten."

„Sieht fast so aus. Bei Familie Mehnert war ich mir anfangs auch nicht sicher, ob sie wirklich uneingeschränkt mit uns kooperieren wollen. Mir geht dieser Erpresserbrief nicht aus dem Kopf. Sie behaupten, keine Ahnung zu haben, worauf der Entführer ihrer Tochter hinauswill. Nicht zu wissen, worüber sie reden sollen. Allerdings kommt mir ihre Verzweiflung so echt vor, dass ich geneigt bin, ihnen zu glauben. Was hältst du davon, wenn wir sie bitten, sich über die Medien direkt an den Entführer zu wenden? Sie könnten ihn bitten, seine Forderungen konkreter zu formulieren. Oder direkt Kontakt zu ihnen aufzunehmen." Sarah schaute Holger fragend an.

„Daran habe ich ehrlich gesagt auch schon gedacht. Den Versuch ist es auf jeden Fall wert. Eine Fernsehbotschaft halte ich für besonders wirksam. Wir sollten das so schnell wie möglich mit der Familie besprechen und in die Wege leiten.

33.

Evas schlechte Laune war mit Händen zu greifen. Sie und Kai waren den ganzen Tag unterwegs gewesen, hatten an vielen Haustüren geklingelt und mit vielen Personen gesprochen, ohne besondere Erkenntnisse zu erlangen. Jetzt ließ sie sich erschöpft neben Kai auf den Beifahrersitz fallen. „Bla, bla, bla", maulte sie. „Der Doktor war ein ausgezeichneter Tierarzt, ein stiller zurückhaltender Mann und niemand war ihm feindlich gesinnt. Über die Toten nur Gutes. Dabei ist der Mann noch am Leben. Ich hoffe, das bleibt so und er kommt bald wieder zu Bewusstsein, damit er uns sagen kann, wer auf ihn geschossen hat. Dann wären wir diesen lästigen Fall los und könnten uns endlich wieder voll den Entführungen widmen. Verdammt, ich hab eine Spur, und ich will mich nicht von diesem Mist hier abhalten lassen, sie weiter zu verfolgen."

Kai war ehrlich verblüfft. „Du hast eine Spur? Was die Entführungen betrifft? Hast du mit Holger darüber gesprochen?"

„Ich denke überhaupt nicht daran. Einmal habe ich es angesprochen, da hat er es sofort abgetan. So ist es immer. Wenn sein Zauberlehrling Sarah etwas sagt, und sei es auch noch so abwegig, nennt er das einen bemerkenswerten Einfall. Was ich sage, interessiert ihn nicht die Bohne."

„Hältst du Holger tatsächlich für derart ungerecht?"

„Ich halte ihn nicht nur dafür, er ist es! Er will offenbar erreichen, dass Sarah befördert wird, nicht ich. Deshalb werde ich mit sinnlosen Beschäftigungen von den wichtigen Ermittlungen ferngehalten."

„Aber es ist immerhin ein versuchter Mord, den wir aufklären sollen", gab Kai zu bedenken. „Das ist schließlich kein unwichtiger Fall."

„Unwichtig vielleicht nicht, aber unspektakulär. Was wird schon dahinter stecken? Ein Pferdebesitzer, der sich über eine zu hohe Rechnung beschweren wollte, mit dem Tierarzt darüber in Streit geraten ist und schließlich auf ihn geschossen hat, vermute ich. Solche Fälle sind der Presse nur ein paar Zeilen wert. Aber die Entführung der beiden Mädchen aus Geistmoor, die schlägt richtig Wellen. Wenn ich die aufkläre, kann man mich nicht bei der Beförderung übergehen."

„Das wirst du kaum allein bewerkstelligen können."

„Nein, deshalb sollst du mir ja helfen." Kai fühlte sich von einer warmen Welle durchströmt, die noch intensiver über ihn hinweg zu rollen schien, als Eva sich ihm zuwandte und ihm einen tiefen Blick aus ihren unergründlichen Augen schenkte.

„Du willst mich also einweihen?", fragte er.

„Ja, aber wenn du mein Vertrauen missbrauchst ..."

Er unterbrach sie mit einer energischen Handbewegung. „Niemals. Also?"

„Die ältere Schwester der Elise von Cromnitz, diese Anne, ist nicht ganz sauber. Sie treibt sich in einer dubiosen Szene herum. Und es liegt auf der Hand, dass sie ihre jüngere Schwester hasste und nichts sehnlicher wünschte, als dass sie von der Bildfläche verschwinden möge."

„Nun ja, Rivalität zwischen Schwestern ist nichts Ungewöhnliches. Aber sie schlägt selten in einen derartigen Hass um."

„Bei Anne mit Sicherheit schon. Sieh dir doch bloß mal die genauen Umstände an. Ihre kleine Schwester Elise ist der Sonnenschein der Familie, die Ehrgeizige, die Erfolgreiche, die begnadete Reiterin. Und Anne? Sie ist die Versagerin, die nichts auf die Reihe kriegt. Fürchtet sich vor Pferden, kränkelt vor sich hin, musste ein Schuljahr wiederholen und wird wohl letztendlich am Abitur scheitern. Wie muss sie sich da gefühlt haben, wenn sie ihre Schwester leichtfüßig von Sieg zu Sieg eilen sah? Es ist mit Sicherheit auch kein Zufall, dass Elise unmittelbar vor einem bedeutenden Turnier verschwand. Das sollte ein weiterer Triumph für Elise werden, die Familie hatte für das darauffolgende Wochenende einen großen Empfang geplant. Offiziell sollte der Geburtstag von Roland von Cromnitz nachträglich begangen werden, doch der lag schon vier Wochen zurück. Sie haben den Termin absichtlich so gewählt, um Elises Sieg gebührend würdigen zu lassen."

„Dann müssen sie sich sehr sicher gewesen sein, dass sie gewinnt."

„Das waren sie. Anne war sich auch sicher und wollte diese weitere Demütigung für sich selbst vermeiden."

„Klingt irgendwie schlüssig. Aber wie soll sie die Entführung ihrer Schwester bewerkstelligt haben? Sie war an dem betreffenden Tag noch in Hamburg."

„Wofür es keine Zeugen gibt. Doch selbst wenn: Sie hatte einen Helfer."

„Jetzt machst du mich wirklich neugierig. Du weißt auch schon, um wen es sich dabei handelt?"

„Allerdings. Bevor ich es dir sage, will ich dir aber noch etwas zeigen. Schau mal!" Eva rückte ganz nah an Kai heran, so dass ihm der Duft ihres betörenden Parfüms in die Nase stieg. In diesem Augenblick verspürte er das überwältigende Verlangen, sein Gesicht an ihren Hals zu drücken und die zarte Haut hinter dem Ohr zu küssen. Fast mit Gewalt musste er sich zwingen, sich auf ihr Smartphone zu konzentrieren, das sie ihm hinhielt. Mit dem Bild darauf wusste er allerdings zunächst nichts anzufangen. „Was ist das?", fragte er.

„Anne als Todesfee."

Kai pfiff durch die Zähne. „Interessant. Ich hatte sie nicht sofort erkannt. So ein Hobby hätte ich dem schüchternen Mäuschen gar nicht zugetraut."

„Das ist mehr als ein Hobby. Das ist ein Symbolfoto für ihre geheimen Wünsche. Das massakrierte Mädchen zu ihren Füßen steht für ihre Schwester. Anne wünscht sich Macht über sie, dämonische Macht, mit der sie sie vernichten kann. Nur so kann sie ihre Ohnmacht, die sie im realen Leben verspürt, kompensieren."

„Okay, du hast mich überzeugt. Ich bin beeindruckt von deiner psychologischen Analyse. Aber der Wunsch ist von der Verwirklichung ein ganzes Stück entfernt."

„Nicht wenn man Gleichgesinnte findet, die ähnliche Fantasien hegen. Ich habe einiges über den Fotografen herausgefunden, der diese Aufnahme gemacht hat. War übrigens ein hartes Stück Arbeit. Ich hab mich in der Gothic-Szene umgehört und behauptet, ich würde ebenfalls solche Aufnahmen machen und mir das Mädchen, das auf dem Foto als Opfer posiert, als Modell wünschen. Ob sie vielleicht jemand kennen würde. Ich habe sie relativ schnell gefunden, sie sagte mir allerdings gleich, sie stehe für solche Aufnahmen nicht mehr zur Verfügung. Ihr sei das alles zu krass geworden. Anne habe sie nur zweimal bei solchen Anlässen getroffen, sie wisse nicht, ob die noch mit dem Fotografen zusammenarbeiten würde. Der sei ein total kaputter Typ, dem traue sie alles zu. Deutlicher wollte sie allerdings nicht werden, mir auch seinen Namen nicht sagen. Es war ziemlich offensichtlich, dass sie Angst hatte."

„Hast du ihn trotzdem gefunden?"

„Nein, leider nicht. Er benutzt verschiedene Pseudonyme, keiner wusste angeblich, wie er wirklich heißt. Aber er soll einen Kleinbus fahren und schon wegen Drogenhandel vorbestraft sein. So einem wäre zuzutrauen, dass er die Wünsche seiner Todesfee erfüllen hilft. Vor allem, wenn sie sich mit seinen eigenen decken."

Kai war sehr nachdenklich geworden. „Das wäre der reine Wahnsinn", flüsterte er. „Er hilft Anne, die Schwester zu beseitigen. Natürlich wusste sie, wo die sich aufhielt und wo man sie abfangen konnte. Vielleicht war Anne sogar dabei und hat den Lockvogel gespielt. Weil alles so gut geklappt hat, ist er auf den Geschmack gekommen. Oder sie beide. Deshalb wurde auch Sofia entführt."

„Genau. Wenn wir sie nicht stoppen, wird es weitere Opfer geben."

„Aber die Sache ist für uns beide allein zu groß."

„Nein, ist sie nicht!" Eva fauchte ihn an wie eine gereizte Wildkatze. „Kein Wort zu Holger! Der tut das entweder als Hirngespinst ab, oder er setzt sich selbst im Gespann mit Sarah an die Spitze der Ermittlungen. Wir müssen die Spur allein verfolgen. Das dürfte gar nicht so schwer sein. Garantiert steht Anne mit dem Kerl in Verbindung. Irgendwann wird sie Kontakt zu ihm aufnehmen. Sie fühlt sich sehr sicher, weil sie bestens darüber informiert sein dürfte, dass auf sie bisher nicht der Hauch eines Verdachtes gefallen ist. Sie hat sich nur deshalb hinter Sarah geklemmt, um sie auszufragen. Die dumme Kuh ist natürlich prompt auf sie reingefallen. Wenn Sarah von unseren Überlegungen erfährt, würde sie sie in ihrer Naivität vielleicht sogar warnen. Das darf auf keinen Fall passieren, verstehst du?"

Natürlich verstand Kai. Vor allem hatte er verstanden, dass Eva von *unseren* Überlegungen gesprochen hatte. Sie waren nun nicht nur offiziell ein Team, sie hüteten ein gemeinsames Geheimnis, verfolgten einen gemeinsamen Plan. So nahe hatte er sich Eva noch nie gefühlt. Und wenn alles gutging, wer weiß, wie sich ihre Beziehung dann entwickeln würde. „Klar, kein Wort zu den anderen", sagte er mit fester Stimme. Eva beugte sich lächelnd zu ihm herüber und berührte ganz leicht seine Schulter. In dieser Berührung und ihrem überwältigenden Duft schien eine Verheißung zu liegen, die ihn ganz schwindlig machte.

34.

Nachdem die Eltern von Sofia sich einverstanden erklärt hatten, sich mit einer Fernsehbotschaft an den Entführer ihrer Tochter zu wenden, ging alles ganz schnell. Das Fernsehteam war zu ihnen nach Hause gekommen und hatte dort seine Technik aufgebaut. Holger und Sarah waren bei der Aufzeichnung dabei. Sie hatten den Text mehrmals mit den Mehnerts durchgesprochen und ihnen gesagt, worauf es besonders ankam. „Schauen Sie beim Reden immer direkt in die Kamera", schärfte Holger ihnen ein. „So als würden Sie dem Entführer direkt in die Augen schauen. Es macht nichts, wenn Sie beim Reden ins Stocken geraten. Was Sie zu sagen haben, soll nicht auswendig gelernt klingen. Dazu ist es viel zu persönlich und zu wichtig."

Herr und Frau Mehnert nickten, doch sie sah dabei so bleich aus, dass Sarah befürchtete, sie würde es nicht durchstehen. Die Aufzeichnung lief dann aber doch besser als gedacht. Herr Mehnert übernahm das Reden, seine Frau neben ihm wirkte so leidend, dass es jedem ans Herz greifen musste. „Wir wollen Ihre Bedingungen gern erfüllen", sagte Herr Mehnert. „Aber geben Sie uns bitte genau zu verstehen, was Sie von uns erwarten. Lassen Sie uns eine klare Botschaft zukommen."

„Und bitte, tun Sie unserem Kind nichts", fügte seine Frau schluchzend hinzu. „Lassen Sie sie frei. Was immer Sie uns vorwerfen, Sofia hat nichts damit zu tun."

Die Aufnahmeleiterin gab ein Zeichen. „Das war gut, das können wir so lassen", sagte sie. „Wir bringen es heute in den Abendnachrichten. Ich drücke ganz doll die Daumen, dass es helfen wird, Ihre Tochter zu befreien", fügte sie in einem wärmeren Tonfall hinzu.

Holger und Sarah blieben, bis das Filmteam gegangen war. „Sie geben uns sofort Bescheid, wenn sich irgendetwas tun sollte", schärfte Holger den Mehnerts ein. Wir werden Ihr Telefon und das Haus überwachen.

„Nein, das will ich nicht!", begehrte Herr Mehnert auf. „Wenn Sie unser Haus überwachen, wird er es bemerken und sich nicht heranwagen. Damit wäre uns und unserer Tochter überhaupt nicht gedient. Sie ist seit fast drei Wochen in seiner Gewalt, wie lange soll ihr Martyrium noch dauern? Halten Sie sich raus und geben Sie ihm eine Chance, mit uns in Verbindung zu treten."

„Herr Mehnert, wir können nicht sicher sein, ob er nicht nur mit Ihnen spielt. Anders kann ich seine kryptische Botschaft nicht deuten. Wer sagt Ihnen, dass es diesmal nicht so sein wird? Wir hätten vielleicht die Chance, ihn festzunehmen."

„Nein, nein und nochmals nein! Wie können Sie so etwas auch nur in Erwägung ziehen? Was ist, wenn Sie ihn festnehmen und er nicht redet? Dann verhungert und verdurstet unser Kind in seinem Versteck. Was wissen wir denn, was dieser Perverse mit ihr anstellt? Vielleicht hat er sie in einer Kiste vergraben und sie erstickt qualvoll."

An dieser Stelle stieß seine Frau einen gequälten Laut aus. Sarah legte ihr beruhigend den Arm um die Schulter. „Hören Sie auf, Herr Mehnert", sagte sie streng. „Unsere Kollegen sind keine Anfänger. Vor allem werden sie dafür sorgen, dass die Meute da draußen verschwindet." Das Auftauchen des Fernsehteams hatte Scharen von Reportern angelockt, die auf neue Nachrichten hofften. Als Sarah und Holger schließlich das Haus verließen, stürzten sie sich sofort auf sie. „Gibt es Neuigkeiten im Fall der Entführten?" „Haben Sie eine konkrete Spur?" Die Fragen prasselten nur so auf sie ein.

„Wenn es etwas Neues gibt, werde ich dafür sorgen, dass Sie es als Letzte erfahren", knurrte Holger, bevor er in den Wagen stieg.

35.

Sofia hatte Durst, entsetzlichen Durst. Sie wusste, wo der Krug mit dem Wasser stand, doch sie fühlte sich zu schwach, dorthin zu kriechen. Immer wieder nickte sie vor Schwäche ein. Einen Moment lang umfing sie ein angenehmer Traum. Sie lag in ihrem Zimmer auf dem Bett und musste nicht zur Schule gehen, weil sie krank war. Ihre Mutter kam und lächelte ihr aufmunternd zu. Dann stützte sie behutsam ihren Kopf, strich ihr langes Haar zurück und hielt ihr ein Glas mit kühlem Saft an die Lippen. Sofia schluckte gierig und erwachte, von einem qualvollen Husten geschüttelt. Er trieb ihr Tränen in die Augen, die auch nicht versiegen wollten, nachdem der Husten endlich aufgehört hatte. *Ich komme nie wieder nach Hause, ich werde hier sterben. Niemals werde ich meine Eltern wiedersehen,* dachte sie verzweifelt. Anfangs hatte sie noch Hoffnung gehabt, doch die war an dem schrecklichen Tag gestorben, als sie Elises Stimme zum letzten Mal gehört hatte. Seitdem herrschte Stille, entsetzliche Stille. Sie wusste, dass Elise fort war. Längst hatte sie gelernt, jedes noch so leise Geräusch, das in ihren Kerker drang, zu deuten. Die Schritte ihres Peinigers über ihr in der Wohnung. Den Fernseher, den er regelmäßig abends einschaltete. Das Knarren der Treppenstufen, wenn er zu ihr herunter kam. Sonst hatte ihn sein erster Weg immer zu Elise geführt. Jetzt kam er stets sofort zu ihr. Sie versuchte nicht an Elise zu denken, doch ihre Gedanken kreisten ständig um den Tag, an dem sie verschwunden war. Sie dachte an seinen Wutschrei, an das dumpfe Geräusch von Schlägen, Elises leises Wimmern und an die darauffolgende entsetzliche Stille.

Jetzt lief oben der Fernseher. Aber plötzlich erklang sein Schrei so laut und deutlich, wie sie ihn an dem Tag von Elises Verschwinden vernommen hatte. Sofia hielt den Atem an und lauschte angespannt. Hatte er wirklich geschrien oder halluzinierte sie schon? Laute polternde Schritte kamen die Treppe herunter. Das war ungewöhnlich, um diese Zeit kam er sonst nie zu ihr. Voll ängstlicher Erwartung krümmte sie sich auf ihrem Lager zusammen. Sie wurde von einer Lampe geblendet, dann stand er plötzlich direkt neben ihr. Brutal riss er sie an ihren Haaren in die Höhe. Sofia konnte nur noch wimmern. Sie öffnete die Augen einen Spalt und sah die Klinge in seiner Hand aufblitzen. *Es ist aus. Ich werde abgeschlachtet wie ein Tier. Bitte, lass es schnell gehen.* Sie hatte keine Kraft sich zu wehren. Und nicht die geringste Chance.

36.

Sarah wurde aus dem Gestammel der Anruferin zunächst überhaupt nicht schlau. „Sind Sie das, Frau Mehnert? Sprechen Sie bitte langsam, ich verstehe Sie nicht. Was für eine Nachricht?" Holger war aufmerksam geworden und neben sie getreten. „Von welchem Moor reden Sie?", fragte Sarah gerade. „Wir kommen sofort zu Ihnen", beendete sie dann das Gespräch.

„War das Frau Mehnert?", fragte Holger. „Gibt es Neuigkeiten?"

„Sie haben angeblich eine Nachricht des Entführers erhalten und ihr Mann hat sich allein auf den Weg zu einem Treffpunkt gemacht. Sie konnte ihn nicht davon abhalten und ist jetzt in schrecklicher Sorge."

„Verdammt", fluchte Holger leise. „Da stimmt etwas nicht. Unsere Leute hatten das Haus im Auge und das

Telefon wird überwacht. Wie soll da eine Nachricht übermittelt worden sein? Also nichts wie hin."

Die Fahrt verlief schweigend, sie waren beide angespannt und in ihre eigenen Gedanken vertieft. Frau Mehnert erwartete sie schon an der Haustür. Sarah war erschüttert zu sehen, wie die Belastung der vergangenen Wochen der Frau zugesetzt hatte. Ohnehin von zarter Konstitution war sie erschreckend abgemagert. Am Hals war jede Sehne zu erkennen und ihr Kopf schwankte darauf hin und her wie eine zu schwere Blüte auf einem zarten Stängel. Als sie Sarah die Hand reichte, hatte die das Gefühl, ein Vogelskelett zu berühren. „Setzen wir uns doch erst einmal", sagte sie zu der zitternden Frau. Sie hatte Angst, dass sie jeden Moment zusammenbrechen könnte. Wie schon bei ihrem ersten Besuch, nahmen sie im Wohnzimmer Platz. Der Raum zeigte deutliche Zeichen von Vernachlässigung. Mehrere Grünpflanzen auf den Fensterbrettern waren völlig vertrocknet, die Tischplatte staubig. Frau Mehnert hatte ihre Finger um die Lehnen des Sessels verkrampft, auf dem sie saß. Sie bekam einen losen Faden zu fassen und begann so heftig daran zu ziehen, als würde ihr Schicksal daran hängen.

„Frau Mehnert", sagte Holger behutsam, „erzählen Sie uns bitte der Reihe nach, was passiert ist."

Sie rang um Fassung. „Mein Mann wollte heute früh zur Arbeit fahren", sagte sie. „Da sah er, dass hinter dem Scheibenwischer ein Zettel klemmte."

„Wo stand sein Auto?", unterbrach Holger sie.

„Es war zwei Häuser weiter um die Ecke geparkt. In einer Nebenstraße."

„Parkt er immer dort?"

„Nein, normalerweise steht das Auto direkt vor dem Haus. Aber einer der Nachbarn bekam gestern etwas angeliefert, mit einem großen LKW. Er hatte die Anwohner gebeten, die Straße freizuhalten."

„Gut. Ihr Mann fand also einen Zettel hinter dem Scheibenwischer. Was machte er dann? Kam er zurück ins Haus?"

Die Frau nickte. „Ja, er kam zurück und zeigte mir den Zettel."

„Haben Sie ihn hier? Können Sie ihn uns zeigen?"

„Nein, leider nicht. Er hat ihn mitgenommen."

„Sie wissen aber, welche Nachricht er enthielt?"

Wieder nickte sie und schluckte krampfhaft, bevor sie antworten konnte. „Da standen nur zwei Worte: 'Klar genug?' Die Buchstaben waren aus einer Zeitung ausgeschnitten, genauso wie beim ersten Mal. Und darunter war eine Karte der Gegend hier aufgeklebt. An einer Stelle war ein Kreuz eingezeichnet." Sie schlug die Hände vor ihr Gesicht und konnte nicht weitersprechen.

„Frau Mehnert", fragte Holger behutsam, „an welcher Stelle war das Kreuz?"

„Im Moor, direkt im Moor", schrie sie unter Tränen heraus. „Sagen Sie mir, was das zu bedeuten hat." Den letzten Satz sprach sie leise und in einem so flehenden Tonfall aus, dass es Sarah ins Herz schnitt.

„Ihr Mann ist dort hingegangen?"

„Ja. Er wollte keine Polizei."

„Die Frage: 'Klar genug?' scheint sich auf die Fernsehsendung zu beziehen", sagte Sarah. „Ihr Mann hatte um eine klare Botschaft gebeten, was der Entführer Ihrer Tochter von Ihnen erwartet."

Holger nickte beifällig. „Genau. Ihr Mann ist losgezogen, um diese Botschaft entgegenzunehmen. Sagen Sie uns bitte so genau wie möglich, wo sich das Kreuz auf der Karte befand. Umso schneller werden wir ihn finden." Nachdem er das gesagt hatte, wandte sich Holger zu Sarah um. „Es soll jemand herkommen", sagte er leise. Sie ging aus dem Zimmer, um eine Kollegin herzubitten, die sich um Frau Mehnert kümmern würde. Als sie das erledigt hatte und ins Zimmer zurückkam, war Holger schon im Aufbruch begriffen.

„Mein Mann ist schon seit einer Weile weg", klagte Frau Mehnert. „Wenn der Kerl ihm dort aufgelauert und ihm etwas angetan hat!"

Sarah versuchte sie zu beruhigen. „Das ist unwahrscheinlich. Der Täter ist viel zu vorsichtig, um sich am Tage hier blicken zu lassen. Er wird eine Botschaft deponiert haben, allerdings so, dass Ihr Mann sie nicht ohne Weiteres findet. Wir werden ihm bei der Suche helfen. Zu Ihnen wird gleich eine Kollegin von uns kommen, die sich ein wenig um Sie kümmert." Tatsächlich kam die schon in die Straße gefahren, als Holger und Sarah sich auf den Weg machten. „Hast du herausgefunden, wo es ist?", fragte Sarah.

„So ungefähr. Gleich hinter dem Gestüt. Dort führt auch ein Weg ein Stück ins Moor. Wir müssen uns beeilen, es wird früh dämmrig."

Zum Glück war es nicht weit bis dorthin. Sie parkten das Auto in der Nähe des Erlengehölzes, hinter dem das Moor begann. Von einem Weg war leider nichts zu erkennen, jedenfalls für Sarah nicht. Sie hielt sich deshalb dicht hinter Holger, der sicher voranschritt. Der Boden federte unter ihren Füßen, es fühlte sich an, als würde sie über ein Trampolin laufen. Ein frischer Wind strich durch die harten Gräser, die klirrende Geräusche von sich gaben. Ein Wimmern war zu vernehmen, ein merkwürdig klagender Laut, bei dem sich nicht genau feststellen ließ, ob er von einem Tier oder von einem Menschen stammte. Holger schien es ebenfalls gehört zu haben und war abrupt stehengeblieben. „Da", sagte er plötzlich und zeigte nach rechts. Jetzt sah Sarah es auch. Im Moor befand sich ein Mann, der bis zur Brust eingesunken war. Er war es, der die merkwürdigen Laute ausstieß. „Herr Mehnert?", fragte Holger. Er war es zweifellos, obwohl er in seiner unglücklichen Lage nicht mehr er selbst zu sein schien. Sarah fragte sich erschrocken, was wohl mit ihm passiert war. War er etwa verletzt? Holger arbeitete sich vorsichtig an ihn heran, bemüht nicht ebenfalls einzusinken. „Herr Mehnert, was ist passiert? Sind sie verletzt?" Ihr Kollege hatte offenbar die gleichen Gedanken wie sie. Der Mann reagierte nicht, er schien unter Schock zu stehen. Jetzt machte Holger einen beherzten Schritt auf ihn zu und packte ihn unter den Armen. Dabei sank er ebenfalls ein, allerdings nur bis zu den Knien. Jetzt begriff Sarah, dass Olaf Mehnert nur deshalb so tief im Moor steckte, weil er in die Knie gegangen war. Mit zitternder Hand wies er auf eine Stelle wenige Schritte vor sich. Sie schaute hin und glaubte einen Moment lang, ebenfalls zusammenbrechen zu müssen. In der hereinbrechenden Dämmerung leuchtete dort ein blonder Schopf aus dem dunklen Morast hervor. Das lange Haar war fächerförmig ausgebreitet, deutlich zeichnete sich die Form des Hinterkopfes ab. Das Gesicht lag jedoch unterhalb der Wasseroberfläche und vom Körper war überhaupt nichts zu erkennen. „Sofia", dachte sie entsetzt. Sie sah das hübsche Mädchen vor sich, lachend und glücklich. So hatte sie auf den meisten Fotos ausgesehen, die ihre Eltern zur Verfügung gestellt hatten, um das Fahndungsfoto daraus auszuwählen. Sarah fühlte sich wie in Trance. Sie hätte nicht sagen können, was in diesem Moment in ihr vorging. Sie spürte nichts von dem kalten Morast, der ihr in die Schuhe lief, als sie sich zu dem Mädchen hinbewegte. War da die vage Idee, sie noch retten zu können, wenn sie sie umgehend aus ihrer Lage befreite? Schon beugte sie sich hinab, griff in das seidige Haar und zog den Kopf zu sich herauf. Sie erstarrte in der Bewegung, ihr Mund öffnete sich zu einem Schrei des Entsetzens, doch es kam kein Laut heraus. Dafür schrie ein anderer neben ihr so markerschütternd, dass sie noch Wochen danach aus dem Schlaf hochfahren sollte, wenn sie diesen Schrei zu hören glaubte. Olaf Mehnert starrte auf den abgetrennten Kopf, den Sarah immer noch in der Hand hielt. Dabei schrie er pausenlos weiter. In Sarah aber ging etwas Eigenartiges vor. Bei ihr schien der Schock jede Gefühlsregung ausgelöscht zu haben. Ihr Verstand gewann die Oberhand und sagte ihr, dass sich der Kopf eigenartig leicht anfühlte. Sie strich den Schlick aus dem Gesicht und schaute in die kalten Glasaugen einer Puppe. „Ein Puppenkopf, das ist nur ein Puppenkopf", rief sie laut zu den Männern hinüber. „Leg ihn zurück, möglichst genauso, wie er lag", wies Holger sie an. Er telefoniert bereits, sie verstand „Krankenwagen", „Spurensicherung" und „Fährtenhunde". Olaf Mehnert hatte sich nach vorn fallen lassen, er wäre ebenfalls mit dem Kopf im Schlamm gelandet, hätte der Kommissar ihn nicht gestützt. Die kurz darauf anrückenden Einsatzkräfte waren glücklicherweise mit Gummistiefeln ausgerüstet. Sie befreiten Olaf Mehnert aus seiner misslichen Lage und brachten ihn zu dem inzwischen eingetroffenen Krankenwagen hinüber. Er wurde in mehrere Rettungsdecken gewickelt, auf eine Trage verfrachtet und abtransportiert. Der Notarzt gab zu verstehen, dass man ihn auf jeden Fall über Nacht zur Beobachtung im Krankenhaus behalten würde. Sarah rief daraufhin bei Mehnerts zu Hause an. Die Kollegin, die dort die Stellung hielt, war sofort an Apparat. „Richten Sie Frau Mehnert bitte aus, dass mit Ihrem Mann alles in Ordnung ist", sagte sie. „Er hatte sich allerdings ins Moor begeben, ist eingesunken und vermutlich unterkühlt. Deshalb hat man ihn ins Krankenhaus gebracht. Bringen Sie das seiner Frau so schonend wie möglich bei. Wir haben tatsächlich eine neue Botschaft des mutmaßlichen Täters gefunden, allerdings hilft sie uns erst einmal nicht weiter." Nachdem das erledigt war, sah sie sich nach Holger um. Der war inzwischen mit Zellstoff versorgt worden und dabei, seine Hosenbeine notdürftig zu reinigen. Die Kollegen von der Spurensicherung hatten ihm Gummistiefel geliehen. „Brauchst du auch Stiefel?", fragte er Sarah. „Deine Schuhe sind ja völlig durchnässt."

„Es geht schon", meinte sie. „Wenn du fährst, ziehe ich sie im Auto einfach aus. In der Dienststelle habe ich Sachen zum Wechseln." Das war eine Lehre aus einem ihrer ersten Einsätze. Sie waren zu einer tätlichen Auseinandersetzung zwischen einem Ehepaar gerufen worden. Besonders die Frau hatte sich jedoch ihre Einmischung verbeten und das bekräftigt, indem sie einen Eimer mit einer übelriechenden Flüssigkeit nach Sarah geschleudert hatte. Ihre Kleidung hatte erbärmlich gestunken, dagegen war der Geruch nach Moor die reinste Meeresbrise.

Der Leiter der Spurensicherung kam zu ihnen herüber. „Es wird gleich dunkel, viel können wir hier heute nicht mehr machen", sagte er.

„Dann sperrt wenigstens alles ab und sorgt dafür, dass der Tatort nicht weiter kontaminiert wird. Und bringt diesen Kopf zur Untersuchung ins Labor. Natürlich erst, nachdem ihr seinen Fundort genau gekennzeichnet habt."

„Da wäre ich nie drauf gekommen, gut wenn man seinen Job erklärt bekommt", brummte der Kollege ungnädig.

„Ja", meinte Holger resigniert, „ich fürchte, auch wir werden unseren bald erklärt bekommen, wenn wir nicht endlich Erfolge vorweisen können."

37.

Die Dienstbesprechung am nächsten Tag fand in einer angespannten Atmosphäre statt. Auch die Kollegen von der Vermisstenstelle waren wieder dabei. Holger hatte alle Anwesenden über die neuesten Entwicklungen informiert. Dann erkundigte er sich nach dem Befinden der Mehnerts.

„Es geht ihnen leider nicht so gut", sagte Sarah. „Frau Mehnert hat sich gestern Abend durch nichts davon abhalten lassen, zu ihrem Mann ins Krankenhaus zu fahren. Man hat sie ebenfalls gleich dort behalten. Vermutlich war das die beste Entscheidung."

„Auf jeden Fall war sie das", stimmte Holger zu. „Es ist fürchterlich, was diese Eltern durchmachen müssen. Wir haben es mit einem ausgemachten Sadisten zu tun, der sie bewusst bis aufs Blut quält. Ich denke, es ist an der Zeit, einen Profiler hinzuzuziehen."

„Das finde ich nun überhaupt nicht." Die Stimme von Eva klang schneidend. „Wozu auch? Dass es sich um einen Sadisten handelt, wissen wir doch schon. Müssen wir uns das von so einem Kaffeesatzleser noch einmal bestätigen lassen?"

Bevor Holger antworten konnte, wollte Erika eine Frage loswerden. „Haben wir irgendeinen Anhaltspunkt, womit Olaf Mehnert einen solchen Hass auf sich gezogen haben könnte? Gibt es einen dunklen Punkt in seiner Vergangenheit, den wir übersehen haben? Ich meine, alles deutet doch darauf hin. Der Entführer will kein Geld. Es geht ihm auch nicht um das Mädchen. Er will Rache. Wofür, frage ich mich."

„Man kann es natürlich nie ganz ausschließen, aber wir haben den Mann, so gut es ging, durchleuchtet und absolut nichts gefunden", seufzte ihr Kollege.

„Ich denke, er würde reden", stimmte Sarah zu. „Aber er weiß genauso wenig, was von ihm erwartet wird, wie wir."

„Ist es nicht merkwürdig, dass sich alles um Sofia und ihre Eltern dreht?", fragte Erika. „Auf Elise gibt es keinen Hinweis."

„Wir sind da auf etwas gestoßen", meldete sich Kai zu Wort. „Es gibt einen Pferdezüchter, der nicht so gut auf den Tierarzt Dr. Hundt zu sprechen ist. Er hat wohl mal Mängel bei der Versorgung und Unterbringung seiner Tiere festgestellt, aber das nur am Rande. Jedenfalls hat er behauptet, der Doktor hätte eine Vorliebe für ganz junge Mädchen und speziell ein Auge auf Elise von Cromnitz geworfen. Er soll ständig ihre Nähe gesucht haben, das wäre richtig auffällig gewesen."

„Das ist natürlich interessant, falls es sich nicht nur um üble Nachrede handelt." Holger nickte Kai anerkennend zu. „Hier deutet sich sogar eine Verbindung zwischen den Fällen an. War dieser Zeuge der einzige, der etwas in dieser Richtung angedeutet hat?"

„Eben nicht. Eine Frau, die ihre Pferde von Dr. Hundt betreuen lässt, betonte ebenfalls, dass er sich sehr um Elise bemüht hätte. Ihre Tochter reitet auch. Bei Turnieren wäre er ständig in Elises Nähe gewesen. Sie hat es ziemlich neutral formuliert, fand es aber offenbar ebenfalls erwähnenswert."

Holger zog ein nachdenkliches Gesicht. „Wenn der Doktor etwas mit dem Verschwinden von Elise zu tun haben sollte, dann kommt er für die Entführung von Sofia nicht in Betracht. Als die Familie Mehnert die erneute Drohung erhielt, lag er schließlich schon im Koma."

„Also müssen wir von zwei Tätern ausgehen? Das wird ja immer komplizierter", stöhnte Erika.

„Wir wissen es nicht. Lass uns erst mal die restlichen Fakten zusammentragen. Was habt ihr sonst noch über den Tierarzt herausgefunden?" Holger richtete seine Frage an Eva und Kai.

„Sonst nichts von Bedeutung", erwiderte Eva. „Wir haben unzählige Klinken geputzt, um uns immer wieder die gleichen Plattitüden anzuhören. Es gibt im weiten Umkreis kaum ein Gestüt, das nicht durch ihn betreut wird. Ach übrigens", sagte sie und schaute Sarah dabei mit ironisch hochgezogenen Brauen an, „das Gestüt in Geistmoor gehört nicht dazu. Früher war das wohl mal der Fall, aber sie waren dann unzufrieden mit ihm und haben inzwischen einen anderen Tierarzt."

„Dann bilden sie eine Ausnahme. Die meisten seiner Kunden loben den Doktor in den höchsten Tönen. Ein richtiger Pferdeflüsterer soll er sein", bemerkte Sarah. „Inwiefern war die Familie von Cromnitz denn unzufrieden? Und seit wann beschäftigen sie ihn nicht mehr?"

„Als ob das wichtig wäre." Eva zuckte mit den Schultern. „Er musste mal ein Pferd einschläfern und ist dabei wohl nicht sehr einfühlsam vorgegangen. Etwa 15 Jahre soll das jetzt her sein."

Sarah war sofort hellwach. „15 Jahre sagst du? Vor 15 Jahren verschwand Miriam aus Geistmoor."

„Ja, und? Das dürfte wohl kaum im Zusammenhang stehen. Was hat das verschwundene Mädchen mit einem toten Gaul zu tun? Manchmal kommst du mir so wunderlich vor wie meine Großtante. Die ist eine Verfechterin der Zahlenmystik und sieht überall irgendwelche geheimnisvollen Verbindungen. Einfach lächerlich."

„Schon gut, Eva", mischte sich Holger ein. „Wir machen alle keine einfache Zeit durch. Doch wir sollten unsere Gereiztheit keinesfalls aneinander auslassen." Eva presste die Lippen aufeinander und äußerte sich im weiteren Verlaufe der Besprechung mit keinem Wort mehr. Als Holger schließlich das Ende verkündete, waren alle unzufrieden. Sarah goss rasch noch die Grünpflanzen, um die sich sonst niemand kümmerte. Eva sah ihr dabei zu. „Ich frage mich, wann du dir auch ein Aquarium anschaffen wirst", sagte sie hämisch. Als Sarah sie keiner Erwiderung würdigte, drehte sie sich abrupt zu Kai um und fragte übergangslos: „Kommst du noch mit auf ein Bier?"

„Klar, gern", erwiderte der strahlend. Er kam überhaupt nicht auf die Idee, Sarah und Holger zu fragen, ob sie mitkommen wollten. Kaum standen sie draußen, kniff Eva ihn aufgeregt in den Arm. „Wie findest du das denn?", flüsterte sie verschwörerisch. „Die tappen völlig im Dunkeln. Aber alles was heute gesagt wurde, passt perfekt zu meiner These. Anne hält sich im Moment auf dem Gut auf. Abends führt sie die Hunde aus. Da ist es überhaupt nicht auffällig, wenn sie am Haus der Mehnerts vorbeigeht. Sie kann bei der Gelegenheit auch leicht Nachrichten deponieren. Und das Moor befindet sich schließlich gleich hinter dem Haus."

„Du glaubst also, sie hat auch die makabere Nummer mit dem Kopf inszeniert?"

„Wer denn sonst? Die kleine Totenfee kennt sich doch in der Szene aus. Bestimmt hat sie schon mal an passenden Requisiten für Horrorszenarien gebastelt. Obwohl sie das in diesem Falle nicht nötig hatte. Dafür war sicher ihr Komplize zuständig."

„Dann müssen sie in Verbindung stehen."

„Genau das herauszufinden, ist jetzt unsere wichtigste Aufgabe." Sie hakte sich bei ihm unter und Kai hatte sogar das Gefühl, als würde sie sich anschmiegen. Himmel, wie toll war das denn! Wenn es diese Traumfrau heiß machte, gemeinsam einen Fall zu lösen, dann würde er sein Bestes geben. Dies war seine größte Chance. Er würde sie sich nicht entgehen lassen.

38.

Nachdem auch Holger sich verabschiedet hatte, verspürte Sarah nicht die geringste Lust nach Hause zu fahren. Während sie überlegte, ob sie sich einfach an ihren Schreibtisch setzen und noch eine Stunde arbeiten sollte, ging die Tür auf und Björn steckte den Kopf herein. „Oh, du bist noch da", sagte er erfreut. „Wollen wir was trinken gehen?"

Sie merkte auf einmal, wie hungrig sie war. „Trinken nicht unbedingt, aber ich würde gern irgendwo eine Kleinigkeit essen."

„Geht in Ordnung. Ich kenne eine nette kleine Gaststätte. Arco darf da auch rein, wir sind dort Stammgäste." Björns treuer Begleiter drängte sich Aufmerksamkeit heischend an Sarah, die ihn sanft hinter den Ohren kraulte. Sie freute sich ehrlich über das Auftauchen der beiden. Nach einem erfolglosen Tag und Evas ständigen Sticheleien brauchte sie dringend eine Ablenkung. Björn schlug vor, dass sie zu Fuß gehen sollten, es wäre schließlich nicht weit. Unterwegs bereuten sie diese Entscheidung allerdings fast. Der November neigte sich dem Ende zu und es war empfindlich kalt geworden. Vor allem aber war die Luft so feucht, dass die Nässe sich sofort in den Kleidern und Haaren niederschlug. Sarah fröstelte. Sie war froh, schließlich in der Gaststätte anzukommen, die sie sogleich mit einer gemütlichen Atmosphäre umfing. Björn und Arco schienen hier tatsächlich gut bekannt zu sein. Sie steuerten einen Tisch in einer Nische an. Kaum hatten sie sich gesetzt, brachte der Wirt unaufgefordert einen Napf mit Wasser für Arco. Sarah ließ ihre Blicke durch den gut besetzten Gastraum streifen und stutzte plötzlich. An einem der kleinen Zweiertische saßen Maria Malik und Kanita, das Dienstmädchen der Familie von Cromnitz. Sie schienen in eine sehr lebhafte Unterhaltung vertieft. Dabei hatte Sylvia von Cromnitz doch behauptet, Kanita würde kaum Deutsch sprechen.

„Stimmt etwas nicht?" Björn hatte ihre Anspannung bemerkt.

„Siehst du die beiden Frauen dort, die korpulente und die zierliche dunkelhaarige?"

„Ja, was ist mit denen?"

„Kannst du mir einen Gefallen tun? Würdest du unauffällig an dem Tisch vorbeigehen und mal horchen, in welcher Sprache die miteinander reden? Die eine ist Thailänderin und spricht angeblich kaum Deutsch."

„Kein Problem, mache ich. Tue ich eben so, als wollte ich mal zur Toilette." Während er sich auf den Weg machte, rückte Sarah ihren Stuhl ein Stück tiefer in die Nische hinein. So konnte sie von den beiden Frauen nicht gesehen werden. Björn grinste, als er zurückkam. „Also für eine Ausländerin plappert die Kleine ganz schön fließend drauflos. Einen niedlichen Akzent hat sie, klingt ein wenig, als würde ein Vöglein zwitschern. Aber sie ist gut zu verstehen."

„Hast du auch mitbekommen, worüber sie geredet haben?"

„Ein wenig. Ich hab in ihrer Nähe extra meinen Schlüssel fallen lassen und dann umständlich danach gesucht. Lange konnte ich das natürlich nicht ausdehnen, ohne aufzufallen. Die Kleine hat von 'der Alten' gesprochen. Dass die eiskalt wäre. Zweimal hintereinander hat sie das betont. Ich glaube, sie hat ihre Dienstherrin gemeint."

„Das glaube ich auch. Und die hat uns eiskalt angelogen. Kanita würde kein Deutsch verstehen! Die hatte Angst, dass sie uns etwas verraten könnte."

„Unter Umständen hat sie ja gar nicht gelogen. Könnte doch sein, die Kleine stellt sich absichtlich dumm. Das könnte ihr so manchen Vorteil einbringen. Was sie nicht verstehen will, das versteht sie eben nicht. Andererseits bekommt sie eine Menge mit, weil man meint, keine Rücksicht auf ihre Anwesenheit nehmen zu müssen. Aber jetzt entspann dich endlich mal, versuch nicht immerzu an deine ungelösten Fälle zu denken. Wenn ich das mal so ehrlich und wenig charmant sagen darf: Du siehst ziemlich fertig aus." Sie wurden unterbrochen, weil ihr Essen gebracht wurde. Obwohl sie vor kurzem noch hungrig gewesen war, stocherte Sarah nun lustlos auf ihrem Teller herum. Die Tatsache, dass sie sich von Frau von Cromnitz hatte aufs Glatteis führen lassen, lag ihr wie ein Stein im Magen.

Björn nahm das unterbrochene Gespräch wieder auf. „Weißt du, es bringt nichts, sich nur für die Arbeit aufzureiben. Man muss auch mal abschalten, sich mit anderen

Dingen beschäftigen, um den Kopf freizubekommen. Wir könnten doch mal was gemeinsam unternehmen, zum Beispiel ins Kino gehen."

Sarah verkniff sich ein Grinsen. Sie wusste, dass Björn eine Vorliebe für Krimis hatte, die sie überhaupt nicht teilen konnte. Sie fand es einfach nur albern, wenn sich besoffene Kommissare durch einen Fall pöbelten, nebenbei noch jede Menge Frauen flachlegten und trotzdem zu einer genialen Auflösung kamen. Außerdem war Björn zwar ein netter Kerl, dessen Gesellschaft sie schätzte, doch sie wollte seine zweifellos vorhandene Hoffnung, dass es mehr zwischen ihnen werden könnte, nicht unnötig beflügeln. „Im Moment bin ich irgendwie nicht in der Stimmung, um viel zu unternehmen", sagte sie deshalb. „Ich fühle mich abends oft wie zerschlagen. Dann bin ich froh, wenn ich einfach die Beine hochlegen darf und nicht mehr raus muss."

„Das geht mir manchmal nach besonders anstrengenden Tagen auch so. Gestern zum Beispiel. Da habe ich mich einfach vor den Fernseher gehockt. Vermutlich wäre ich eingepennt, wenn ich nicht zufällig auf einen wirklich lohnenden Krimi gestoßen wäre. Es war schon eine ältere Produktion, aber mit einer hochinteressanten Handlung: Ein Serienmörder hat bereits mehrere Frauen getötet. Da er jedoch streng katholisch ist, geht er regelmäßig zur Beichte und berichtet von seinen Taten. Sein Beichtvater, ein noch junger Priester, erkennt, dass der Mann weitermachen wird. Es gelingt ihm, seine Identität herauszufinden, doch da er auf keinen Fall das Beichtgeheimnis verletzen darf, bleibt ihm nur eine Wahl: Er ganz allein muss ihn stoppen."

Björn redete weiter, doch Sarah hörte nicht mehr zu. Ihre Gedanken kreisten um ein Wort: *Beichtgeheimnis*. Das hatte eine Bedeutung, eine ganz wesentliche, die ihr jedoch nicht einfallen wollte. Schon einmal war sie nahe dran gewesen und hätte dadurch beinahe einen Unfall verursacht. Diesmal saß sie jedoch sicher auf einem Stuhl, diesmal würde sie den Einfall nicht entschlüpfen lassen. Sie schloss die Augen.

„Was hast du? Geht es dir nicht gut?", fragte Björn erschrocken.

Sarah machte eine abwehrende Bewegung mit der Hand. „Warte, warte", sagte sie. „Mir fällt da gerade etwas Wichtiges ein." Sie begann ihre Gedanken laut auszusprechen. „Das Beichtgeheimnis ist unverletzlich, unter keinen Umständen darf es gebrochen werden. Es gibt sogar einen Schutzheiligen dafür, den heiligen Nepomuk. Er starb den Märtyrertod, um es zu wahren." Sarah sah sich wieder in Prag auf der Karlsbrücke stehen, unter ihr rauschte die Moldau und sie ging mit ihrem Reiseführer in der Hand von einer Statue zur nächsten. Da stand er, der heilige Nepomuk, das Kreuz im Arm haltend und den Kopf von fünf Sternen umkränzt. Jetzt sprach sie weiter, als würde sie aus dem Reiseführer vorlesen: „Johannes Nepomuk war der Beichtvater der Gemahlin des Königs Wenzel. Der verdächtigte seine Frau der Untreue und verlangte zu wissen, was sie in der Beichte berichtet hatte. Als Nepomuk sich weigerte, ließ der König ihn erst foltern und dann ertränken, indem man ihn von der Brücke stürzte. Als einziger Heiliger wird er mit einem Strahlenkranz um das Haupt dargestellt. Fünf Sterne sind in diesem Kranz zu sehen. Sie sollen für den lateinischen Ausdruck „tacui" stehen, zu Deutsch: ich schwieg."

„Interessant", sagte Björn. „Nun ja, in dem Film kommt der Priester durch seinen Einsatz auch fast zu Tode. Aber am Ende ..."

„Entschuldige, dass ich dich unterbreche, aber mir geht es nicht um den Film. Mir geht es um die Fälle, mit denen wir nicht vorankommen. Und hier zeichnet sich eine Verbindung ab. Frau Mallkowski, die alte Dame, die ermordet wurde, hatte eine Statue des heiligen Nepomuk auf ihrer Kommode zu stehen. Er muss für sie eine besondere Bedeutung gehabt haben. Sie könnte ein Geheimnis gehütet haben, das ihr schließlich zum Verhängnis wurde." Björn wirkte skeptisch, doch Sarah redete unbeirrt weiter. „In dem anonymen Schreiben an die Familie der entführten Sofia ist von einem Preis des Schweigens die Rede. Die Eltern werden direkt aufgefordert, endlich etwas preiszugeben."

„Und was sollen sie preisgeben?"

„Wenn wir das wüssten, wären wir entschieden weiter. Sie wissen es angeblich selbst nicht. Ich bin mir jedoch sicher, dass es in diesem verschwiegenen Geistmoor ein gut gehütetes Geheimnis gibt. Und es gibt Kräfte, die seine Aufdeckung um jeden Preis verhindern wollen." Sarah war sich ziemlich sicher, um wen es sich dabei in erster Linie handeln dürfte. Gleich am nächsten Morgen wollte sie mit Holger darüber reden.

39.

Frau Thießen war aufgeregt, was ja eigentlich nichts Neues bei ihr war. Sie schien bereits auf Sarah gewartet zu haben, als die ziemlich erschöpft nach Hause kam.

„Da sind Sie ja endlich", empfing sie Sarah bereits im Treppenhaus. „Hier schleicht ständig jemand ums Haus, da bin ich mir ganz sicher. In den vergangenen Tagen fuhr abends öfter mal so ein kleines weißes Auto vorbei. Immer wenn Sie noch nicht daheim waren. Ganz langsam ist es am Haus vorbeigeschlichen. Leider war nicht zu erkennen, wer drin saß, doch derjenige wollte hier etwas ausspionieren, einen anderen Grund kann das nicht gehabt haben."

„Unter Umständen war es nur eine Bekannte von mir, die schauen wollte, ob ich schon da bin. Als sie kein Licht gesehen hat, wird sie weitergefahren sein", beruhigte Sarah sie. Sie hatte eine Vermutung, um wen es sich gehandelt haben könnte. Frau Thießen wirkte nicht überzeugt.

„Wenn sie Sie unbedingt treffen möchte, warum ruft sie dann nicht einfach an und verabredet sich?"

„Ach, wissen Sie, ich habe sehr unregelmäßige Arbeitszeiten. Es ist nicht einfach, feste Verabredungen mit mir zu treffen." Allerdings fand sie, dass an der Argumentation ihrer Vermieterin durchaus etwas dran war. Oder war es doch nicht Anne gewesen, die nach ihr Ausschau gehalten hatte?

Als sie in ihrer Wohnung ankam, schaltete Sarah nur im Flur das Licht ein. Dann ging sie ins Wohnzimmer und spähte aus dem Fenster. Von hier aus konnte sie die Straße gut überblicken. Es dauerte nicht lange, dann näherte sich von rechts ein kleiner weißer Wagen. Wenn es tatsächlich Anne war, würde sie jetzt sehen, dass Sarahs Auto vor dem Haus stand. Doch der Wagen hielt nicht, er wurde nur kurzzeitig etwas langsamer und fuhr dann zügig weiter. *Bloß gut,* dachte sie. Zum einen hatte sie nach Evas Vorwürfen und nach den Enthüllungen über Anne keine Lust, den privaten Kontakt mit ihr fortzusetzen. Außerdem war sie hundemüde. Doch kaum war sie ins Bad gegangen, klingelte es an der Haustür. Einen Moment lang spielte sie mit dem Gedanken, einfach nicht zu öffnen. Doch dann siegte eine Mischung aus Neugier und Pflichtbewusstsein. Sie hatte sich nicht geirrt, unten stand Anne und wirkte äußerst bedrückt. „Es tut mir leid, dich so spät zu stören, aber ich muss einfach mit dir reden."

„Schon in Ordnung, komm rein. Warum hast du mich nicht einfach angerufen?"

„Ich hatte Angst, dass du nicht allein sein könntest und es jemand anders mitbekommt." Sie sah so bleich aus, dass Sarah unwillkürlich an ihre Aufmachung als Totenfee denken musste. Jetzt hätte sie die Rolle beinahe ohne Schminke spielen können. Sarah führte sie zwar in ihr Wohnzimmer, bot ihr aber keinen Platz an. Sie war nicht gewillt, sich auf lange Diskussionen einzulassen. „Also, was ist los?", fragte sie.

Anne ließ sich in einen Sessel fallen und stieß einen tiefen Seufzer aus. „Ich habe Angst. Jemand scheint mich zu verfolgen. Ich bin mir inzwischen ziemlich sicher."

„Welche Anzeichen gibt es dafür?"

„Manchmal folgt mir ein Auto."

„Kannst du es beschreiben?"

„Nein, das passiert immer nur, wenn es dunkel ist. Es kommt nie nah genug heran. Und manchmal, wenn ich zu Fuß unterwegs bin, höre ich Schritte hinter mir. Wenn ich mich aber umdrehe, dann ist da niemand."

„Anne, das alles ist leider sehr vage."

„Das weiß ich doch. Deshalb erzähle ich auch niemand anderem davon. Meine Mutter wartet doch nur darauf, dass ich ihr einen Grund liefere, damit sie mich in die Klapsmühle stecken kann."

„So einfach geht das zum Glück nicht. Da müssen schon sehr ernsthafte Gründe vorliegen."

„Meine Mutter meint, die zu haben."

„Ach ja? Was hält sie dir vor?" Anne biss die Zähne zusammen und starrte auf den Teppich. Sarah fühlte sich müde und ausgelaugt, sie hatte plötzlich keine Lust mehr auf Spielchen. „Ist es wegen der Fotos auf der Gothic-Seite im Internet?"

Anne schien nicht übermäßig überrascht zu sein. „Du hast es also herausgefunden", sagte sie nur tonlos.

„Das war kein Kunststück. Das Netz vergisst nichts. Wer so etwas einstellt, muss damit rechnen, dass andere es sehen. Du wirst einen Grund gehabt haben, für diese Fotos Modell zu stehen."

„Ja, den hatte ich. Es war die pure Verzweiflung. Ich habe nicht nur Angst vor Pferden, sondern auch vor allem, was mit Blut und Tod zusammenhängt. Du kannst dir nicht vorstellen, wie sehr das das Leben einschränkt. Ganz einfache Sachen gehen nicht, zum Beispiel gemeinsam mit Freunden einen Film im Kino ansehen. Sowie da jemand stirbt oder Blut fließt, flippe ich aus. Einmal war ich auf einer Party. Da führte jemand ein Video vor, das seine Band zu einem neuen Song gedreht hatte. Darin wurde ein Mann von einer Dampfwalze überrollt. Das war spaßig gemeint und wurde total überzogen dargestellt, trotzdem bekam ich Panik. Ich bin rausgerannt und musste mich sogar übergeben. Einer der Musiker kam nach mir schauen. Der hat sofort geschnallt, was mit mir los war und sich den Rest des Abends toll mit mir unterhalten. Noch nie hatte ich mich so verstanden gefühlt. Er sagte, er würde das kennen, hätte unter panischer Angst vor Krankheit und Tod gelitten. Geholfen hätte ihm schließlich eine ganz brutale Konfrontation. Er hätte einen Fotografen aus der Gothic-Szene kennengelernt und eine Weile da mitgemacht. Alles was nach außen so schaurig wirkte, war in Wirklichkeit nur Pappe und Schminke. So hätte er seine Ängste überwunden, indem er mit ihnen spielte. Mich hat das fasziniert und ich war inzwischen so verzweifelt, dass ich es unbedingt auch ausprobieren wollte. Er hat mir den Kontakt vermittelt und so ist es zu den Fotos gekommen."

„Hat es dir geholfen?"

„Nein, nicht wirklich. Ich habe mich nur über mich selbst gewundert, weil ich dazu in der Lage war. Wenn man so eine Szene vorbereitet mit Kostümen, Schminken und allem drum und dran, dann verliert sie ganz schnell ihren Schrecken. Doch mit meinen wahren Ängsten hatte das nicht das Geringste zu tun. Das habe ich sehr schnell gemerkt und bin wieder ausgestiegen."

„Was wahrscheinlich ganz gut so war. Immerhin hast du jetzt einen Therapeuten." Anne nickte leicht und schien etwas erwidern zu wollen, tat es dann aber doch nicht.

„Anne, wie kann ich dir konkret helfen?" Sarah wollte das Gespräch langsam beenden.

„Ich weiß auch nicht. Es war gut, dass ich überhaupt mit dir darüber reden konnte."

„Wenn du einen konkreten Verdacht hast, kannst du mir den jederzeit mitteilen. Das solltest du sogar unbedingt tun."

„Ja, natürlich." Anne erhob sich aus dem Sessel. „Würdest du mir bitte noch einen Gefallen tun? Könntest du mich zu meinem Auto begleiten? Ich habe es ein Stück entfernt geparkt, damit deine Vermieterin nicht aufmerksam wird."

„Die Mühe hättest du dir sparen können. Sie hat dich längst bemerkt, auch in den vergangenen Tagen, als du ab und zu hier vorbeigefahren bist."

„Tatsächlich? Hast du ihr gesagt, wer ich bin?" Anne wirkte plötzlich sehr angespannt.

„Natürlich. Ich musste die arme Frau doch beruhigen. Ich weiß wirklich nicht, wer von euch beiden sich mehr fürchtet. Komm, ich bringe dich selbstverständlich zum Auto." Schweigend gingen sie aus dem Haus, Anne schien sehr nachdenklich. Das Auto stand ziemlich weit weg vom Haus hinter einer Kurve. Sie hatten es noch nicht ganz erreicht, als sich von hinten Scheinwerfer näherten. Anne drehte sich zu dem Fahrzeug um und machte eine rasche Bewegung mit der Hand. Es war nicht zu erkennen, ob sie nur ihre Augen vor dem grellen Licht schützen oder dem Fahrer ein Zeichen geben wollte. Jedenfalls machte es auf einmal kehrt und raste in die entgegengesetzte Richtung davon. Erst jetzt wandte sich auch Sarah um, doch es war zu spät. Das Fahrzeug war bereits hinter der Kurve verschwunden. Nachdem sie Anne verabschiedet hatte, trat Sarah den Rückweg an. Ein unbehagliches Gefühl hatte sich ihrer bemächtigt, als würde irgendetwas ganz und gar nicht stimmen. *Mach dich nicht lächerlich,* sagte sie zu sich selbst. Trotzdem schlief sie schlecht in dieser Nacht.

40.

Der Napf wurde direkt neben ihr abgestellt, sie hörte das blecherne Scheppern. Sofia regte sich nicht, apathisch blieb sie in ihrer zusammengerollten Haltung auf der Matratze liegen. Der Mann gab ein Geräusch von sich, das wie ein unzufriedenes Grunzen klang. Mit dem Fuß schob er den Napf noch näher zu ihr heran. Der Geruch nach Fleisch verursachte Sofia Übelkeit, selbst wenn sie es gewollt hätte, sie konnte nichts essen. Wie eine schwere, klebrige Decke lastete die Erschöpfung auf ihr. Seit er ihr mit brutaler Hand das Haar abgeschnitten hatte, war ihr Lebenswille erloschen. Fast wünschte sie sich, dass es endlich vorbei sein würde. Sie hörte, wie seine Schritte sich wieder entfernten. Im Moment schien er nichts weiter mit ihr vorzuhaben. Doch bald würde er sie töten, so wie er Elise getötet hatte, davon war sie überzeugt. Warum hatte er ihr die Haare abgeschnitten? Sie war stolz auf ihre seidige blonde Mähne gewesen, sie hatte ihr

Selbstbewusstsein gegeben. Eine Geschichte fiel ihr ein, die ihre Großmutter ihr erzählt hatte. Fromm war die Oma gewesen, es hatte sie bekümmert, dass ihre einzige Enkelin als Heidenkind aufwuchs. So hatte sie es jedenfalls ausgedrückt und ihr hin und wieder aus der Bibel vorgelesen. Darin war auch die Geschichte von dem Mann vorgekommen, dessen ganze Kraft in seinen Haaren steckte. Sofia konnte sich nicht an seinen Namen erinnern, aber daran, dass seine Kraft gebrochen wurde, indem man ihm das Haar abschnitt. Ihre Kraft war ebenfalls gebrochen worden. In Gedanken bat sie ihre Eltern um Verzeihung, weil sie nicht mehr kämpfen wollte. Dabei rollte ihr eine einzelne heiße Träne die Wange hinab.

41.

„Es gibt keinen Zweifel, das Haar stammt von Sofia. Der Täter hat es ihr nahe der Kopfhaut abgeschnitten und auf den Puppenkopf geklebt. Danach hat er ihn im Moor deponiert." Holger schaute ernst in die Runde.

„Wenigstens hat er ihr keinen Finger abgeschnitten", bemerkte Eva trocken. „Ist ja bei Entführungen durchaus schon vorgekommen."

„Wir können nicht ausschließen, dass er demnächst etwas in der Art tun wird. Ich habe deshalb bereits den Einsatz eines Profilers beantragt. Er wird uns hoffentlich sagen können, wie der Kerl tickt."

„Auf jeden Fall fühlt er sich sehr sicher", meinte Kai. „Um den Kopf im Moor zu versenken und den Brief hinter den Scheibenwischer zu stecken, musste er sich ins Dorf wagen. Er hätte leicht entdeckt werden können."

„Ich glaube nicht, dass der Entführer selbst das bewerkstelligt hat", sagte Sarah. „Er muss einen Komplizen haben, jemanden, der aus dem Dorf stammt. Deshalb fällt er auch nicht auf, wenn er sich dort bewegt."

Eva presste die Lippen so fest aufeinander, dass sie nur noch ein Strich waren. Kai war klar, weshalb ihr diese Wendung des Gesprächs nicht gefiel. Sarah verfolgte den gleichen Gedanken wie sie, lediglich auf die Spur der richtigen Person war sie noch nicht gekommen. Eva hoffte, dass es so bleiben und Sarah ihr nicht in die Quere kommen würde.

„Wenn du nichts dagegen hast, würde ich zusammen mit Kai gern noch weitere Erkundungen über die Beziehung des Tierarztes Dr. Hundt zu Elise anstellen", sagte sie jetzt. „Ich halte inzwischen für möglich, dass er erschossen werden sollte, weil er etwas herausgefunden hatte."

„Du meinst über die Entführung?"

„Genau. Wenn er sich so auffällig in Elises Nähe aufhielt, könnte er doch etwas beobachtet haben."

„Auszuschließen ist das nicht. Jede Information hilft uns weiter. Ich werde inzwischen mit Sarah noch einmal zu den Mehnerts fahren." Holger nickte Eva zustimmend zu, die sich daraufhin sogleich erhob. Als sie mit Kai draußen war, machte sie ihrem Unmut Luft. „Uns läuft die Zeit davon. Wenn hier erst dieser Profiler aufkreuzt, müssen wir uns am Ende noch nach seinen Vorschlägen richten. So ein Blödsinn! Solche Leute sind einfach überflüssig. Die entscheiden nur nach Aktenlage. Ein Kriminalist muss selbst über psychologisches Gespür verfügen, sonst taugt er nicht für den Job."

„Du hast es auf jeden Fall." Kai warf ihr einen bewundernden Blick zu.

Eva nickte nur. „Ich habe mich immer für Psychologie interessiert. Aber meine Eltern waren ja der Ansicht, dass lieber mein kleiner Bruder studieren sollte und nicht ich. Mächtig stolz sind sie auf ihn und er bildet sich entsprechend was darauf ein. Dabei kann ich den auch ohne Studium mühelos in die Tasche stecken, was Wissen betrifft."

„Ganz sicher kannst du das. Wie konnten deine Eltern nur so kurzsichtig sein?" Kai war eifrig bemüht, ihr Recht zu geben. Ihm war bewusst, dass sie zum ersten Mal etwas Privates von sich preisgab. Sie hatte noch nie zuvor erwähnt, überhaupt einen Bruder zu haben. Er nahm das als gutes Zeichen, dass sie sich allmählich näherkamen. „Wo wollen wir jetzt hin?", fragte er.

„Wir überhaupt nicht. Ich werde ein paar Leute befragen, während du Anne im Auge behältst. Wir bleiben ständig in Verbindung und können später die Rollen tauschen."

„Eine Observierung rund um die Uhr werden wir zu zweit nicht hinbekommen."

„Wir müssen es wenigstens versuchen. Wenn sie sich nicht von selbst verrät, werden wir ihr eine Falle stellen. Ich habe da sogar schon eine Idee." Dann hauchte sie dem verdutzten Kai einen leichten Kuss auf die Wange, stieg in ihr Auto und fuhr davon.

42.

„Du Holger, mir ist noch ein Einfall gekommen." Sarah fühlte sich ein wenig unbehaglich, weil sie erst jetzt damit herausrückte und es nicht schon in der Dienstbesprechung erwähnt hatte. Aber sie hatte die Nase voll von Evas hämischen Kommentaren und deshalb lieber den Mund gehalten. „Erinnerst du dich an die Heiligenstatue im Wohnzimmer von Frau Mallkowski?"

„Ja, sicher. Du meinst den Mann mit dem Strahlenkranz, den wir nicht einordnen konnten."

„Genau. Ich habe inzwischen herausgefunden, dass es sich um den heiligen Nepomuk handelt. Er ist der Hüter des Beichtgeheimnisses."

Sie sah, wie es in Holger arbeitete. „Sieh mal an", sagte er. „Scheint so, als hätte die gute Frau Mallkowski ebenfalls ein Geheimnis gehütet. Genauso wie Olaf Mehnert, der aber nichts davon wissen will oder tatsächlich nichts weiß. Wir werden ihm jetzt gründlich auf den Zahn fühlen. Wenn er auch nur die leiseste Ahnung hat, um was es sich handeln könnte, dann muss er reden."

Sarah war erleichtert, weil Holger ihren Überlegungen folgte und sie nicht einfach als Spinnerei abtat. „Wie geht es den Mehnerts eigentlich inzwischen?"

„Nicht gut. Aber darauf können wir jetzt keine Rücksicht nehmen. Es steht zu viel auf dem Spiel."

Olaf Mehnert öffnete ihnen in einem zerknitterten Jogginganzug, in dem er geschlafen zu haben schien, die Tür. Er war unrasiert und seine Augen rot entzündet. Als er die Kriminalisten erkannte, flackerte Panik in seinem Blick auf. „Haben Sie Sofia …, ich meine, ist sie etwa ...?" Er konnte nicht weitersprechen.

„Ganz ruhig, Herr Mehnert", beeilte sich Sarah zu erwidern. „Wir haben Ihre Tochter nicht gefunden. Und wir gehen weiter davon aus, sie Ihnen lebend zurückbringen zu können."

Er schien nicht überzeugt, beruhigte sich jedoch etwas. Der Zustand des Wohnzimmers, in das sie sich nun begaben, hatte seit ihrem letzten Besuch weiter gelitten. Die Luft roch abgestanden, auf dem Sofa lag zerknülltes Bettzeug. Olaf Mehnert raffte es zusammen und warf es achtlos auf den Boden. „Ich schlafe jetzt hier", sagte er. „Wenn nachts ein Anruf kommen sollte, will ich ihn zuerst entgegennehmen, ohne dass meine Frau etwas mitbekommt. Sie ist mit den Nerven völlig am Ende."

Wie ein Echo seiner Worte erschien plötzlich seine Frau auf der Treppe. Sie schwankte so sehr, dass Sarah schnell hinzusprang, um sie zu stützen. „Was ist …?" flüsterte sie tonlos.

„Nichts, Frau Mehnert, es gibt nichts Neues. Wir sind hier, um uns noch einmal mit Ihnen zu unterhalten. Wir verfolgen eine mögliche Spur und Sie sollen uns dabei helfen."

Frau Mehnert nickte gehorsam und ließ sich zu ihrem Mann führen, der sie behutsam neben sich auf das Sofa zog.

„Wir sind inzwischen sicher, es tatsächlich mit dem Entführer Ihrer Tochter und keinem Trittbrettfahrer zu tun zu haben. Er selbst ist es, der Sie mit seinen verschlüsselten Botschaften terrorisiert. Das Haar auf dem Puppenkopf ist zweifellos das von Sofia."

Ihre Mutter stieß einen klagenden Laut aus, schlug die Hände vors Gesicht und wiegte ihren Oberkörper vor und zurück.

„Ich weiß, das muss schlimm für Sie klingen", fuhr Holger fort. „Doch er hat ihr lediglich das Haar abgeschnitten, es gibt keinen Hinweis darauf, dass sie in irgendeiner Weise verletzt wurde."

„Was will der Kerl von uns?", flüsterte Herr Mehnert heiser.

„Genau darüber möchten wir mit Ihnen sprechen. Es geht um ein Geheimnis. Sie sollen etwas offenbaren, zugeben, beichten, was auch immer. Noch einmal meine Frage: Haben Sie jemandem Unrecht getan? Waren Sie in eine Straftat verstrickt? Wenn ja, dann reden Sie."

„Nein, nein und nochmals nein! Nichts von alledem! So glauben Sie mir doch endlich!" Er schrie es laut heraus.

„Nicht wir müssen Ihnen glauben, sondern der Täter. Er scheint der festen Überzeugung zu sein, Sie würden etwas verschweigen."

„Aber was denn, um Gottes willen! So helfen Sie mir doch!"

„Es könnte mit dem Gestüt zusammenhängen", ergriff Sarah das Wort. „Hat sich dort etwas ereignet, wovon Sie Kenntnis haben? Ich meine nicht jetzt, sondern schon vor längerer Zeit. Vor 15 Jahren vielleicht? "

Er dachte angestrengt nach. „Vor 15 Jahren sagen Sie? Damals gab es dort den tödlichen Arbeitsunfall. Der Fiete wurde von einem Traktor erschlagen, der von der Rampe gestürzt ist. Er hatte ihn wohl nicht ordentlich gesichert."

„Fiete Larson, wir haben davon gehört. Gab es Gerüchte wegen dieses Unfalls? Dass es dabei eventuell nicht mit rechten Dingen zugegangen wäre?"

Olaf Mehnert zuckte mit den Schultern. „Die gibt es immer, wenn etwas passiert. Aber da kann man nichts drauf geben."

„Hatte der Verunglückte Verwandte, die sich dafür interessiert haben?"

„Der hatte niemanden, das weiß ich genau. Er lebte sogar auf dem Hof. In einer kleinen Mansarde über dem Stallgebäude. Hat kein Hahn nach ihm gekräht, als er tot war."

„Gab es sonst noch etwas, worüber geredet wurde? Was die Familie von Cromnitz betraf?"

„Nicht wirklich. Nur dumme Gerüchte."

„Dann erzählen Sie uns bitte die dummen Gerüchte."

Er wand sich. „Ich weiß doch nicht genau, ob da wirklich was dran war. Außerdem hat es garantiert nichts mit Sofia zu tun."

„Erzählen Sie es trotzdem." Sarah ließ nicht locker.

„Na meinetwegen, es ging um dieses schöne Zigeunermädchen, um Miriam. Roland von Cromnitz soll was mit ihr gehabt haben."

„Wissen Sie das nur vom Hörensagen oder haben Sie selbst etwas beobachten können?"

„Ich habe gesehen, wie er mit ihr ausgeritten ist. Immer ziemlich weit weg vom Dorf, damit seine Frau das nicht mitbekommt."

„Miriam war von einem Tag auf den anderen verschwunden. Welche Vermutungen hat man im Dorf darüber angestellt?"

„Dass den beiden der Boden hier zu heiß geworden ist. Er hätte in Hamburg eine Wohnung für sie gemietet, wo sie sich nun ungestört treffen konnten, wurde gemunkelt."

„Verdammt", sagte Holger leise. „Die Kollegen haben damals fieberhaft nach dem Mädchen gesucht, sie haben auch die Dorfbewohner befragt. Aber niemand hat ihnen einen Hinweis auf die Beziehung zu Roland von Cromnitz gegeben."

„Können Sie das nicht verstehen? Niemand wusste etwas Genaues, schließlich hatte keiner den beiden die Lampe gehalten. Dann etwas zu behaupten ist gefährlich. Die Familie von Cromnitz hat eine Menge Geld und sehr gute Anwälte. Und Einfluss. Wer weiterhin in Frieden hier leben wollte, hat schön den Mund gehalten."

„Also haben alle geschwiegen." Sarah machte eine bedeutungsvolle Pause, bevor sie weitersprach. „Was wäre aber, wenn es nicht nur darum ging, Klatsch über eine angebliche Liebesbeziehung mit einem minderjährigen Mädchen zu verbreiten? Von Miriam hat es nie wieder ein Lebenszeichen gegeben. Wahrscheinlich ist sie tot. Da muss man sich natürlich fragen, wie sie gestorben ist. Und ob man vielleicht hilft, einen Mord zu vertuschen."

Holger Mehnert wandte das Gesicht ab und antwortete nicht. Dafür wurde seine Frau durch Sarahs Worte aus ihrer Lethargie gerissen. „Das stimmt, darüber ist oft getuschelt worden. Einige alte Leute haben sogar die Kinder damit erschreckt. Spielt nicht so nah am Moor, haben sie gesagt, da liegt die Zigeunerin drin, die zieht euch hinein."

„Hör auf damit Vera, das ist doch Altweibergewäsch." Er schaute seine Frau vorwurfsvoll an.

„Kein Rauch ohne Feuer, Herr Mehnert", sagte Holger ernst. „Oft enthalten solche Gerüchte durchaus ein Körnchen Wahrheit. Vor allem aber könnte sie jemand sehr ernst genommen haben. Überlegen Sie doch einmal, welche Symbolik in der letzten Aktion des Täters steckte. Ein Mädchen im Moor. Und dazu die Frage: ‚Klar genug?'"

„Aber warum richtet er diese Frage ausgerechnet an mich? Ich habe doch keine Ahnung von der ganzen Sache. Warum fragt er nicht Roland von Cromnitz? Das wäre doch naheliegend."

„Das können wir Ihnen im Moment nicht sagen. Aber wir werden es herausfinden. Dann melden wir uns wieder."

Holger und Sarah verabschiedeten sich von den Mehnerts und gingen zum Auto zurück. „Seine Frage ist berechtigt", sagte Holger. „Aber ich gehe fest davon aus, dass der Täter auch Roland von Cromnitz unter Druck setzt. Schließlich ist seine Tochter ebenfalls verschwunden. Vermutlich hat er uns die Botschaften des Entführers einfach verheimlicht."

„Wenn das so ist, wäre es fast ein Schuldeingeständnis. Er will nicht, dass die Wahrheit ans Licht kommt."

„Das wird er nicht verhindern können", erwiderte Holger grimmig. „Wir fahren zu ihm. Jetzt gleich."

43.

Es klappte dann doch nicht mit der sofortigen Befragung von Roland von Cromnitz. Als sie schon fast auf dem Weg zu ihm waren, erreichte sie eine Nachricht aus dem Krankenhaus. Der behandelnde Arzt teilte ihnen mit, Dr. Hundt habe das Bewusstsein wiedererlangt und sie könnten jetzt kurz mit dem Tierarzt sprechen. „Das geht natürlich erst einmal vor", sagte Holger und schlug den Weg zum Krankenhaus ein. „Wenn er den Täter erkannt hat und sich an ihn erinnern kann, dann können wir diesen Fall schnell zu einem Abschluss bringen."

Vor dem Krankenzimmer des Tierarztes saß noch immer ein uniformierter Beamter. Der Arzt kam ihnen entgegen. „Nicht länger als zehn Minuten", sagte er streng. „Alles was darüber hinausgeht, dürfte zu anstrengend sein."

„Wie ist sein Zustand? Wird er sich an die Tat erinnern können?", wollte Holger wissen.

Der Arzt, ein großer hagerer Mann, dessen Alter schwer zu schätzen war, ließ sich Zeit mit der Antwort. „Körperlich hat er die Sache gut überstanden. Er hatte wirklich unglaubliches Glück. Was sein Erinnerungsvermögen betrifft, so kann es da Einschränkungen geben. Nicht unbedingt verletzungsbedingt, sondern durch den Schock und das darauffolgende Koma. Oft kommen die Erinnerungen aber zu einem späteren Zeitpunkt wieder. Sie müssen Geduld haben." Er öffnete die Tür zum Krankenzimmer. „Herr Hundt, Sie haben Besuch. Die Herrschaften sind von der Polizei und würden sich gern mit Ihnen unterhalten." Und dann an Sarah und Holger gewandt: „Also nicht länger als zehn Minuten." Damit war er auch schon verschwunden.

Sarah erschrak, als sie den Tierarzt sah. Die rechte Seite seines Gesichts war da, wo die Kugel ausgetreten war, so dick angeschwollen, dass er das Auge nicht öffnen konnte. Um den Kopf trug er einen Verband und in seinem Handrücken steckte eine Kanüle. Sein Mund wirkte durch die Gesichtsschwellung merkwürdig verzogen. Er war ein vierschrötiger Mann und mit Sicherheit auch ohne seine entstellende Verletzung nicht unbedingt eine Schönheit. Holger übernahm es, sie beide vorzustellen. „Herr Dr. Hundt, können Sie uns ein paar Fragen beantworten?", fragte er dann. Ein angedeutetes Nicken und ein undeutliches Ja waren die Antwort. Er hatte offenbar Schwierigkeiten mit der Artikulation.

„Wissen Sie, wer auf Sie geschossen hat?"

Eine Weile kam überhaupt keine Antwort, sodass Holger die Frage schon wiederholen wollte. „Nein", sagte er dann und bekräftigte das mit einem angedeuteten Kopfschütteln. Sarah konnte ein enttäuschtes Seufzen nicht unterdrücken.

„Erinnern Sie sich an den Abend, als es passierte?", insistierte Holger weiter. „Hatten Sie Besuch? Haben Sie jemanden ins Haus gelassen?"

Wieder kam nur ein „Nein" als Antwort. Sarah war nah an das Bett herangetreten, um ihn besser verstehen zu können. Plötzlich ergriff der Kranke ihre Hand und drückte sie mit erstaunlicher Kraft. „Elise", flüsterte er, „Sie müssen sie suchen."

„Wissen Sie, wo Elise sein könnte?", fragte Sarah. Sie spürte, wie das Adrenalin durch ihren Körper schoss.

„Nein. Aber Sie müssen sie suchen. Sie ist doch mein Kind, meine Tochter." Eine Träne ran aus seinem gesunden Auge und lief ihm die Wange herunter.

„Elise von Cromnitz ist Ihre Tochter?" Holger glaubte, sich verhört zu haben.

„Ja, mein Kind. Meine kleine Elise."

Die Tür wurde geöffnet und eine Schwester kam herein. „Die zehn Minuten sind um. Ich muss Sie bitten, den Patienten jetzt allein zu lassen." Sie blieb im Türrahmen stehen und machte so unmissverständlich klar, dass sie ihre Aufforderung umgehend befolgt sehen wollte.

„Herr Dr. Hundt, wir kommen wieder", sagte Sarah schnell. Er drückte daraufhin noch einmal ihre Hand. „Bitte bald", sagte er.

„Das ist starker Tobak", meinte Holger, als sie wieder im Auto saßen. „Sollte Elise tatsächlich die Tochter von Dr. Hundt sein? Oder hat er wirres Zeug geredet? Nach einem Koma soll das durchaus vorkommen."

„Mir kam er nicht verwirrt vor. Nur emotional sehr bewegt. Das mit Elise geht ihm nahe. Und dass er ständig ihre Nähe gesucht haben soll, wissen wir bereits. Nur scheinen seine Gefühle für sie väterlicher Natur gewesen zu sein." Sarah war sich ziemlich sicher, die Wahrheit erfahren zu haben. „Nur schade, dass er sich nicht daran erinnert, wer auf ihn geschossen hat."

„Oder sich nicht erinnern will", brummte Holger. „Das Thema schien ihm unangenehm zu sein. Lebhaft wurde er erst, als es um Elise ging. Aber ich will keine voreiligen Schlüsse ziehen. Wir fahren jetzt zur Dienststelle und hören uns an, was Eva und Kai noch so herausgefunden haben."

Kai war dann allerdings noch unterwegs, sie trafen nur Eva an. Auch sie reagierte sehr überrascht auf die Mitteilung von Dr. Hundt. „Dann wäre Elise also ein Kuckuckskind", sagte sie. „Soll schließlich gar nicht so selten vorkommen. Ob Roland von Cromnitz das wohl weiß?"

„In den seltensten Fällen wissen die Ehemänner davon", sagte Holger. „Er könnte es allerdings jetzt erfahren haben im Zusammenhang mit dem Verschwinden von Elise. Dann hätte er ein Motiv gehabt, den Tierarzt zu erschießen. Verletzter Stolz, Angst vor Bloßstellung, wer weiß?"

„Das wäre eine ganz neue Spur. Allerdings wäre es günstiger, wenn Dr. Hundt sich doch noch erinnern würde." Sarah seufzte.

„Auf jeden Fall passt alles wunderbar zusammen." Eva stand locker an ihren Schreibtisch gelehnt und schaute von einem zum anderen. „Ich habe nämlich auch etwas Interessantes erfahren. Dr. Hundt soll sich sehr bei der Suche nach Elise engagiert haben. Er hat alle Bekannten abgeklappert und sie nach Hinweisen befragt. Bei einem soll er sich nach einem guten Privatdetektiv erkundigt haben, der sich mit dem Aufspüren vermisster Personen auskennt."

„Das passt in der Tat", stimmte Holger zu. „Für heute dürfte es zu spät sein, aber gleich morgen nehmen wir uns Roland von Cromnitz vor. Der wird uns so einiges zu erklären haben. Und jetzt ist erst mal Feierabend. Wo ist eigentlich Kai?"

„Noch zu Befragungen unterwegs", antwortete Eva. „Ich werde ihn gleich anrufen und ihm sagen, dass er auch Schluss machen soll."

„In Ordnung. Dann bis morgen."

Während sich Sarah und Holger auf den Heimweg machten, wartete Eva ab, bis sie außer Sichtweite waren, um sich dann auf den Weg nach Geistmoor zu machen. Sie fand Kai in der Nähe des Gestüts. Er stand mit seinem Wagen gut versteckt hinter einer kleinen Baumgruppe. Eva hätte ihn fast nicht gesehen. Sie parkte hinter ihm und stieg dann zu ihm ins Auto. „Es gibt Neuigkeiten", sagte sie. „Dr. Hundt soll der leibliche Vater von Elise sein. Er hat äußerst engagiert nach ihr gesucht. Vermutlich hatte er eine Spur gefunden, und zwar die richtige. Nämlich die unserer reizenden kleinen Todesfee Anne. Als er sie damit konfrontiert hat, versuchte sie ihn zu erschießen. Es passt alles perfekt zusammen."

„Aber er hat nicht gesagt, dass sie es war?" Kai musste die neuen Informationen erst einmal verarbeiten.

„Nein, hat er nicht. Entweder er erinnert sich wirklich nicht, oder er will sie schützen. Sie ist schließlich zumindest die Schwester seiner Tochter. Wenn nicht sogar auch sein eigen Fleisch und Blut. Solche Beziehungen zu Hausfreunden ziehen sich oft über Jahre hin und die

Kinder sind dann allesamt von ihnen. Ohne dass die gehörnten Ehemänner das Geringste ahnen."

„Wie sehen Holger und Sarah das? Und wie soll es nun weitergehen?"

„Sie wollen sich Roland von Cromnitz vornehmen. Noch immer laufen sie der Spur der verschwundenen Miriam hinterher. Verstricken sich in Zahlenmagie und Symbolik. Ihr neuester Tick ist diese Heiligenstatue, hinter der sie eine verborgene Bedeutung vermuten. Zuviel Dan Brown gelesen, würde ich sagen. Uns soll es nur recht sein, so kommen sie uns wenigstens nicht in die Quere."

Kai fühlte sich unbehaglich. „Eva, die Sache wird mir allmählich zu heiß. Es deutet tatsächlich alles auf Anne hin. Sie ist eine Gefahr. Was, wenn sie weitermacht? Sollten wir Holger nicht ..." Er sprach nicht weiter, weil er Evas Ablehnung geradezu körperlich spüren konnte.

„Wir sollten erst einmal Feierabend machen", sagte sie. „Heute passiert nichts mehr. Drüben im Haus schlafen schon alle. Das sollten wir jetzt auch machen."

„Okay, fahren wir."

„Zu dir oder zu mir?"

Kai glaubte, sich verhört zu haben. Eva scherzte doch nur, oder? Aber nun erklärte sie munter: „Ich schlage vor, zu mir. Ich habe noch einen sehr guten Wein im Keller. Champagner übrigens auch, aber den trinken wir erst, wenn wir den Fall erfolgreich abgeschlossen haben. Also, auf geht's."

Als er ihrem Wagen durch die nächtlichen Straßen folgte, fühlte sich Kai, als hätte er den Champagner bereits im Blut.

44.

Holger hatte sich vergewissert, dass Roland von Cromnitz in seinem Hamburger Büro anzutreffen sein würde und wollte sich gleich früh mit Sarah auf den Weg dorthin machen. Eva würde inzwischen die Stellung halten.

„Wo ist eigentlich Kai schon wieder?", fragte Holger.

Eva zuckte mit den Schultern. „Keine Ahnung. Mich stört es auch, dass er es mit der Pünktlichkeit nicht so genau nimmt. Ich habe ihn schon darauf angesprochen."

„Das werde ich auch tun, wenn wir wieder zurück sind. Darauf kann er sich schon mal gefasst machen."

Kaum waren Holger und Sarah zur Tür hinaus, klingelte Evas Handy. „Hallo Kai", sagte sie. „Bist du auf deinem Posten? Was gibt es Neues?"

„Bisher nichts Aufregendes. Frau von Cromnitz ist bereits in aller Frühe ausgeritten und er ist im Anzug und mit Aktenkoffer weggefahren. Von Anne noch keine Spur. Vermutlich schläft sie noch. Würde ich am liebsten auch machen. Du, Eva, das war gestern wunderschön mit dir. Ich liebe dich."

„Einen Moment bitte, ich bin gleich für Sie da", sagte Eva in den leeren Raum hinein. Und an Kai gewandt: „Danke Kollege, halten Sie mich bitte auf dem Laufenden." Dann drückte sie das Gespräch weg und stieß geräuschvoll die Luft aus. *Ich liebe dich!* Das hatte ihr gerade noch gefehlt. Warum nicht gleich: *Willst du meine Frau werden?* Zuzutrauen wäre ihm das. Dabei gehörte die vergangene Nacht nun wahrhaftig nicht zu den Sternstunden ihres Liebeslebens. Seine ungeschickte, pubertäre Fummelei und seine feuchten Küsse würde sie kein zweites Mal über sich ergehen lassen. Aber es war leider notwendig gewesen. Er hatte Skrupel bekommen und sie konnte nicht riskieren, dass er jetzt, wo sie so nah dran waren, alles verdarb. Hinterher würde sie keine Mühe haben, sich seiner wieder zu entledigen. Ohnehin würde sie nicht mehr lange in dieser unbedeutenden Dienststelle versauern. Leiterin einer ständigen Mordkommission beim LKA, das war es, was ihr vorschwebte. Ihre anstehende Beförderung wäre der erste Schritt auf dem Wege dorthin. Doch das war nicht alles, dieser Fall würde sie vor allem schlagartig bekannt machen. Das Killerpärchen aus der Gothic-Szene, das war es doch, was die Medien hören wollten. Sie würde Interviews geben und in Fernsehsendungen auftreten müssen. *Sie hätten weitergemacht, wenn ich sie nicht gestoppt hätte,* hörte sie sich schon sagen. Es fiel ihr schwer, ruhig auf ihrem Platz sitzen zu bleiben. Sie musste die Sache beschleunigen. Und sie wusste auch schon wie.

45.

„Herr von Cromnitz möchte auf keinen Fall gestört werden." Die Vorzimmerdame strahlte Autorität und Entschlossenheit aus. Ihr wie angegossen sitzendes dunkelblaues Kostüm wirkte wie eine Rüstung. Mit allen Mitteln würde sie das Büro ihres Chefs verteidigen. Holger zückte seinen Dienstausweis und hielt ihn ihr hin. Von einer Sekunde zur anderen veränderte sich ihre Haltung. Ihre Schultern sackten nach vorn und sie wurde grau im Gesicht. „Polizei? Oh Gott", flüsterte sie. „Gibt es Neuigkeiten über seine Tochter?" Holger drängte wortlos an ihr vorbei, Sarah empfand allerdings Mitleid mit dieser mitfühlenden Seele. „Nur Routine, nichts Neues", flüsterte sie ihr zu, als sie an ihr vorbeiging.

Auch Roland von Cromnitz war der Schreck deutlich anzumerken. Er stand hinter seinem Schreibtisch auf, nahm die Brille ab und sah den beiden Kriminalisten angespannt entgegen.

„Es gibt keine neuen Erkenntnisse über den Verbleib Ihrer Tochter", sagte Holger. „Allerdings vermuten wir inzwischen einen Zusammenhang mit einem früheren Fall. Darüber möchten wir Auskunft von Ihnen. Sie sind damals auch routinemäßig zu Miriam Malik befragt worden. Allerdings haben Sie nicht alles gesagt, was Sie wussten. Sie hatten immerhin eine ziemlich enge Beziehung zu dem Mädchen."

Roland von Cromnitz seufzte und machte eine resignierte Handbewegung, so als wollte er sagen: Geht das jetzt wieder los?

„Hatten Sie ein sexuelles Verhältnis mit dem Mädchen?", hakte Holger nach.

„Nein, das hatte ich nicht. Es war rein freundschaftlich."

„Und das sollen wir Ihnen glauben? Weshalb haben Sie es uns damals verschwiegen?"

„Weil es kompliziert war. Ich rede ungern darüber."

„Jetzt wird Ihnen allerdings nichts anderes übrigbleiben."

„Schon gut. Ich wollte der Miriam und ihrer Familie nur helfen, das müssen Sie mir glauben. Meine Frau hatte dem Herrn Malik in böser Weise Unrecht getan."

„Sie meinen mit seiner Entlassung? Er soll die Pferde misshandelt haben."

„Aber das stimmte doch überhaupt nicht. Niemals hätte er so etwas getan, im Gegenteil. Er war der beste Pferdepfleger, den wir je hatten."

„Warum hat ihn Ihre Frau dann entlassen?"

„Er ist von selbst gegangen. Sein ganzes Vergehen hatte darin bestanden, dass er seine Kinder ab und zu auf den Pferden meiner Frau reiten ließ. Aber meine Frau hat einen riesigen Aufstand gemacht, als sie das zufällig mitbekam. Sie hat ihn und die Kinder in einer Art und Weise beleidigt, dass er nicht mehr für sie arbeiten wollte. Wahrscheinlich war sie deshalb so wütend geworden, weil sie Miriam auf Herkules sah, den angeblich nur sie selbst reiten konnte. Aber die Miriam ritt wie ein Teufel, sie hatte das im Blut. Und die Tiere vertrauten ihr, genau wie ihrem Vater."

„Wie ging es danach weiter?"

„Es war schlimm für die Familie, dass der Vater keine Arbeit mehr hatte. Die Frau war schließlich krank und Miriam hatte noch zwei jüngere Geschwister. Ich wollte dem Mann deshalb hinter dem Rücken meiner Frau, die damit nicht einverstanden gewesen wäre, eine Abfindung zahlen. Aber er war zu stolz, um Geld von mir anzunehmen. Also habe ich es über Miriam versucht. Sie reagierte genauso wie ihr Vater, aber meinem Angebot, weiterhin reiten zu dürfen, dem konnte sie nicht widerstehen. Wir sind dann des Öfteren gemeinsam ausgeritten. Auf die Art kam ich an sie heran und konnte ihr auch Geld für die Familie zustecken. Natürlich blieb das nicht völlig unbemerkt. Es gab wohl Gerüchte über uns."

„Wie hat Ihre Frau darauf reagiert?"

„Wie eine echte Adlige. Sie gab vor, nichts zu bemerken."

„Hatte sie außereheliche Beziehungen?"

„Schon möglich. Es hat mich nicht sonderlich interessiert."

„Ist das nicht eher ungewöhnlich, Herr von Cromnitz?"

„Ich weiß nicht, wie gut oder schlecht andere Ehen funktionieren, aber unsere war definitiv ein Fehler."

„Warum haben Sie sich dann nicht getrennt?"

„Weil das für meine Frau prinzipiell nicht infrage kam und ich wollte die Kinder nicht verlieren. So einfach ist das. Wir führen jeder unser eigenes Leben."

Holger nickte und deutete damit an, dass er diesen Punkt auf sich beruhen lassen wollte. „Kommen wir auf Miriam Malik zurück", sagte er. „Sie hatten also regelmäßig Kontakt zu ihr. Wie haben Sie ihr Verschwinden erlebt? Kam das auch für Sie unerwartet? Oder wussten Sie mehr?"

„Es kam unerwartet, aber ..." Er zögerte, suchte nach Worten.

„Was aber, Herr von Cromnitz? Sie sollten jetzt wirklich nichts mehr verschweigen."

„Nun ja, ich hatte ihr eine Praktikumsstelle besorgt. Sie wollte unbedingt einen Beruf ergreifen, in dem sie mit Pferden zu tun hätte. Ich kannte den Besitzer eines Reiterhofes gut und habe ihn überreden können, ihr eine Chance zu geben. Der Hof lag ziemlich weit entfernt, sie hätte dort wohnen müssen. Es war alles geregelt. Ich hatte ihr versprochen, sie an ihrem ersten Arbeitstag mitzunehmen und dort vorbeizufahren. Sie sollte am Ortsausgang zusteigen."

„Verstehe", lächelte Holger sarkastisch, „wegen der Diskretion."

„Es kam etwas dazwischen. Ein Problem mit einer Druckerei, es musste sofort geregelt werden, um großen Schaden von uns abzuwenden. Ein Kollege aus dem Verlag holte mich zu nachtschlafender Zeit von zu Hause ab. Die Verabredung mit Miriam habe ich darüber völlig verschwitzt. Abends, als es mir wieder einfiel, rief ich auf dem Reiterhof an. Sie war dort nicht erschienen und mein Bekannter ziemlich sauer darüber. Danach habe ich nie wieder von ihr gehört."

„Und Sie sahen sich nicht genötigt, das der Polizei mitzuteilen?"

„Wie denn auch? Daheim hatte Miriam etwas anders erzählt. Sie würde in Hamburg aushilfsweise in einem Geschäft arbeiten. Ihre Eltern hätten nicht geduldet, dass sie meine Protektion in Anspruch nimmt. Ich wollte sie nicht bloßstellen."

„Und später? Als klar wurde, dass sie wie vom Erdboden verschwunden war?"

„Da hätte ich zugeben müssen, bei der ersten Befragung gelogen zu haben. Damit hätte ich mich verdächtig gemacht. Außerdem habe ich tatsächlich geglaubt, sie wäre absichtlich untergetaucht. Weil sie jemanden kennengelernt hatte und die Belastung durch die Familie abschütteln wollte."

„Herr von Cromnitz, wir können die Geschichte, die Sie uns da erzählt haben, lediglich so hinnehmen. Ob wir sie glauben, ist eine andere Frage. Doch es scheint da jemanden zu geben, der sie Ihnen nicht glaubt. Und der könnte der Entführer Ihrer Tochter sein."

Er wurde ganz weiß im Gesicht. „Oh nein, bitte nicht", murmelte er.

46.

„Hallo, Moment mal!" Sarah schaute sich suchend um, ob sie damit gemeint sein könnte. Sie wollte in der Innenstadt von Itzehoe noch rasch ein paar Einkäufe erledigen, bevor sie ihren wohlverdienten Feierabend antrat. „Hallo, warten Sie mal!" Jetzt sah sie, wer da rief. Das war doch Frau Petersen, die Mutter von Wiebke. Sie schien ziemlich aufgeregt zu sein. In Sarah machte sich ein ungutes Gefühl breit. Was wollte die Frau wohl von ihr? Ob sie von ihrem Besuch auf dem Hof der Familie Jessen erfahren hatte? Sarah hatte in der Hinsicht nichts weiter unternommen, vor allem weil ihr schlicht die Zeit gefehlt hatte. Jetzt hatte Frau Petersen sie eingeholt. „Ach bitte", sagte sie, „haben Sie vielleicht einen Augenblick Zeit? Ich muss dringend etwas mit Ihnen besprechen."

Sarah nickte.

„Aber möglichst nicht hier auf der Straße. Können wir uns kurz da reinsetzen?" Sie wies mit einer Kopfbewegung auf ein Café auf der anderen Straßenseite. Sarah wollte sich eigentlich nur ungern lange aufhalten lassen, doch sie stimmte zu. Das Café war um diese Zeit menschenleer, die geplünderte Kuchentheke wies nur noch ein paar einsame Stücke Streuselkuchen auf. Obwohl hier kaum die Gefahr bestand belauscht zu werden, wählte Frau Petersen einen Tisch ganz hinten in der Ecke. Nachdem sie beide einen großen Kaffee bestellt hatten, beugte sich Frau Petersen zu Sarah hinüber. Sie griff dabei sogar nach deren Hand. „Ich möchte Sie bitten, dem Jungen keine Schwierigkeiten zu machen", sagte sie. „Der Sven ist wirklich in Ordnung. Sie hatten gesagt, er könnte wegen Sex mit einer Behinderten belangt werden, das hat ihn und seine Eltern furchtbar erschreckt. Aber er hat versichert, dass ihm die Behinderung von Wiebke anfangs überhaupt nicht aufgefallen wäre. Ich glaube ihm. Er war mit dem Auto unterwegs gewesen und Wiebke hatte darum gebeten, mitfahren zu dürfen. Das hat sie ja leider nicht zum ersten Mal gemacht. Sven fand nichts Ungewöhnliches dabei, er hatte schon öfter mal fußlahme Touristen mitgenommen. Und dabei gleich ein bisschen für den Hofladen geworben. Wiebke wollte unbedingt die Schafe sehen. Er hat sie ihr gezeigt, sie haben sich ins Gras gesetzt und es wurde schließlich ein richtiges Schäferstündchen daraus."

Sarah hatte mit wachsendem Erstaunen zugehört. „Heißt das, die Familie Jessen hat Kontakt zu Ihnen aufgenommen?"

„Ja, das haben sie. Gleich nachdem Sie dort gewesen waren. Die haben erst dadurch das kleine Geheimnis ihres Sohnes erfahren. Sie können sich nicht vorstellen, was für liebe nette Menschen das sind. Der Mann ist so ein ganz

Ruhiger, aber die Frau dafür umso lebhafter. Die gleicht das alles aus. Jedenfalls wird Sven die Vaterschaft anerkennen und seine Eltern wollen das Sorgerecht ausüben, bis er die nötige Reife hat, das selbst zu tun. Die Kleine soll bei ihnen auf dem Hof aufwachsen und Wiebke und ich dürfen sie besuchen, so oft wir wollen. Die Frau Jessen freut sich wie doll über das kleine Mädchen. Sie hat nur den Sven und hätte sehr gern weitere Kinder gehabt, nur hat das leider nicht geklappt. Ihre kleine Enkelin wird wohl mehr eine Tochter für sie sein, sie ist ja erst 43. Da fangen andere heute erst mit dem Kinderkriegen an."

Sarah war sprachlos. „Frau Petersen, das hört sich wunderbar an. Ich freue mich für Sie."

„Wissen Sie, ich war ja erst sauer auf Sie, weil Sie hier herumgeschnüffelt haben. Aber diesmal ist etwas Gutes dabei herausgekommen. Wiebke ist ganz anders, seit sich alles so fügt. Sie ist auf einmal viel umgänglicher, als wäre sie im Kopf ein ganzes Stück gereift. Wir sind Ihnen wirklich dankbar."

„Nicht mehr böse wegen meiner Schnüffelei?" Sarah zwinkerte ihr zu.

„Nein, bestimmt nicht. Wie kommen Sie denn mit Ihren Fällen voran? Also wenn Sie noch Fragen haben, dann helfe ich Ihnen gern."

„Das ist ein Angebot, das ich gerne annehme. Wir können inzwischen eine Verbindung der aktuellen Fälle mit dem Verschwinden von Miriam Malik vor 15 Jahren nicht mehr ausschließen. Dass es da eine enge Beziehung des Mädchens zu Roland von Cromnitz gab, wissen wir bereits. Aber uns interessiert jede Information über das Gut und Miriam. Wir möchten so genau wie möglich wissen, was sich damals abgespielt hat."

„Dann will ich mal erzählen, was ich weiß. Also das mit dem Cromnitz und der Miriam wusste ich natürlich. Ich saß ja gewissermaßen an der Quelle."

„An der Quelle? Wie meinen Sie das?"

„Ich habe damals für einige Zeit auf dem Gut gearbeitet. Während der Schwangerschaft der gnädigen Frau und auch noch einige Zeit nach Elises Geburt. Sie brauchte Unterstützung im Haus. Die Lotte Mallkowski war schon zu alt, um alles allein zu bewältigen. Und ich konnte das Geld gut gebrauchen. Damals lebte meine Mutter noch, sie hat sich währenddessen um Wiebke gekümmert."

In Sarahs Kopf überschlugen sich die Gedanken. Frau Petersen hatte auf dem Gut gearbeitet. Wiebke wäre nach ihrer eigenen Aussage beinahe in einem ominösen Bus entführt worden. Sie würde später darüber nachdenken müssen, jetzt wollte sie kein Wort von dem verpassen, was ihr Frau Petersen zu sagen hatte.

„Also der Herr von Cromnitz", fuhr diese fort, „der ritt öfter mal aus. Dann saß er hoch zu Ross und führte ein zweites Pferd am Zügel neben sich her. Angeblich, um es zu bewegen. Dabei wusste jeder, für wen das bestimmt war. Obwohl sie sich immer außerhalb des Ortes trafen, wurden sie natürlich von dem einen oder anderen gesehen. Verstehen konnte man ihn durchaus, die Miriam war ein wunderschönes Mädchen. Und die Gnädige ein ziemlicher Drachen. Mit der war er schon lange unglücklich. Aber irgendwas muss er ja mal an ihr gefunden haben, es hat sie ihm schließlich keiner auf den Rücken gebunden."

„Gab es Streit wegen der Miriam zwischen den Ehepartnern? Haben Sie da was mitbekommen?"

„Nein, ihr Name ist nie gefallen. Nur wenn es um ihre Pferde ging, da konnte die Frau von Cromnitz richtig ausfallend werden. Deshalb kam es auch zu der Auseinandersetzung zwischen ihr und dem Herrn Malik. Das war schon heftig."

„Sie waren dabei?"

„Ich habe gerade die Fenster geputzt und alles gehört. Sie hat ihn angebrüllt: 'Meine Pferde sind nicht dazu da, dass sich Ihre verwahrlosten Bälger die dreckigen Ärsche auf ihnen abwischen!' Aber er ist ihr nichts schuldig geblieben. Er hat zurückgebrüllt: 'Der Dreck an den Ärschen meiner Kinder ist Goldstaub gegen den, der an Ihrer verkommenen Sippschaft haftet.' Seinen Job war er danach allerdings los."

„Wenn sie sich so wegen der Pferde aufgeführt hat, konnte es ihr doch nicht gleichgültig sein, dass ihr Mann Miriam weiterhin heimlich reiten ließ."

„War es mit Sicherheit auch nicht. Doch ihm gegenüber verhielt sie sich sehr vorsichtig, sprach ihn nie darauf an. Sie hatte wohl Angst, wenn sie es zum Thema macht, könnte er sich gegen sie entscheiden. Nur als ihr Lieblingspferd erschossen werden musste, da hat sie mal gemurmelt, die Zigeunerin hätte es verhext."

„Das Pferd war ein schwarzer Hengst, der Herkules hieß, nicht wahr? Weshalb musste er getötet werden?"

„Ja, so hieß er wohl. War immer ein feuriges Tier gewesen, doch plötzlich fing er zu toben an, so dass niemand mehr an ihn herankam. Auch der Tierarzt nicht. Er hat beim ersten Schuss nicht richtig getroffen, es war ziemlich schlimm. Die Gnädige ist eine Woche lang mit verheulten Augen rumgelaufen."

„Wer war um den Zeitpunkt herum noch alles auf dem Gut?"

„Ständig? Also das waren nur die Lotte, der Gärtner und ich."

„Der Gärtner? Welcher Gärtner?", fragte Sarah irritiert.

„Na der Fiete Larson. Er war nicht direkt Gärtner, sondern mehr oder weniger für alles zuständig. Hofarbeiten, kleine Reparaturen und Rasen mähen. Direkt über dem Stall hatte er eine kleine Wohnung."

„Ist er nicht derjenige, der kurz darauf tödlich verunglückte?"

„Genau. Armer Kerl. In den Tagen direkt vor seinem Tod hatte er noch groß angegeben. Eine unverhoffte Erbschaft hätte er gemacht, würde sich davon demnächst ein hübsches Haus kaufen und sich zur Ruhe setzen. Ja, daraus wurde dann nichts mehr. Ob es überhaupt stimmte, weiß ich auch nicht. Er hatte immer behauptet, keine Verwandtschaft zu haben. Zu seiner Beerdigung sind dann auch nur ein paar Leute aus dem Dorf gekommen."

„Noch einen Wunsch, die Damen?" Die Serviererin war neben ihnen aufgekreuzt und wischte demonstrativ mit einem Lappen über den Tisch.

„Nein danke, wir müssen jetzt aufbrechen." Frau Petersen bestand darauf, den Kaffee für sie beide zu zahlen. Sarah fühlte sich innerlich aufgewühlt von dem, was sie erfahren hatte. Es schien gefährlich zu sein, um diese Vorgänge zu wissen. „Passen Sie gut auf Wiebke auf. Und auf die Kleine", sagte sie zum Abschied. Sie wagte es nicht, deutlicher zu werden.

47.

„Sieh an, da haben deine Nachforschungen zu etwas Gutem geführt. Ich denke, das ist eine ideale Lösung für die Wiebke. Und natürlich auch für das Kind." Sie saßen alle vier im Büro beieinander und Holger zeigte sich von Sarahs Bericht über ihre Begegnung mit Frau Petersen beeindruckt.

Eva lächelte süffisant. „Wie rührend. Du hättest Sozialarbeiterin werden sollen. Das scheint dir zu liegen. Hat die gute Frau auch etwas gesagt, was uns im Hinblick auf unsere Fälle weiterbringen könnte?"

Sarah ignorierte die Spitze. „Zunächst einmal mehr oder weniger das, was wir schon wussten. Roland von Cromnitz hat sich mit Miriam getroffen, seine Frau scheint darüber hinweggesehen zu haben. Dr. Hundt hat ihr Lieblingspferd töten müssen und fiel danach in Ungnade. Aber es gibt auch neue Gesichtspunkte. Frau Petersen hat vor fünfzehn Jahren ebenfalls für kurze Zeit auf dem Gut gearbeitet. Sie hat bei der Gelegenheit auch den Streit zwischen Frau von Cromnitz und Miriams Vater mit anhören können. Außerdem erwähnte sie, dass der verunglückte Arbeiter Fiete Larson von allen 'der Gärtner' genannt wurde."

„Der Gärtner", wiederholte Holger nachdenklich. „Wie Olaf Mehnert."

„Genau", ergänzte Sarah lebhaft. „Alle, die damals auf dem Gut waren, sind irgendwie betroffen. Lotte Mallkowski wurde ermordet, Fiete Larson verunglückte tödlich, die Tochter von Frau Petersen wurde beinahe entführt, die von den Mehnerts tatsächlich. Auch er hat damals kurzzeitig dort gearbeitet. Und er wusste von der angeblichen Affäre des Gutsherrn mit Miriam. Diese Affäre und Miriams darauffolgendes Verschwinden haben augenscheinlich mit unseren Fällen zu tun. Jemand will Rache. Deshalb wurde auch Elise entführt, die Tochter des Hauptschuldigen."

„Warum erst jetzt?", fragte Eva. „Das erscheint mir nicht logisch. Warum nach so langer Zeit und nicht gleich?"

„Wenn der Betreffende nun erst jetzt davon erfahren hat? Das wäre doch denkbar", meinte Sarah. Eva schüttelte energisch den Kopf. „Nein, das ist unwahrscheinlich. Die Angelegenheit war im Dorf schließlich hinreichend bekannt." Alle schwiegen nachdenklich.

„Gut, dann können wir uns ja an die Arbeit machen", sagte Eva in einem Ton, als hätte sie gerade ihre kostbare Zeit verschwendet. Sie schwebte aus dem Raum, eifrig folgte Kai ihr. *Die Schneekönigin und ihr Lakai,* dachte Sarah.

Als sie die Tür hinter sich geschlossen hatten, küsste Kai Eva auf den Hals. „Lass das! Nicht hier", zischte sie ihn an. „Erzähle lieber, was du gestern noch beobachten konntest."

„Leider nichts Neues." Kai wirkte enttäuscht, es war nicht zu erkennen, ob wegen seines Misserfolges bei den Ermittlungen oder wegen Evas Zurückweisung. „Anne ist nach Hamburg gefahren, wieder zu diesem Psychodoktor, den sie regelmäßig aufsucht. Danach ist sie ohne Umwege nach Geistmoor zurückgefahren."

„Sie sind vorsichtig", sagte Eva. „Aber wir werden sie jetzt aus der Reserve locken und die Sache ganz schnell beenden. Begib dich am besten sofort wieder auf deinen Beobachtungsposten. Wir müssen Anne allein zu Hause abpassen. Mit ihrem Vater gibt es kein Problem, der ist von morgens bis abends im Verlag. Sobald auch ihre Mutter das Haus verlässt, gibst du mir umgehend Bescheid."

Kai wirkte nicht völlig überzeugt. „Holger wird schon ungehalten, weil er oft nicht weiß, wo ich gerade stecke."

„Kein Problem, ich regele das mit ihm. Bald sind wir am Ziel. Und Kai, denk an den Champagner in meinem Kühlschrank!" Sie zwinkerte ihm verheißungsvoll zu. Als er sich auf den Weg machte, schien er auf einer Wolke des Glücks zu schweben.

Diesmal musste Eva nicht lange warten, bis Kai sie anrief. „Sie ist weg", sagte er, „Sylvia von Cromnitz ist in ihrem Mercedes weggefahren. Das macht sie nur, wenn sie länger unterwegs sein wird. Die Gelegenheit ist also günstig."

„Ich bin in einer Viertelstunde bei dir", versprach Eva. Sie ging zu Holger hinüber, um sich abzumelden. „Wir hatten wieder ein paar angebliche Sichtungen der beiden Vermissten", sagte sie in geschäftsmäßigem Ton. „Ich habe die Kollegen vor Ort routinemäßig benachrichtigt. Einige Meldungen konnte ich allerdings sofort ausschließen. Sofia mit langem blonden Haar, das dürfte wohl nicht mehr zutreffen. Ich will jetzt noch zu einer Zeugenbefragung. Die Dame, die sich gemeldet hat, will nur persönlich mit mir reden. Könnte wichtig sein."

„In Ordnung", nickte Holger. „Aber wo steckt Kai eigentlich schon wieder? Ich habe ihn vorhin wegfahren sehen."

„Keine Ahnung. Mir hat er auch nichts gesagt. Hoffen wir mal, dass es dienstlich ist." Eva zog eine zweifelnde Grimasse, bevor sie die Tür hinter sich schloss. Geschafft! Nun würde sie das Finale dieses Falls einläuten.

Holger und Sarah blieben zurück. „Wer könnte einen Grund haben, Miriam rächen zu wollen?", fragte sie nachdenklich. „Ihre Eltern sind tot. Maria und ihr Bruder waren damals noch zu klein, um zu verstehen, was vorging. Überhaupt muss die Familie nicht im Bilde gewesen sein. Sonst hätte ihr Vater bestimmt anders reagiert."

Holger nickte. „Mit Sicherheit hätte er das, temperamentvoll wie er war. Aber sie waren isoliert, mit ihnen hat niemand geredet. Und Miriam hat sie ebenfalls beschwindelt."

„Was wäre aber, wenn sie es erst kürzlich erfahren hätten? Zum Beispiel von Lotte Mallkowski. Maria hat schließlich bei ihr saubergemacht."

„Das wäre eine Möglichkeit. Doch sie allein kann die Entführungen der Mädchen nicht bewerkstelligt haben. Ihr Bruder ist vor einigen Jahren nach Kanada ausgewandert, das haben wir überprüft. Er wollte alles hinter sich lassen. Es gab jedoch einige junge Männer, die obsessiv in Miriam verliebt gewesen sein sollen. Vielleicht haken wir an dieser Stelle noch mal nach."

„Ich werde auf jeden Fall gleich zu Maria Malik fahren", sagte Sarah. „Es interessiert mich, was sie über die angebliche Beziehung ihrer Schwester zu Roland von Cromnitz weiß."

„Mach das", stimmte Holger ihr zu. „Es ist sicher günstig, wenn das ein Gespräch unter Frauen wird."

48.

Anne war furchtbar nervös. Ihre Augen waren gerötet und verquollen, so als hätte sie geweint. Eva bemerkte, dass sie ein zerknülltes Taschentuch in der Hand hielt und es heftig drückte. Sie hatte die beiden Kriminalisten in den Salon gebeten und ihnen gegenüber auf einem der Sessel Platz genommen. Wie sie da auf der Kante hockte, erweckte sie den Eindruck, als würde sie am liebsten aufspringen und davonlaufen. Das thailändische Dienstmädchen schaute herein, wurde jedoch von ihr weggeschickt, ohne dass sie die Gäste nach eventuellen Wünschen gefragt hatte. Eva registrierte ihren Zustand mit Befriedigung. *Sie hat Angst, panische Angst*, dachte sie. *Die werden wir jetzt gleich noch ein bisschen weiter anheizen. Wir kriegen dich!* „Schade, dass Ihre Eltern nicht da sind", sagte sie in bedauerndem Tonfall. „Aber wir können natürlich auch mit Ihnen reden, Sie werden es ihnen schließlich ausrichten. Wir haben endlich einen

Durchbruch erzielt. Unsere Techniker konnten DNA sicherstellen, und zwar an einem der Erpresserbriefe. Dabei handelt es sich um die DNA einer Frau. Der Entführer hatte also eine Komplizin und wir gehen davon aus, dass sie aus dem Dorf stammen muss. Nur so ist es zu erklären, wie sie die Briefe deponieren konnte, ohne aufzufallen. Wir werden so schnell wie möglich einen DNA-Abgleich mit allen Bewohnerinnen durchführen. Diese Komplizin wird uns zum Täter und damit hoffentlich auch zu Ihrer Schwester führen."

Anne starrte Eva aus glasigen Augen an und zeigte keine Reaktion. Sie schien den Schock erst verarbeiten zu müssen.

„Gut, das war es schon", sagte Eva munter. „Wir möchten Sie nicht weiter aufhalten. Wir finden allein hinaus."

„Na, das war ein Volltreffer", meinte sie draußen zu Kai. „Wetten, dass sie sich bald auf den Weg machen wird? Sie wird ihren Komplizen warnen und versuchen, sich mit ihm aus dem Staub zu machen. Lass sie nicht aus den Augen und benachrichtige mich sofort, wenn es losgeht."

„Eva, das ist riskant."

„Ja, aber nicht für zwei Superbullen wie uns." Mit einem verschwörerischen Lächeln ging sie hinüber zu ihrem Wagen.

Kai musste nicht lange warten. Anne kam aus dem Haus, sie schien es eilig zu haben. Ohne sich umzusehen, stieg sie in ihren kleinen weißen Golf und fuhr vom Hof. Kai wartete einen Moment, bevor er sich an die Verfolgung machte. Es war schwierig, jemanden ganz allein zu observieren, ohne dabei entdeckt zu werden. Zwar fuhr er einen unauffälligen dunklen Ford, doch ein einzelner

Wagen fällt immer irgendwann auf, wenn er ständig hinter einem bleibt. Solange sie über Landstraßen fuhren, hielt er deshalb einen großen Abstand. Bald war klar, dass Anne in Richtung Hamburg fuhr. Sobald der Verkehr dichter wurde, bemühte sich Kai, immer mindestens zwei andere Wagen zwischen sich und ihrem Wagen zu haben. Jetzt kam auch noch Nebel auf, eine denkbar schlechte Voraussetzung für eine Verfolgung. Wenn ihm bloß keine Ampel in die Quere kam! Er hatte den Gedanken kaum zu Ende gedacht, da passierte es auch schon. Während Anne die Ampel noch bei Gelb überqueren konnte, musste der Wagen hinter ihr bereits abbremsen. Auch Kai blieb keine andere Wahl, und als die Ampel endlich auf Grün schaltete, war von dem weißen Golf keine Spur mehr zu entdecken. Nach einigem ziellosen Umherfahren fuhr er schließlich resigniert auf einen Parkplatz, um Eva zu benachrichtigen.

Ihre Stimme bebte vor Wut. „Was heißt das, du hast sie verloren? Nach dem ganzen Aufwand, den wir betrieben haben! Das darf doch einfach nicht wahr sein! Vermutlich entwischen sie uns jetzt."

„Eva, wenn du dir so sicher bist, können wir natürlich Holger informieren und Anne zur Fahndung ausschreiben lassen."

„Bist du verrückt? Sollen wir an die große Glocke hängen, dass wir es vermasselt haben? Wir werden uns schön ruhig verhalten und abwarten, was nun passiert. Eine andere Wahl haben wir leider nicht." Sie beendete das Gespräch ohne Abschiedsgruß. Kai stöhnte und stützte den Kopf aufs Lenkrad. Den Abend hatte er sich wahrhaftig anders vorgestellt. Außerdem musste er sich eingestehen, dass er Angst hatte. Sie hatten da etwas ins Rollen gebracht, das sich ihrer Kontrolle entzogen hatte. Anne würde ihren Komplizen zweifellos warnen und sich mit ihm absetzen. Was würde dann aus den entführten Mädchen werden? Würden sie in einem Versteck elend verhungern? Ihn fröstelte bei dem Gedanken. Das Wetter war so trüb wie seine momentane Stimmung. Langsam, um nicht noch einen Unfall zu verursachen, fuhr er durch den mit jeder Minute dichter werdenden Nebel nach Hause.

49.

Am nächsten Morgen war die Stimmung frostig. Eva würdigte Kai keines Blickes, Holger wirkte irgendwie abwesend und Sarah war ganz entgegen ihrer Gewohnheit noch nicht zum Dienst erschienen. Schließlich kam Holger zu Kai und Eva herüber. „Sagt mal, habt ihr eine Ahnung wo Sarah stecken könnte? Sie ist weder zu Hause noch auf ihrem Handy zu erreichen. Das passt nicht zu ihr."

„Keine Ahnung", erwiderte Eva. „Wo war sie gestern eigentlich? Ich habe sie nachmittags nicht mehr gesehen."

„Zeugenbefragungen. Zuletzt wollte sie zu Maria Malik, hat dort aber niemanden angetroffen. Wir wären zusammen hingegangen, aber mir ist etwas anderes dazwischengekommen. Kurzfristiger Rapport beim obersten Chef. Jedenfalls hat sie mich angerufen und mich informiert, dass sie Frau Malik nicht angetroffen hätte. Ich habe ihr gesagt, sie soll Feierabend machen. Man sah ja kaum noch die Hand vor Augen. Seitdem habe ich nichts wieder von ihr gehört." Holger wirkte ernsthaft beunruhigt.

„Wenn sie einen Unfall gehabt hätte, wären wir sicher schon benachrichtigt worden", sagte Kai.

„Sie wird einfach eine heiße Nacht mit einem tollen Typ verbracht und nun verpennt haben", ergänzte Eva gelangweilt.

„Ich werde bei ihr vorbeifahren, liegt sowieso auf meinem Weg." Holger griff nach seiner Jacke und dem Autoschlüssel. „Falls sie doch noch hier auftaucht, soll sie mich anrufen." Damit war er zur Tür hinaus.

„So viel rührende Besorgnis ist ihm wahrhaftig nicht jeder wert", stichelte Eva. Kai hörte nicht hin. Er war in dumpfes Brüten versunken.

Frau Thießen öffnete auf Holgers Klingeln. Sie kannten sich vom Sehen, Holger hatte Sarah schon einige Male abgeholt. Sie riss erschrocken den Mund auf, als sie hörte, dass Sarah nicht zum Dienst erschienen war. „Oh Gott, da wird doch nichts passiert sein? Ich hatte ja gleich ein komisches Gefühl, als sie in der Nacht nicht wieder nach Hause kam. Wenn sie von Ihnen oder einem Kollegen abgeholt worden wäre, dann hätte ich es noch verstanden. Sie müssen eben auch nachts raus. Obwohl das für so eine junge Frau nicht das Richtige ist. Aber gestern, das war anders."

„Frau Thießen, was ist gestern passiert? Würden Sie mir das bitte ganz genau erzählen?"

„Sicher doch. Aber kommen Sie bitte ins Haus, Sie müssen doch nicht vor der Tür stehenbleiben."

Holger folgte ihr in eine gemütliche, liebevoll dekorierte Wohnküche. Er nahm ihr gegenüber in der Essecke Platz und lehnte den angebotenen Kaffee ab. Sein Instinkt sagte ihm, dass etwas Ernstes vorgefallen sein musste.

„Es war gestern so gegen zehn", begann Frau Thießen zu erzählen. „Es klingelte bei Frau Sandring. Wenn es ganz still im Haus ist, höre ich ihre Klingel auch hier unten. Ich wollte nicht horchen, aber wunderte mich natürlich, was jemand um diese Zeit noch hier wollte. Sie hat oben das Fenster geöffnet und gefragt, wer da wäre. Zu erkennen war beim besten Willen nichts, es war stockdunkel und außerdem neblig. Ich hörte nur eine Frauenstimme, die sagte, sie würde dringend Hilfe brauchen. Frau Sandring muss die Frau gekannt haben. Jedenfalls ging sie runter und ich dachte, sie würde die Frau hereinlassen. Aber sie kam nicht wieder. Ich hörte kurz darauf ein Fahrzeug, dem Geräusch nach zu urteilen etwas Großes, ein Lastwagen oder ein Bus. Seitdem ist sie nicht wieder aufgetaucht."

Holger spürte, wie sich die feinen Härchen in seinem Nacken aufrichteten. „Frau Thießen, würden Sie mir erlauben, einen Blick in die Wohnung von Sarah zu werfen?"

„Aber sicher doch. Nicht dass ich das jedem erlauben würde. Aber Sie sind schließlich ihr Kollege. Und außerdem von der Polizei." Gleich als er die Wohnungstür öffnete, wurde ihm klar, dass Sarah nicht freiwillig aufgebrochen sein konnte. Überall in der Wohnung brannte Licht. Im Spülbecken in der Küche stand Wasser, eine Tasse und ein Teller lagen im Abtropfkorb, das Geschirrtuch war über einen Stuhl geworfen worden. Die abendliche Besucherin musste sie beim Abwaschen gestört haben. Die Tasche, die sie im Dienst immer bei sich hatte, stand neben dem Schreibtisch vor dem Fenster. Darin befand sich auch ihre Brieftasche mit sämtlichen Papieren. Holger zögerte nicht länger. Er griff zum Telefon um die Spurensicherung und Verstärkung anzufordern.

„Das ganze Programm", sagte er, „Fährtenhunde, Hubschrauber und Suchmannschaften. Und bitte schnell!"

50.

Noch viele Stunden später hatte Sarah Mühe zu begreifen, was passiert war. Der Mann war hinter ihr lautlos aus dem Dunklen gekommen, sie hatte ihn zu spät bemerkt. Zweifellos hatte er sie sofort mit einem Taser attackiert. Sie hatte nur noch gespürt, wie ein scharfer Blitz durch ihren Körper zuckte, dann waren alle Muskeln erschlafft. Wie ein Ballon, aus dem man die Luft abgelassen hatte, war sie in sich zusammengesunken. Zeit genug für ihren Angreifer, sie zu fesseln und in diesen merkwürdigen Bus zu werfen. Ja, so war es gewesen. Jetzt lief alles wie ein Film vor ihrem inneren Auge ab. Sie sah sich wieder auf dem Bauch am Boden liegen. Wegen der Fesselung konnte sie nur mühsam den Kopf heben. Doch dann entdeckte sie, dass da Fahrgäste zu sitzen schienen. Sie fixierte die ihr am nächsten sitzende Person. Im fahlen Lichtschimmer, der durch die Scheiben hereinfiel, schaute sie in ein wächsernes Gesicht. Fleischlose Lippen, gebleckte Zähne, tiefe Augenhöhlen. Ein Toter! Ein Zittern lief über ihren Körper, doch gleich darauf rief sie sich zur Ordnung. Sie war schließlich Polizistin und hatte schon mehr als eine Leiche zu sehen bekommen. Außerdem stimmte hier etwas nicht, der typische Verwesungsgeruch fehlte. Sie schaute ein zweites Mal hin. In den Augenhöhlen blitzte ein rötlicher Lichtreflex auf. Das war eine Puppe! Auch die anderen Fahrgäste saßen steif und stumm da. Bei einem schien es sich sogar um ein Skelett zu handeln, das einen tief ins Gesicht gezogenen Hut trug. Der Totenbus! Sarah stöhnte auf, ihr wurde klar, dass sie sich in der Gewalt des Entführers von Elise und Sofia befand. Die Puppen sollten vermutlich nicht nur erschrecken, sie sollten einen besetzten Bus vortäuschen, was von außen durch die getönten Scheiben betrachtet sicher funktionierte. Ein besetztes Fahrzeug erregte weniger Aufmerksamkeit und Misstrauen als ein leeres. Die Jugendlichen hatten nicht gelogen, Elise war tatsächlich arglos in einen Bus gestiegen. In welch desolatem Zustand sich das Fahrzeug befand, konnte sie in dem schwachen Licht mehr erahnen als erkennen. Sie ließ den Kopf zurück auf den Boden sinken und bemerkte vor ihrem rechten Auge ein merkwürdiges Flackern. War das noch eine Folge des Elektroschocks? Sie drehte den Kopf ein wenig und nun erkannte sie die Ursache. Da war ein Loch im Boden, durch das man bis auf die Straße schauen konnte. Es war groß genug, um eine Hand hindurch zu stecken, aber zu klein, um zu entkommen. Sarah musste sofort daran denken, was Björn ihr über Spuren erzählt hatte, die eine Person in einem Fahrzeug hinterlässt. Sie waren gerade erst losgefahren, das war ihre Chance. Mit einem entschlossenen Ruck wälzte sie sich auf den Rücken und brachte ihre gefesselten Hände an das Loch. Der Rand war scharfkantig und rostig. Sarah suchte die richtige Position und scheuerte mit aller Kraft ihren Handballen an der Kante. Sie spürte den brennenden Schmerz und nahm mit Befriedigung wahr, wie warmes Blut aus der Wunde ran. Wann hatte sie eigentlich ihre letzte Tetanusspritze bekommen? Das sollte sie jetzt nicht beunruhigen. Wenn niemand sie rechtzeitig fand, würde sie keine Gelegenheit mehr bekommen, an Tetanus zu sterben.

51.

„Sie haben sich Sarah geschnappt!" Kai war vor Schreck ganz blass geworden.

„Wer hat Sarah geschnappt? Was ist passiert?", fragte Eva verwundert.

Kai, der gerade sein Gespräch mit Holger beendet hatte, schaute sie eindringlich an. „Eva, wir haben Mist gebaut. Sie haben Sarah entführt, Anne und ihr Komplize. Die Vermieterin von Sarah hat gehört, wie eine Frau abends geklingelt und um Hilfe gebeten hat. Sarah war natürlich arglos, weil sie nichts von unserem Verdacht wusste. Vor allem wusste sie auch nicht, dass wir Anne in die Enge getrieben hatten. Jedenfalls ist sie seitdem verschwunden und es gibt deutliche Anzeichen für eine Entführung. Holger will, dass wir sofort hinkommen. Er leitet die Suche nach ihr. Wir müssen ihm jetzt reinen Wein einschenken." Kai griff bereits nach seiner Jacke.

Eva hielt ihn am Arm fest. „Jetzt mal mit der Ruhe. Warum willst du ihm von unserer Aktion erzählen? Was soll das bringen? Sarah wird dadurch keine Minute früher gefunden werden. Aber uns bringt es jede Menge Ärger ein. Wozu also?"

„Weil wir dafür verantwortlich sind. Sarah wäre nicht in die Falle getappt, wenn wir sie gewarnt hätten."

„Wenn hier jemand für etwas verantwortlich ist, dann du. Hättest du sie gestern nicht aus den Augen verloren, wäre das alles nicht passiert. Außerdem ist auch Sarah nicht unschuldig an der Entwicklung. Sie hätte sich niemals mit dieser Anne eingelassen dürfen. Wer derart naiv ist, taugt nicht für den Polizeidienst."

„Mir scheint es so, als wäre Sarah nicht die einzige, die zu naiv war", erwiderte Kai. Eva trat näher an ihn heran und hob die Hand, um sein Gesicht zu berühren. Er schob sie brüsk von sich. „Fahren wir", sagte er nur.

Während der Fahrt schwiegen sie beide, bis Kai plötzlich einen überraschten Laut ausstieß. „Sieh mal, da vorn. Das ist Annes Wagen."

„Los, häng dich ran!", rief Eva aufgeregt. „Diesmal darf sie uns unter keinen Umständen entwischen." Kai, der sich gerade im Stillen geschworen hatte, sich nie mehr von Eva benutzen zu lassen, wechselte die Spur. Vielleicht war das die Chance, den angerichteten Schaden wieder gutzumachen.

„Sie fährt in Richtung Krankenhaus. Bleib dran, hörst du! Ich kann mir denken, was sie dort will. Der letzte mögliche Zeuge muss zum Schweigen gebracht werden, bevor sie sich endgültig absetzen werden." Kai wartete ab, bis Anne ihren Wagen auf dem Parkplatz des Krankenhauses abgestellt hatte und ausgestiegen war. Sie war allein. Kaum war sie im Eingang der Klinik verschwunden, setzten sich auch Kai und Eva in Bewegung. Anne nahm den Fahrstuhl.

„Fünfte Etage, da ist die Station, auf der Dr. Hundt liegt. Nichts wie hinterher." Eva drückte nervös an den Fahrstuhlknöpfen herum.

„Sein Zimmer wird noch immer bewacht. Wir müssen uns nicht überschlagen", meinte Kai missmutig.

„Und wenn sein Bewacher gerade mal aufs Klo musste? Noch einen Patzer können wir uns nicht leisten. Also los." Sie war schon losgelaufen und stürmte die Treppen hinauf. Kai blieb nichts anderes übrig, als ihr zu folgen. Sie sahen Anne am Ende des Ganges stehen und mit dem Polizisten vor der Tür reden. Die Szene wirkte harmlos. Doch Eva rannte auf sie zu, als wäre der Teufel hinter ihr her.

52.

„Eva, wo zum Teufel steckt ihr? Wir warten hier auf euch." Holger war ungehalten. „Eine Festnahme? Was für eine Festnahme?" Er hielt das Handy dicht ans Ohr gepresst und schaute achselzuckend zu den Kollegen hinüber, die auf das Gespräch aufmerksam geworden waren. „Ich komme sofort hin", sagte er schließlich. Er winkte Erika zu sich heran. „Übernimm du hier einstweilen die Leitung, ich muss ins Krankenhaus. Eva hat Anne von Cromnitz festgenommen, als sie zu Dr. Hundt vordringen wollte. Sie soll auch wissen, was mit Sarah passiert ist." Er ließ die verdutzte Kollegin stehen und machte sich auf den Weg.

Auf dem Flur vor dem Krankenzimmer von Dr. Hundt herrschte das blanke Chaos. Holger hörte lautes Weinen und sah eine Wolke von weißen Kitteln, die die Szene umringten. Er bahnte sich einen Weg hindurch und bemerkte Anne von Cromnitz, die am Boden kauerte. Ihre Hände waren mit Handschellen vor der Brust gefesselt und ihr Gesicht tränennass. Eva, die neben ihr stand, redete erfolglos auf sie ein. Kai und der junge Polizist, der zur Überwachung des Zimmers abgestellt worden war, hielten sich verunsichert im Hintergrund. Aus dem Krankenzimmer heraus war eine wütende Stimme zu hören, eine im Türrahmen stehende Schwester bemühte sich, den Kranken zu beruhigen. Eine andere Schwester sagte immer wieder zu Eva: „Das Mädchen ist doch völlig fertig, sehen Sie das nicht?"

„Das geht so nicht, das hier ist ein Krankenhaus, bitte respektieren Sie das", versuchte sich der Oberarzt Gehör zu verschaffen.

Holger trat resolut in die Mitte und zückte seinen Dienstausweis: „Kriminalhauptkommissar Hansen." Schlagartig trat Ruhe ein. Nur die Stimme aus dem Krankenzimmer meldete sich erneut: „Lassen Sie Anne in Ruhe. Sie hat nichts damit zu tun." Die Stimme von Dr. Hundt war seit dem letzten Besuch um einige Nuancen kräftiger und deutlicher geworden.

Holger trat in den Türrahmen und schob die Schwester behutsam beiseite. „Womit hat sie nichts zu tun, Herr Hundt?"

„Sie hat nicht auf mich geschossen und sie wollte mir auch jetzt nichts tun."

„Wissen Sie inzwischen, wer auf Sie geschossen hat?"

„Ja, ich weiß es und ich werde Ihnen alles sagen. Aber lassen Sie das Mädchen gehen."

„In Ordnung, ich komme wieder."

Er ging auf den Flur zurück und beugte sich zu Anne hinab. „Kommen Sie bitte mit. Ich möchte nur mit Ihnen reden."

„Sarah, wo ist Sarah?", wimmerte sie. „Ich will mit Sarah reden."

„Sie ist nicht hier. Aber ich bin ihr Partner. Kommen Sie." Er half ihr beim Aufstehen und sie ließ es zu. Holger warf der Krankenschwester neben sich einen fragenden Blick zu. Sie verstand sofort. „Sie können den Aufenthaltsraum hier auf der Etage benutzen", sagte sie. „Dort ist im Moment niemand."

Im Aufenthaltsraum standen mehrere Sitzgruppen. Holger führte Anne zu einem der bequemen Armlehnstühle. Er setzte sich ihr gegenüber und forderte Eva, die ihnen gefolgt war, mit einer Kopfbewegung auf, sich zu ihnen zu setzen. Die Krankenschwester kam mit einer Wasserflasche und Gläsern herein. Sie stellte je ein Glas vor Holger und Anne hin, Eva ignorierte sie demonstrativ. Das Glas von Anne füllte sie gleich. „Trinken Sie erst mal, Kindchen. Sie sehen aus, als würden Sie gleich abklappen." Als die Schwester gegangen war, wandte sich Holger zuerst an Eva. „Also? Was wirfst du der jungen Frau vor?"

„Ich werfe ihr vor, an Sarahs Entführung beteiligt gewesen zu sein. Und an der der anderen beiden Vermissten auch. Außerdem wollte sie vermutlich einen Anschlag auf Dr. Hundt verüben. Ich gehe davon aus, dass sie diejenige ist, die auf ihn geschossen hat."

„Dr. Hundt bestreitet das."

„Er wird seine Gründe haben, sie zu schützen." Eva warf Holger einen vielsagenden Blick zu.

„Hatte sie etwas bei sich, eine Waffe oder ein Messer?"

„Ich habe nichts gefunden, aber das muss ja nichts heißen."

Anne war während dieses Wortwechsels wieder weinend in sich zusammengesunken. „Jetzt nimm ihr erst einmal die Handschellen ab", wies Holger Eva an. Mit verkniffenem Gesichtsausdruck gehorchte sie. „So, jetzt trinken Sie erst einmal und dann beruhigen Sie sich. Wir werden das alles miteinander klären." Anne nickte gehorsam und trank.

„Also, was wollten Sie bei Dr. Hundt?"

„Ich wollte ihn etwas fragen, etwas Wichtiges."

„Und was war das?"

Ihre Hände begannen zu zittern. „Das kann ich nicht so sagen, das ist ... schwierig."

„Gut, stellen wir das zurück. Wo waren Sie gestern Abend?"

„In Hamburg."

„Wann genau?"

„Ich bin um 17 Uhr von zu Hause losgefahren."

„Was wollten Sie in Hamburg?"

„Ich war bei meinem Psychotherapeuten."

„Hatten Sie dort einen Termin?"

„Nein, aber es ging mir sehr schlecht. Also bin ich einfach so hin. Ich musste warten, bis er mit den anderen Patienten fertig war, aber danach hat er mit mir geredet. Ziemlich lange sogar."

„Wie lange? Wie spät war es?"

„Schon nach neun. Er hat gesagt, ich soll nicht mehr zurückfahren, ich wäre zu aufgeregt. Ich habe beschlossen, im Wohnheim zu übernachten. Er hat mich hingefahren."

„Wird Ihr Therapeut uns das bestätigen können?"

„Ja, natürlich."

„Und im Wohnheim? Kann dort jemand Ihre Anwesenheit bezeugen?"

„Viele sogar. Ein Mädchen hat zufällig gerade seinen Geburtstag gefeiert und darauf bestanden, dass ich mich dazusetze."

„Gut. Dann brauche ich ein paar Telefonnummern."

Anne nickte, wühlte in ihrer Jackentasche und schaute dann zu Eva. „Sie hat mein Handy."

Holger streckte wortlos die Hand aus und ließ es sich von Eva geben. Anne tippte im Telefonregister herum und zeigte auf ein paar Nummern. Holger notierte sie. „Gib die Kai. Er soll das überprüfen", wies er Eva an. Als sie aus dem Raum gegangen war, kam er auf seine erste Frage zurück. „Ich nehme an, dass es bei dem, was Sie Dr. Hundt fragen wollten, um etwas Vertrauliches gegangen ist. Trotzdem wäre es hilfreich, wenn Sie es wenigstens andeuten könnten."

„Ja, natürlich. Ich bin wegen Angstzuständen in Behandlung. Ich dachte selbst, dass es mit irgendeinem Erlebnis in meiner Kindheit zusammenhängen müsste. Mein Therapeut hat das bestätigt und er meinte, ich könnte das Trauma eventuell überwinden, indem ich mich ihm stelle. Aber dazu musste ich mich erst erinnern. Er hat mich hypnotisiert."

„Und haben Sie sich erinnert?"

„Zuerst waren es immer nur unzusammenhängende Erinnerungsfetzen. Wie ich mit Oma Lotte, also Lieselotte Mallkowski, am Fenster stehe und auf den Hof schaue. Dann etwas mit einem Pferd und viel Blut. Aber ganz plötzlich gestern, als ich zu Hause war und an dem betreffenden Fenster zum Hof stand, da kam die Erinnerung. Glasklar, als würde es in diesem Moment passieren. Es war schrecklich und ..."

Die Tür ging auf und Eva kam herein. Anne verstummte abrupt. „Lass uns bitte allein, Eva", sagte Holger. Sie sah ihn erstaunt an und wollte etwas erwidern. Doch unter seinem Blick wandte sie sich ab und schloss die Tür lauter als nötig hinter sich. Anne atmete tief durch. „Ich sah mich wieder mit Oma Lotte am Fenster stehen", fuhr sie fort. „Ich weiß sogar wieder, was ich anhatte. Es war ein rotes Kleid, das ich sehr mochte. Hinterher habe ich mich allerdings geweigert, es jemals wieder anzuziehen."

„Sie haben also gemeinsam auf den Hof geschaut. Und was haben Sie gesehen?"

„Ein Pferd, ein großes schwarzes Pferd. Da war auch eine Frau mit langen schwarzen Locken. Miriam. Ich kannte sie. Sie ist manchmal mit meinem Vater zusammen geritten. Sie konnte sehr gut reiten. Sie hat Kunststücke auf den Pferden vollführt und mich damit zum Lachen gebracht. Aber diesmal saß jemand anders auf dem Pferd." Sie begann zu schluchzen. Holger drängte sie nicht und tatsächlich sprach sie nach einer Weile von allein weiter. „Das Pferd ist auf Miriam losgegangen, es hat dabei geschrien, richtig laut. Sie ist gestürzt und das Pferd ist mit den Hufen über sie rüber, immer wieder. Da war so viel Blut. Dann hat Lotte mich vom Fenster weggezogen." Wieder musste sie eine Pause einlegen. „Die Erinnerung hat mich so fertiggemacht, dass ich unbedingt mit meinem Therapeuten darüber reden musste. Als Ihre

Kollegen gestern vorbeikamen, konnte ich ihnen deshalb gar nicht richtig zuhören."

„Welche Kollegen?"

„Na die Frau, die mich eben festnehmen wollte. Der Mann war auch dabei. Sie haben was von DNA erzählt, die sie an den Briefen sicherstellen konnten. Die DNA einer Frau, die die Komplizin des Entführers sein müsste. Und dass es bald DNA-Tests im Dorf geben würde. Ich sollte das meinen Eltern ausrichten, das habe ich in der Aufregung völlig vergessen."

Holger gelang es, die Beherrschung zu wahren. „Machen Sie sich darüber keine Gedanken. Die Information war ohnehin nicht korrekt. Ich werde das Ihren Eltern erklären. Sie sind dann also zu Ihrem Therapeuten gefahren?"

„Ja. Er hat mir geraten, diese Erinnerung kritisch zu betrachten. Es gebe auch falsche Erinnerungen, hat er mir erklärt. Ich sei durch die Hypnose aufgewühlt und mein Gehirn würde sich bemühen, aus den bruchstückhaften Teilen, die mir immer wieder durch den Sinn gingen, ein Ganzes zu formen. Dieses Ganze müsse aber nicht unbedingt der Realität entsprechen. Er hat mir geraten, Personen aus meinem Umfeld zu befragen, die von den damaligen Ereignissen etwas wissen könnten."

„Da ist Ihnen Dr. Hundt eingefallen?"

Sie nickte. „Lotte lebt ja leider nicht mehr. Und eine andere Person kann ich unmöglich fragen."

Sie wurde nicht konkreter, aber Holger wusste auch so, an wen sie dachte. An die Person, die sie nicht namentlich benannt, aber ebenfalls erkannt hatte. Die auf dem Pferd gesessen hatte, als das Unglück geschah.

Kai lugte vorsichtig durch einen Türspalt. „Ich habe das Alibi überprüft. Es stimmt. Sowohl der Psychotherapeut als auch zwei Freundinnen konnten die Angaben von Frau von Cromnitz bestätigen."

„In Ordnung." Holger schien nichts anderes erwartet zu haben. „Sie können dann jetzt nach Hause fahren."

„Ich würde gern bleiben und noch mit Dr. Hundt reden."

„Das dürfte heute zu viel werden sowohl für Sie als auch für den Doktor. Ihm steht gleich noch eine Befragung durch mich bevor. Und Sie sollten erst einmal zur Ruhe kommen. Bitte entschuldigen Sie die Unannehmlichkeiten." Er begleitete sie hinaus.

Als er zurückkam, standen Kai und Eva noch auf dem Flur. Kai wirkte bedrückt, Eva trotzig und entschlossen. „So, nun zu euch", sagte er grimmig. „Was habt ihr euch dabei gedacht?"

„Wir mussten handeln, schließlich schien alles für eine Täterschaft von Anne zu sprechen. Als sie zu Dr. Hundt ins Zimmer wollte, waren wir gezwungen einzugreifen. Um möglichen Schaden von ihm abzuwenden" erwiderte Eva. Selbstbewusst warf sie den Kopf in den Nacken.

„Und weshalb musstet ihr falsche Informationen über angebliche Ermittlungsergebnisse an sie weitergeben?" Mit dieser Frage brachte Holger sie aus dem Konzept.

„Es tut uns leid, es war ein Fehler", antwortete Kai an ihrer Stelle.

„Es wird euch noch viel mehr leidtun, wenn sich herausstellen sollte, dass ihr damit Sarah in Gefahr gebracht habt." Holger musste sich zwingen, nicht laut zu werden. „Wer war noch dort, als ihr den Schwachsinn von den anstehenden DNA-Tests erzählt habt?"

„Niemand. Außer diesem Dienstmädchen, der kleinen Thailänderin, die kein Deutsch versteht."

„Sie versteht sehr wohl Deutsch und spricht es auch. Und sie steht im engen Kontakt zu einer Person, die an allen neuen Informationen über den Fall sehr interessiert zu sein scheint. Ihr fahrt sofort zu ihr und findet heraus, mit wem sie über euren Besuch gesprochen hat. Alles andere besprechen wir später." Der Blick, den er den beiden dabei zuwarf, verhieß nichts Gutes.

53.

Sarah hätte sich gern die Fahrtroute eingeprägt, aber das war nicht möglich. Der Nebel und die Dunkelheit raubten ihr im Zusammenhang mit ihrer hilflosen Position jede Orientierung. Sie hätte nicht einmal genau sagen können, wie lange sie unterwegs waren. Schließlich hielt der Bus, ein Mann verließ die Fahrerkabine und kam auf sie zu. Im Hintergrund war leises Schluchzen zu hören. Der Mann war groß, kräftig und noch ziemlich jung. Er riss sie so grob an den Armen hoch, dass sie einen Aufschrei nicht unterdrücken konnte. In diesem Moment kam auch die Frau aus dem vorderen Teil des Busses auf sie zugestürzt. „Hör auf damit, Christoph", schrie sie ihn an. „Das war nicht abgemacht, so darfst du nicht mit ihr umgehen! Sie soll uns helfen, verdammt noch mal!"

„Ach, bist du wirklich so naiv zu glauben, dass sie das tun wird? Sie ist ein Bulle! Nur als Geisel kann sie uns nützlich sein. Das ist unsere einzige Chance, aus der Sache rauszukommen."

„Du hast mich reingelegt", schluchzte Maria Malik. „Niemals hätte ich dir geholfen, wenn ich gewusst hätte, was du vorhast."

„Nein, du wärst treudoof in den Knast gewandert. Einmal Opfer, immer Opfer. Aber nicht mit mir. Ich werde diese Rolle nicht mehr spielen."

Sarah begriff, wen sie vor sich hatte. Das musste Christoph Malik sein, der Bruder von Maria. „Herr Malik", sagte sie, „lassen Sie uns vernünftig miteinander reden. Was auch passiert ist, es gibt immer einen Ausweg. Es lohnt sich, mit der Polizei zusammenzuarbeiten."

Er lachte höhnisch auf. „Für einige Leute lohnt sich das garantiert. Nämlich für die, die über Geld und Einfluss verfügen. Denen schenkt man gern Gehör. Aber unsereiner wird doch nur belogen und betrogen. *Ihre Schwester ist verschwunden? Sie wird weggelaufen sein, das kleine Flittchen. Was ist bei so einer Familie schon anderes zu erwarten? Da machen wir uns doch erst gar nicht die Mühe, großartig nach ihr zu suchen.*"

„Herr Malik, nach Ihrer Schwester ist sehr wohl gesucht worden. Es ließ sich lediglich keine Spur finden."

„Und warum nicht? Weil sie sich alle einig waren und den Mund gehalten haben. Wer will sich wegen so einer schon Probleme an den Hals reden? So war es doch."

„Das war sicher nicht in Ordnung. Aber wir haben uns an das Recht zu halten und können niemanden zum Reden zwingen."

„Genau das ist der Punkt", sagte er. „Sie können niemanden zwingen. Aber ich werde es tun. Sie alle werden endlich zugeben müssen, was damals mit Miriam passiert ist."

„Haben Sie die Mädchen deshalb entführt?"

„Genug geredet. Ich lasse mich nicht verhören, noch bin ich ein freier Mann und entschlossen, es auch zu bleiben. Los, raus jetzt." Entsetzt erkannte sie das Messer in seiner Hand. Doch er zerschnitt damit nur die Fesseln an ihren Füßen und stieß sie grob aus der Tür. Sarah hatte Mühe nicht zu straucheln, ihre Füße fühlten sich taub an. Sie erahnte schemenhaft die Umrisse eines großen Gebäudes. Beim Näherkommen erkannte sie, dass es sich um eine Scheune handelte. „Runter da!" Christoph Malik schob sie eine Treppe hinunter. Fauliger Geruch schlug ihr entgegen. Es roch nach Schimmel, Moder, Urin und noch etwas anderem, das ihr einen Schauer über den Rücken jagte. Blut, es roch nach Blut! Sie wurde in einen Verschlag gestoßen, er leuchtete mit einer Taschenlampe in eine Ecke, in der eine Matratze lag, die große dunkelbraune Flecke aufwies. Der Blutgeruch wurde stärker, hier musste er seinen Ausgangspunkt haben.

„Los, hinlegen!" Sarah wusste, dass Widerstand zwecklos war. Kurz hatte sie erwogen, ihm einen gezielten Tritt zu verpassen, doch mit ihren gefesselten Händen war sie ihm hoffnungslos unterlegen. Sie unterdrückte den aufsteigenden Ekel und legte sich auf die Matratze. Er griff nach ihren Händen und band sie mit einer Kette an einem Ring in der Wand fest. Die Kette war so kurz, dass Sarah nur liegen oder höchstens knien konnte, aufstehen war unmöglich. Lange würde sie nicht in dieser Position ausharren können. War es ein Hinweis darauf, dass er vorhatte, bald aufzubrechen? Dann würde er sie als Geisel mitnehmen, wodurch sie eine gewisse Chance hätte, befreit zu werden. Oder erschossen. Keine rosigen Aussichten. Sarah versuchte, sich in der Dunkelheit zu orientieren. Nicht weit von ihr zeichneten sich die Umrisse eines Eimers ab, von dem ein übler Geruch nach Fäkalien ausging. Er musste benutzt und nicht gesäubert worden sein. Sarah hatte keine Zweifel mehr: Vor ihr war eine andere Person in diesem Keller gefangen gehalten worden. Elise? Sofia? Wo waren sie jetzt? Was bedeutete das Blut, das hier augenscheinlich geflossen war? Ein leises Stöhnen drang an ihr Ohr und ließ sie den Atem anhalten. „Hallo, ist da jemand?", fragte sie. Keine Antwort, doch das Stöhnen wiederholte sich. „Elise?" Wieder keine Antwort. „Sofia?" Es folgte ein heiseres Flüstern, das wie ein Ja klang.

„Sofia, bist du das?"

„Ja. Bitte helfen." Es klang mühsam und gepresst.

„Sofia, halt durch. Wir schaffen das." Sarah wusste selbst nicht, woher sie die Zuversicht nahm.

„Wo ist Elise?"

Lange kam keine Antwort. „Tot", schluchzte die Stimme dann. Sarah hatte es geahnt, doch die Gewissheit erschütterte sie tief. Ob Maria Malik das wusste? Irgendwie konnte sie sich das nicht vorstellen. Sie war von ihrem Bruder getäuscht worden, hatte sich hilfesuchend an sie wenden wollen. Diesen Zwiespalt zwischen den Geschwistern musste sie geschickt ausnutzen. Hoffentlich ergab sich eine Gelegenheit dazu.

54.

Holger Hansen begab sich zurück in das Krankenzimmer des Tierarztes. Er zog sich einen Stuhl heran und setzte sich an sein Bett. „Also, ich höre", sagte er. „Sie wollten mir sagen, was sich an dem fraglichen Abend in ihrem Haus abgespielt hat. Und wer auf Sie geschossen hat."

Der Tierarzt deutete ein Nicken an, schwieg dann aber beharrlich.

„Herr Dr. Hundt, machen Sie es uns allen doch nicht unnötig schwer. Früher oder später finden wir die Wahrheit heraus. Aber bis dahin kann noch viel geschehen. Zwei junge Mädchen wurden entführt und jetzt auch noch eine Kollegin von uns. Mit jedem Tag, der vergeht, verringern sich die Chancen, dass wir sie wohlbehalten befreien können. Wollen Sie das verantworten?"

„Nein", erwiderte er leise. „Ich wollte verhindern, dass noch mehr passiert. Ich wollte, dass sie redet und es dadurch beendet. Deshalb hat sie auf mich geschossen. Weil sie es nicht wollte."

„Wer ist sie?"

„Sylvia. Sylvia von Cromnitz. Ich wollte sie nicht verraten. Sie ist doch die Mutter von Elise, die Mutter meiner Tochter. Aber nicht mal das Schicksal ihres Kindes konnte sie dazu bewegen, endlich reinen Tisch zu machen."

„Was verschweigt Frau von Cromnitz? Sagen Sie es mir!"

Er stöhnte auf. „Das weiß ich nicht genau. Es ist mehr eine Ahnung von mir. Nur Sylvia kann genau erklären, was damals geschehen ist. Aber sie will nicht."

„Damals? Hängt es mit dem Verschwinden von Miriam Malik zusammen?"

Er nickte wieder, blieb aber stumm.

„Herr Dr. Hundt, lassen Sie uns hier kein Rätselraten veranstalten. Sie müssen sich einiges zusammengereimt haben. Sonst hätten Sie keinen Zusammenhang zum Verschwinden von Elise herstellen können. Also sagen Sie mir jetzt, was Sache ist."

„Nun gut, die Fakten, nur die Fakten. Ich wusste, dass sich Roland von Cromnitz mit Miriam Malik traf. Dass sie zusammen ausgeritten sind. Er hat Miriam heimlich sogar Herkules reiten lassen, das Lieblingspferd seiner Frau. Sylvia war stolz darauf, dass nur sie ihn reiten konnte, aber das stimmte nicht. Sie musste jedes Mal gegen seinen Willen ankämpfen, doch Miriam hatte das nicht nötig. Unter ihrer Hand war er ganz gefügig, es war die vollkommene Harmonie zwischen Mensch und Tier.

Das Mädchen war ein Naturtalent, eine Pferdeflüsterin wie ihr Vater. Und dann, eines Tages, rief Sylvia mich an. Mit Herkules würde etwas nicht stimmen, ich sollte vorbeikommen. Das Pferd war außer Rand und Band, es ließ niemanden an sich heran. Es schlug aus, es warf sich zu Boden, es stieg. Das Tier ging buchstäblich die Wände hoch. Offenbar hatte es sich dabei verletzt, doch es gab mir keine Chance, das genau festzustellen. Ich habe alles versucht, war aber schließlich mit meinem Latein am Ende. Auf meinen Vorschlag, einen weiteren Pferdeexperten hinzuzuziehen, ging Sylvia nicht ein. Sie wollte, dass Herkules getötet wird. Mich erstaunte sehr, dass sie diese Entscheidung traf, ohne vorher alles versucht zu haben. Aber ich bin ihrem Wunsch nachgekommen. Einfach war es nicht."

„Was glaubten Sie damals, was mit dem Pferd los war?"

„Ich war überzeugt, dass Sylvia ihm Schmerzen zugefügt haben musste. Der Hengst machte es ihr nicht leicht und sie konnte sehr unduldsam sein. Irgendetwas war vorgefallen."

Holger Hansen sah den Tierarzt fest an. „Sie wussten, was vorgefallen war."

„Nein, ich wusste es nicht. Aber es gab Hinweise."

„Von wem kamen diese Hinweise?"

„Zunächst einmal von Sylvia selbst. Sie sagte, die Zigeunerin, also Miriam, hätte Herkules verhext. Ich dachte erst, das bezieht sich auf die heimlichen Ausritte."

„Moment mal, wusste Frau von Cromnitz nun von diesen Ausritten oder nicht?"

„Zunächst nicht." Er zögerte einen Moment und richtete den Blick zur Decke. „Aber dann habe ich es ihr gesagt. "Als das unkommentiert blieb, redete er weiter. „Ich weiß inzwischen, dass das ein großer Fehler war. Sylvia und ich waren zu dem Zeitpunkt schon seit über zwei Jahren ein Paar. Ganz im Geheimen versteht sich, sie legte den allergrößten Wert auf absolute Diskretion. Aber in ihrer Ehe kriselte es heftig, ich hoffte, sie würde sich scheiden lassen, um mit mir zusammenzuleben. Als sie dann schwanger wurde, drängte ich auf eine Entscheidung. Wir wussten beide, dass das Kind von mir ist. Nur ihr Mann war ahnungslos. Als Sylvia immer wieder Ausflüchte machte, erzählte ich ihr von der Beziehung ihres Mannes zu Miriam Malik. Ich weiß bis heute nicht genau, was da wirklich gelaufen ist. Sylvia gegenüber behauptete ich allerdings, ihr Mann sei ganz besessen von dem Mädchen. Er würde sie verlassen, um mit seiner jungen Geliebten zusammenzuleben, habe ich ihr eingeredet. Sie solle dem zuvorkommen und selbst die Scheidung einreichen." Er schwieg resigniert.

„Aber das hat sie nicht getan?"

„Nein, das hat sie nicht. Ich habe die Stärke ihrer Bindung an ihren Mann unterschätzt. Dabei kann ich nicht einmal sagen, ob es Liebe oder einfach die Furcht war, als Verliererin dazustehen. Sylvia ist ein Mensch, der nicht verlieren kann. Jedenfalls gelang es ihr, ihrem Mann das Kind unterzuschieben und so ihre Ehe zu retten. Miriam verschwand aus ihrem Leben und mich entfernte sie ebenfalls daraus."

„Auf welche Art verschwand Miriam?"

„Mir hat Sylvia erzählt, sie wäre mit Reisegepäck bei ihr aufgekreuzt und hätte nach ihrem Mann gefragt. So als wollte sie mit ihm durchbrennen. Sie habe ihr aber derart die Meinung gesagt, dass sie kommentarlos gegangen und nicht wiedergekommen sei."

„Und was ist Ihrer Meinung nach wirklich geschehen?"

Wieder zögerte er mit der Antwort und betrachtete die Decke, als gäbe es dort etwas Interessantes zu sehen. „Herkules hatte Blut an den Hufen", sagte er dann leise. „Nicht sein eigenes, sondern menschliches Blut. Ich habe es heimlich getestet."

„Weil Sie einen Verdacht hatten, nicht wahr? Warum haben Sie ihn für sich behalten?"

„Was hätte ich denn tun sollen? Ich wusste nichts Genaues. Und ich hoffte immer noch, dass Sylvia und ich eines Tages vielleicht noch zueinanderfinden würden. Schon wegen Elise. Ich liebe meine Tochter. Und außerdem fühlte ich mich schuldig. Ich hatte Sylvias Wut auf Miriam entfacht."

Holger Hansen räusperte sich. „Gut, Herr Dr. Hundt. Lassen wir das erst einmal so stehen. Was geschah nun an dem Abend, als Frau von Cromnitz auf sie geschossen hat? Was war dem vorausgegangen?"

„Sie kam zu mir, völlig überraschend. Aufgeregt zeigte sie mir einen anonymen Brief. Der Text war aus Zeitungsbuchstaben zusammengeklebt. Viel stand nicht darin. Nur: *Der Preis des Schweigens* und darunter ein Foto von Elise, ebenfalls aus der Zeitung ausgeschnitten. Darunter noch ein einziges Wort: *Rede!* Was Sylvia dann allerdings sagte, verblüffte mich total. Ob ich das verfasst hätte? Ob ich mit Lotte Mallkowski unter einer Decke stecken würde? Was die Alte mir erzählt hätte? Ich erkannte Sylvia, die sonst immer die Selbstbeherrschung in Person ist, überhaupt nicht wieder. Nur allmählich konnte ich sie beruhigen und wurde dann nach und nach aus ihren Anschuldigungen schlau. Sie war ernsthaft der Ansicht, ich hätte ein Komplott gegen sie geschmiedet. Aus Rache, weil sie mich so schnöde verraten hatte. Nun hätte mir Lotte etwas gegen sie in die Hand gegeben, womit ich mich rächen wollte. Sie sollte ins Gefängnis wandern und ich wollte Elise für mich gewinnen. Vermutlich hätte ich sie bereits auf meine Seite gezogen und mit ihrem Einverständnis versteckt."

Dr. Hundt wollte in Erinnerung daran den Kopf schütteln, verzog aber sogleich schmerzlich das Gesicht. Diese Bewegung war ihm mit seiner Verletzung nicht möglich. Er hatte das einen Moment lang vergessen.

„Aber dann", fuhr er fort, „begriff ich allmählich, was hinter ihren Worten steckte. Die Lotte muss etwas gewusst haben, das Sylvia gefährlich werden konnte. Sie hatte ihr Wissen darüber nicht mit mir geteilt, sondern mit jemand anderem, der nun auf seine Art Rache nahm. Ich bekam schreckliche Angst um Elise. Da habe ich Sylvia beschworen zu sagen, was sie weiß. Und als sie stur blieb, habe ich ihr gedroht, zur Polizei zu gehen und mein lückenhaftes Wissen preiszugeben. Sie war auf einmal ganz ruhig und verlangte ein Glas Wasser. Also ging ich in die Küche, um es ihr zu holen. Plötzlich muss sie hinter mir gewesen sein. Den Rest wissen Sie."

Holger Hansen musste das Gehörte erst einmal verarbeiten. Auf einmal schien alles an die richtige Stelle zu rücken und einen Sinn zu ergeben. Sogar der Mord an Lieselotte Mallkowski. Zwei unerbittliche Gegner standen einander gegenüber. Auf der einen Seite Sylvia von Cromnitz, die ihr dunkles Geheimnis mit aller Macht schützen wollte. Der ihr Ruf wichtiger war als das Leben ihres Kindes. Und auf der anderen Seite jemand, der grausame Rache an ihr nahm. Holger wartete nicht, bis er in der Dienststelle war. Noch vom Krankenhaus aus alarmierte er die Kollegen: „Löst sofort die Fahndung nach Maria Malik aus! Und findet heraus, wo sich ihr Bruder zuletzt aufgehalten hat. Ich glaube nicht, dass er immer noch in Kanada ist. Er könnte zurückgekehrt sein."

55.

Sarah konnte nur schätzen, wie viel Zeit inzwischen vergangen war. Mindestens zwanzig Stunden lag ihre Entführung zurück, eher länger. Demnach musste es jetzt Nachmittag sein. Die Lichtverhältnisse in ihrem Kerker hatten sich kaum verändert, sie boten ihr keine Orientierung. Einmal, es musste gegen Morgen gewesen sein, war Christoph Malik zu ihr heruntergekommen. Kein Wort hatte er gesprochen, ihr nur eine Tasse mit einer warmen Flüssigkeit, die wie Fleischbrühe geschmeckt hatte, an die Lippen gehalten. Sie hatte gierig getrunken, was sie inzwischen bereute. Die Brühe war sehr salzig gewesen. Er war nicht bereit gewesen, sie loszubinden. Stattdessen hatte er ihr geholfen den Eimer zu benutzen, eine Situation, die sie als zutiefst demütigend empfunden hatte. Er hatte es eilig gehabt, sehr eilig, und zwischendurch immer wieder angespannt gelauscht. *Er will nicht, dass Maria herunterkommt*, dachte sie. Aber genau darin sah sie ihre einzige Chance. Das Gebäude war hellhörig. Sarah hörte die Schritte der Geschwister auf den Dielenbrettern über sich, sie vernahm ihr leises Gemurmel. Jetzt wurde ein Fernseher eingeschaltet. Kurz darauf ertönte ein wütender Schrei. „Verdammt, sie sind schon hinter dir her!"

„Maria Malik ist mittelgroß, hat kurzes dunkles Haar und eine füllige Figur", war die Stimme des Sprechers aus dem Fernseher zu vernehmen. „Unterwegs ist sie vermutlich mit einem blauen Ford ..." Der Apparat wurde ausgeschaltet. Christoph Malik gab sich keine Mühe mehr, leise zu sprechen. „Das alles ist deine Schuld", schrie er. „Ich hatte dich gewarnt, auf keinen Fall Fingerabdrücke auf den Briefen zu hinterlassen. Was war daran so schwierig, dass du es nicht hingekriegt hast?"

„Ich war ganz vorsichtig", verteidigte sich seine Schwester, „ich habe immer Handschuhe getragen. Es ist mir ein Rätsel, wie das passieren konnte."

„Egal, wir müssen unsere Pläne ändern. Da draußen wimmelt es jetzt nur so von Polizei. Wir können nur abwarten, bis sich die erste Aufregung gelegt hat."

„Christoph, so war das alles nicht geplant. Sobald die Schuldigen ein Geständnis abgelegt hätten, wollten wir die Mädchen wieder freilassen. Es ist unmenschlich, sie so lange festzuhalten. Lass mich endlich zu ihnen."

Er ignorierte ihre Bitte. „Es liegt nicht an uns, dass alles anders gekommen ist. Hat sich etwa jemand zu seiner Schuld bekannt? Sie denken überhaupt nicht daran!"

„Dann müssen wir es trotzdem beenden. Wenn sie bis jetzt nicht geredet haben, werden sie es auch in Zukunft nicht tun. Wir lassen die Mädchen frei und erklären, weshalb wir sie entführt hatten. Dass es unsere letzte Hoffnung auf Gerechtigkeit für Miriam war."

„Meinst du, das wird uns jemand abnehmen? Als Hirngespinste werden sie es abtun. Nur die Geständnisse der Täter können uns helfen."

„Aber wir wissen von Lotte, was damals passiert ist."

„Lotte ist tot, ermordet von der gleichen Verbrecherbande, die auch Miriam auf dem Gewissen hat. Wir können sie nicht mehr als Zeugin anrufen."

„Aber was sollen wir denn machen?" Maria klang verzweifelt.

„Wir warten ein paar Tage ab. Dann machen wir uns mit unserer Geisel auf den Weg. Wir müssen es nur bis Hamburg schaffen und dort nachts auf ein Schiff, das einem Freund gehört. Er hat mich unerkannt hierher gebracht und er wird uns zurück an einen sicheren Ort bringen, wo uns niemand mehr verfolgen kann."

„Und die Mädchen?"

„Wenn wir in Sicherheit sind, bekommen ihre Eltern eine Nachricht, wo sie sie finden können."

„Christoph, wie geht es ihnen? Ich will sie sehen."

„Nein, auf keinen Fall. Wenn etwas schiefgeht, werde ich allein dafür geradestehen. Du hast nur die Briefe für mich eingeworfen, aber du warst nicht an den Entführungen beteiligt. Es ist nicht nötig, dass sie dich zu Gesicht bekommen. Bleib hier oben, ich gehe jetzt zu ihnen."

Sarah hörte ihn die Treppe herabkommen. Mit was für einer unsinnigen Begründung er versuchte, seine Schwester daran zu hindern, ihm zu folgen! Sie wünschte sehnlichst, dass Maria sein Spiel durchschauen würde. Vor allem hatte sie Durst, entsetzlichen Durst. Wie ein schwarzer Schatten stand er in der Tür, gleich darauf traf der Strahl einer Taschenlampe ihr Gesicht. Geblendet schloss sie die Augen. „Binden Sie mich los und geben Sie mir etwas zu trinken", forderte sie ihn auf. Er reagierte nicht. „Was ist, wollen Sie mich hier sterben lassen? So wie Elise?"

Ein spitzer Entsetzensschrei kam von der Tür her. Maria, die ihm trotz seines Verbotes gefolgt war, hatte ihn ausgestoßen. „Das ist nicht wahr!", schrie sie ihren Bruder an. „Sag, dass das nicht wahr ist!"

„Es ist wahr!" Sarah hob ihre Stimme. „Elises Blut klebt hier an dieser Matratze. Auch Sofia wird nicht mehr lange leben, wenn sie nicht umgehend Hilfe bekommt."

Es sah aus, als wollte sich Christoph Malik auf sie stürzen, um sie am weiteren Reden zu hindern. Doch seine Schwester klammerte sich an ihm fest, sodass er nicht von der Stelle kam. „Was hast du getan, sag mir, was du getan hast!", schrie sie immer wieder.

„Hör auf!", schrie er zurück. „Ich wollte das nicht. Aber sie hat mich provoziert, hat sich genauso aufgeführt wie ihre Mutter. Hat mich als Dreck beschimpft. Ich habe sie nur geschlagen, aber sie ist nicht wieder aufgestanden."

„Mein Gott, du hast sie umgebracht! Du hast einen Mord auf dein Gewissen geladen. Wie konntest du das tun?" Sie weinte hemmungslos.

„Das war kein Mord, das war ein Unfall. Ermordet wurde Miriam, unsere Schwester. Unter den Hufen eines Pferdes zertrampelt wie ein tollwütiger Hund. Immer wieder hat diese Gutsherrin das Pferd angetrieben, ist über sie hinweggeritten, bis sie nur noch eine blutige Masse war."

„Hör auf", wimmerte Maria.

„Ach, willst du das nicht mehr hören? Du solltest es dir aber vor Augen führen, immer wieder. Sie hat einen

Menschen umgebracht, der hundertmal besser war als sie selbst. Der so viel Liebe zu geben vermochte. Diese Frau wäre es nicht einmal wert gewesen, Miriams Rocksaum zu küssen." An dieser Stelle schluchzte auch er auf.

„Herr Malik", sagte Sarah behutsam, „woher wissen Sie das?"

„Lotte hat es uns erzählt", antwortete Maria an seiner Stelle. „Als es mit ihr zu Ende ging, da hat sie Sylvia von Cromnitz beschworen, endlich die Wahrheit zu sagen. Weil die sich geweigert hat, sprach sie schließlich mit mir. Sie wollte das Geheimnis nicht mit ins Grab nehmen. Sie hat mich um Verzeihung für ihr langes Schweigen gebeten."

„Warum hat sie überhaupt so lange geschwiegen?"

„Weil sie so an den Kindern hing. Anne war noch klein und Elise gerade geboren. Sie sollten nicht ohne Mutter aufwachsen müssen. Sie hat aus Mitleid mit ihnen geschwiegen."

An dieser Stelle stieß Christoph Malik ein verächtliches Schnauben aus. „Warum hatte niemand mit uns Mitleid? Wir mussten auch ohne Mutter aufwachsen. Dann hat man uns auch noch Miriam genommen."

„Sei nicht ungerecht, Christoph. Lotte hat uns geholfen, wo sie nur konnte."

„Haben Sie sie getötet, Herr Malik?" Sarah konnte sich die Frage nicht verkneifen.

Seine Empörung wirkte echt. „Niemals hätte ich der alten Frau etwas angetan!"

„Es kann nur Frau von Cromnitz gewesen sein", ergänzte seine Schwester leise. „Sie wollte sie am Reden hindern und konnte nicht ahnen, dass sie sich mir bereits offenbart hatte."

Ja, so konnte es gewesen sein. Sarah war froh, dass sie die beiden in dieses Gespräch verwickeln konnte. Auf keinen Fall durften sie ihr wieder entgleiten. „Was hat Sofia mit alldem zu tun?", fragte sie.

Einen Augenblick lang sah es so aus, als würde sie keine Antwort erhalten. Es war ein Nachteil, dass sie die Gesichter nicht erkennen konnte. Der Strahl der Taschenlampe war unruhig über den schmutzigen Betonboden gehuscht und jetzt wieder auf sie gerichtet. „Der Vater von Sofia war Mittäter", sagte Christoph schließlich. „Er hat geholfen, die Leiche unserer Schwester zu beseitigen."

„Hat Lotte Mallkowski das gesagt?", fragte Sarah aufgeregt. „Hat sie gesagt, der Herr Mehnert hat dabei geholfen?"

„Nein", erwiderte Maria zögernd, „sie hat gesagt, Frau von Cromnitz und der Gärtner hätten es getan. Er ist doch der Gärtner."

„Ist er eben nicht, das ist ein Irrtum. Vor fünfzehn Jahren gab es einen anderen Gärtner auf dem Hof. Er hieß Fiete Larson und kam kurz nach Miriams Verschwinden durch einen Unfall ums Leben. Er war gemeint." Schweigen breitete sich aus. Sie mussten die Neuigkeit erst einmal verarbeiten. Sarah wollte ihre Überraschung ausnutzen. „Sie müssen Sofia freilassen, sofort. Es geht ihr sehr schlecht. Ihre Eltern haben nichts Unrechtes getan, und Sofia erst recht nicht. Laden Sie nicht noch mehr Schuld auf sich."

Das waren die falschen Worte gewesen. Sie begriff es, als er sie anschrie: „Schuld? Sie reden von meiner

Schuld? Was ist mit der Schuld der anderen, die seit fünfzehn Jahren ungesühnt ist? Die zählt natürlich nicht, weil wir auch nicht zählen. Wir sind nur Dreck für euch alle. Leute wie wir müssen sich selbst Gerechtigkeit verschaffen. Und genau das werden wir tun."

Das Licht der Taschenlampe erlosch, dann war Sarah allein. Ihre Hände waren noch immer gefesselt und in ihrer Kehle brannte der Durst.

56.

Sie musste eingeschlafen sein. Jedenfalls hatte sie von Wasser geträumt, von einem Brunnen mit frischem kristallklarem Wasser. Der Schatten war plötzlich über ihr und ließ sie aufschrecken. Sogleich legte sich eine Hand auf ihren Mund, eine schwielige Hand, die nach Lavendel duftete. Augenblicklich war Sarah hellwach. Das musste Maria sein! Sie spürte, wie sie sich an ihren gefesselten Händen zu schaffen machte. Das Messer, mit dem sie die Kabelbinder aufzuschneiden versuchte, verursachte ein schabendes Geräusch und ließ sie erschrocken innehalten. Sarah entging ihre Angst nicht. Vermutlich schlief ihr Bruder gerade und sie nutzte die Gelegenheit. Erleichtert spürte Sarah, wie ihre Hände frei wurden und das Blut in schmerzhaften Wellen durch sie hindurch pulsierte. Maria zog sie hoch und vorsichtig mit sich. Sie leuchtete nur mit dem winzigen Lämpchen eines Schlüsselanhängers und bemühte sich, keinen Lärm zu machen. Auf Zehenspitzen schlichen sie durch mehrere Kellerräume, bis Maria wortlos auf eine offene Luke wies. Sie befand sich in Brusthöhe und war sehr schmal. Sarah zögerte kurz. Sollte sie Sofia einfach zurücklassen? Ihr blieb nichts anderes übrig, denn das Mädchen war bestimmt viel zu schwach für eine Flucht. Es war sicherer, wenn sie auf dem schnellsten Wege die Kollegen informierte und Hilfe holte. Ihr Handy hatte sie natürlich nicht dabei. Sie machte eine Bewegung, als würde sie telefonieren, und schaute Maria dabei fragend an. Doch die schüttelte nur energisch den Kopf und bedeutete ihr, sich zu beeilen. Sie machte sogar Anstalten, Sarah hochzuheben, was wirklich nicht erforderlich war. Sarah griff mit den Händen nach der Mauerkante, zog sich hoch und zwängte sich aus der Luke. Ihre verletzte Hand brannte wie Feuer, doch das interessierte sie nicht. Dann stand sie im Freien und schaute sich um. Der Nebel war verschwunden und ein wunderschöner Vollmond schuf eine geradezu romantische Stimmung. Das half ihr natürlich, sich zu orientieren, war aber ungünstig, falls Christoph Malik ihre Flucht bemerken und ihr folgen sollte. Vor ihr lag eine baumlose Ebene. Im weiten Umkreis war keine menschliche Ansiedlung zu entdecken. Sie schaute um sich und stellte fest, dass sie sich auf einem fast vollständig ausgebrannten alten Bauernhof befand. Das Wohnhaus war nur noch eine Ruine, die Stallungen völlig in sich zusammengebrochen. Von der großen Scheune war die eine Hälfte noch einigermaßen erhalten, während der Rest unter verkohltem Gebälk begraben lag. Im Keller darunter war sie gefangen gehalten worden, während sich ihr Entführer darüber häuslich eingerichtet zu haben schien. Es war ein Versteck, auf das niemand so rasch gekommen wäre. In welche Richtung musste sie nun gehen? Sie erkannte die kümmerlichen Reste einer Einfahrt, zwei schiefe Pfeiler, daneben ein verrottetes Zaunfeld. Führte dieser Weg zu einer Straße oder nur auf die Felder? Egal, ihr blieb nicht genug Zeit zum Überlegen. Im Laufschritt folgte sie dem Pfad, der vom Unkraut fast völlig überwuchert war. Er würde sie im günstigsten Falle entweder zu einer befahrenen Straße oder zu einem Haus führen, von wo aus sie telefonieren konnte. Sie achtete nicht auf ihren Durst und nicht auf das Brennen in ihrer Brust. Nur weiter, bevor ihr Verschwinden bemerkt wurde! Welche Folgen würde es wohl für Maria haben, wenn ihr Bruder entdeckte, was sie getan hatte? Er war jähzornig, das wusste sie nun. Sie musste sich beeilen, auch um Marias Willen. Und um Sofia zu retten. Die Landschaft veränderte sich, sie erkannte links und rechts des Weges Rohrkolben und Schilf. Das bedeutete, es war dort morastig, kein Boden, auf dem man Landwirtschaft betreiben konnte. War sie etwa in die falsche Richtung gelaufen? Sarah blieb stehen und schaute sich angestrengt um. Dann hörte sie auch schon das Geräusch eines Motors und sah Scheinwerfer auf sich zukommen. Ein eisiger Schreck durchfuhr sie: Das Fahrzeug musste von dem ausgebrannten Hof kommen, ihre Flucht war bemerkt worden. Sie ließ sich zu Boden fallen und rollte zur Seite, doch der Impuls war zu spät gekommen. Wütend heulte der Motor auf, das Fahrzeug, in dem sie jetzt den Bus erkannte, raste auf sie zu. Sarah hatte keine Wahl. Sie sprang auf, preschte nach links und arbeitete sich durch Schilf und Rohrkolben hindurch. Der Boden unter ihren Füßen gab schmatzende Geräusche von sich, sie sank sofort bis zu den Knöcheln ein. Aber das war gut so, auf diesem Untergrund konnte er sie nur zu Fuß verfolgen. Wenn er allerdings bewaffnet war, sah es schlecht für sie aus. Die Fahrzeugtür knallte, gleich würde er ihr auf den Fersen sein. Ihr rechter Fuß rutschte ab und sank tief ein, sie konnte sich nicht halten und glitt hinterher. Verdammt, sie war in ein Moorauge geraten! Sie merkte, wie sie schnell tiefer sank, stecke bereits bis zur Taille fest. Der mit Wasser vermischte Schlamm war eiskalt, sie konnte nicht verhindern, dass ihre Zähne aufeinander schlugen. Da sie sich nicht schnell genug befreien konnte, blieb ihr nur die Möglichkeit, sich ganz ruhig zu verhalten. Von der Straße her waren erneut Motorengeräusche zu hören, doch sie klangen anders als die des Busses. Folgte Maria ihrem Bruder etwa? Wollte sie ihn aufhalten? Und wo war der überhaupt geblieben, wieso war von ihm kein Laut mehr zu hören? Doch halt, da war etwas! Hechelnde Atemgeräusche und ein lautes Rascheln drangen an ihr Ohr. Ein schwarzer Schatten flog auf Sarah zu und im nächsten Moment verspürte sie eine Berührung im Rücken. Ehe sie bereifen konnte, was mit ihr geschah, hörte sie direkt neben sich aufgeregtes Bellen und dann die Stimme eines Mannes, die vom Weg her kam: „Halt, stehenbleiben! Polizei!" Der Motor des Busses heulte laut auf, doch in die Fahrgeräusche mischten sich Polizeisirenen. Dann war Björn über ihr und reichte ihr die Hand. „Alles in Ordnung? Bist Du verletzt?", fragte er aufgeregt. „Warte ich helfe dir. Bloß gut, dass Arco dich so schnell gefunden hat." Er musste seine ganze Kraft aufwenden, um sie aus dem Moor zu befreien. Kurzzeitig drohte er sogar selbst einzusinken. Immer noch vor Kälte zitternd folgte sie ihm auf den Weg zurück. In einiger Entfernung sah sie den von Polizeiwagen umringten Bus stehen. „Björn, wir brauchen einen Krankenwagen", sagte sie aufgeregt. „Dort hinten im Keller der Scheune ist Sofia. Es geht ihr sehr schlecht."

„Alles bereits in die Wege geleitet." Die Stimme, die das sagte, gehörte Holger Hansen. Er musterte Sarah von oben bis unten. „Du scheinst eine gewisse Vorliebe für Moorbäder zu entwickeln. Soll ja sehr gesund sein." Doch gleich darauf schloss er sie ungeachtet ihres Zustandes fest in die Arme.

57.

Das unfreiwillige Moorbad wirkte sich gar nicht günstig auf Sarahs Gesundheit aus. Sie hatte sich dadurch eine dicke Erkältung mit Schüttelfrost und Fieber zugezogen. Daran gemessen war es ein Klacks, dass sich die Wunde an ihrer Hand entzündete und nicht heilen wollte. In Decken gewickelt saß sie auf dem Sofa und wartete voller Ungeduld darauf, dass die Wirkung des Antibiotikums endlich einsetzte. Zwar besuchten die Kollegen sie regelmäßig, waren aber der Ansicht, sie solle erst einmal in Ruhe gesund werden und sich nicht mit dienstlichen Angelegenheiten belasten. Diese Art der Rücksichtnahme schätzte sie überhaupt nicht und so tauchte sie eines Morgens zwar noch geschwächt, aber inzwischen fieberfrei, wieder in der Dienststelle auf. Holger runzelte zwar heftig die Stirn und gab seiner Sorge um sie Ausdruck, brachte sie jedoch auf den neuesten Stand. Christoph und Maria Malik befanden sich in Untersuchungshaft. Während sie ihren Anteil an den Entführungen umfassend gestanden hatte und große Reue zeigte, schwieg ihr Bruder hartnäckig. Fest stand inzwischen, dass er sich nur kurzzeitig in Kanada aufgehalten hatte und dann illegal ins Land zurückgekehrt war. Seinen Lebensunterhalt hatte er auf einem Schrottplatz verdient. So war er auch an den alten Bus gekommen.

Sofia Mehnert war daheim bei ihren Eltern. Ursprünglich hatte sie noch länger im Krankenhaus bleiben sollen, doch dann war entschieden worden, dass die Geborgenheit der häuslichen Umgebung eher zu ihrer Genesung beitragen würde. Von Elise fehlte jede Spur. Das Blut auf der Matratze, das ihr eindeutig zugeordnet werden konnte, und die Aussage von Sofia ließen das Schlimmste befürchten. Sarah hatte die winzige Hoffnung gehegt, Christoph Malik könnte ihren Tod nur vorgetäuscht haben, um ihre herzlose Mutter so tief wie möglich zu treffen. Doch die schien nichts aus der Ruhe bringen zu können. Auch sie war inzwischen verhaftet worden. Den Mordversuch an Dr. Hundt konnte sie schlecht leugnen, war jedoch nicht bereit, sich dazu zu äußern. Was Miriam Malik betraf, so hatte sie durch ihren Anwalt erklären lassen, sie habe mit dem Verschwinden des Mädchens nicht das Geringste zu tun.

„Die Frau ist wirklich ein harter Brocken", seufzte Holger. „So etwas ist mir selten untergekommen. Wir werden ihr alles Stück für Stück nachweisen müssen. Das wird keine leichte Arbeit. Die Hauptbelastungszeugin Lieselotte Mallkowski ist tot. Ich bin sicher, dass Sylvia von Cromnitz sie ermordet hat, um sie am Reden zu hindern. Leider können wir auch das bisher nicht beweisen. Sie hatte genügend Zeit, alle Spuren zu beseitigen. Zweifel habe ich inzwischen auch am Unfalltod von Fiete Larson, der ihr geholfen haben soll, die Leiche von Miriam wegzuschaffen. Sieht so aus, als hätte sie sich diesen lästigen Mitwisser ganz schnell vom Halse geschafft."

„Wir haben immerhin die Aussage von Maria Malik. Ihr konnte Lotte Mallkowski schließlich noch sagen, was sie gesehen hat."

„Ich bin fest davon überzeugt, dass es der Wahrheit entspricht. Trotzdem wird es ein gerissener Anwalt auseinandernehmen. Er könnte behaupten, es handele sich um eine Schutzbehauptung des Geschwisterpaares, das die Mädchen aus ganz anderen Gründen entführt haben könnte."

„Die Feststellung von Dr. Hundt, das Pferd hätte menschliches Blut an den Hufen gehabt, stützt die Angaben der Maliks allerdings", sagte Sarah. „Auch Anne erinnert sich inzwischen, aber sie wird wohl kaum gegen ihre Mutter aussagen. Ach, ist das frustrierend, wenn im Grunde alles so klar ist und man den Täter trotzdem nicht richtig zu fassen bekommt."

„Daran gewöhne dich ruhig schon mal, das wirst du in unserem Beruf noch öfter aushalten müssen", meinte Holger resigniert.

Kai und Eva bemühten sich rührend um Sarah, fragten ständig nach ihrem Befinden und bereiteten ihr Tee zu, wenn das nicht gerade Holger erledigte. Eva goss sogar Sarahs Pflanzen. „Ich kann das wirklich selbst machen, so schlimm ist das mit meiner Hand nicht", sagte die. „Immerhin ist sie noch dran." Natürlich entging es Sarah nicht, wie eisig die Stimmung zwischen Eva und Kai war. Vermutlich suchte jeder der beiden aus diesem Grunde so intensiv ihre Nähe. Sie konnte nicht ahnen, welchen Disput sie zwischenzeitlich miteinander ausgefochten hatten. Eva wollte ihren Fehler gern in einen taktischen Erfolg ummünzen. „Hätten wir Anne nicht eine Falle gestellt, wäre die ganze Sache nicht so schnell aufgelöst worden. Vermutlich haben wir Sofia dadurch sogar das Leben gerettet", hatte sie gesagt und war damit bei Kai überhaupt nicht gut angekommen. Entgegen seiner Gewohnheit war er sogar laut geworden: „Spinnst du jetzt völlig? Wir hatten keine Ahnung, was wir taten. Dass Kanita umgehend Maria Malik benachrichtigen würde, konnten wir nicht ahnen. Die Maliks hatten wir als Täter überhaupt nicht auf dem Schirm. Du hast dich über Sarah lustig gemacht, als sie Überlegungen in diese Richtung anstellte. Und mit deinem blöden Plan hast du ihr Leben gefährdet. Sei froh, wenn wir mit einer Disziplinarstrafe davonkommen, und versuch dich nicht noch als Heldin aufzuspielen." Seitdem herrschte Funkstille zwischen ihnen.

Sarah beschloss, Maria Malik in der Untersuchungshaft zu besuchen, und war froh, dass Holger dem zustimmte. Sie traf sie in einer schlimmen Verfassung an. Als sie sich bei ihr bedankte, weil sie ihr bei der Flucht aus dem Keller geholfen hatte, brach Maria sofort in Tränen aus. „Sie danken mir auch noch? Nach allem, was ich getan habe?", schluchzte sie.

„Sie bereuen es und sind den falschen Weg zumindest nicht weitergegangen", erwiderte Sarah sanft.

Maria nickte und fing sich langsam. „Als Lotte mir erzählte, was mit Miriam geschehen war, da war plötzlich so viel Wut und Hass in mir", sagte sie. „Ich sah das alles vor mir, die Cromnitz auf dem Pferd, dem sie in die Flanken tritt und es zwingt, immer wieder über meine schon am Boden liegende Schwester hinwegzugaloppieren. Das Pferd hat geschrien, hat Lotte gesagt. Es hat mehr Gefühle gezeigt als diese kalte Hexe." Sie zitterte bei der Erinnerung daran. „Wir haben die Frau falsch eingeschätzt, mein Bruder und ich. Wenn ihre Tochter verschwinden würde, dann müsste sie vor Sorge außer sich sein. So dachten wir jedenfalls. Sie würde ihre Schuld sofort eingestehen, um ihre Tochter zurückzubekommen. Das war doch alles, was wir wollten, Gerechtigkeit für Miriam und ein Grab, an dem wir endlich in Ruhe um sie trauern können." Tränen rollten ihr über die Wangen, sie rang die Hände. „Mein Bruder hat versichert, den Mädchen würde nichts geschehen. Ich war dagegen, dass er auch noch Sofia entführen wollte. Doch er meinte, die Schuldigen würden sich gegenseitig belasten, dadurch käme die Wahrheit umso schneller ans Licht. Wir ahnten nicht, dass Mehnert der Falsche war. Lotte war schon ziemlich schwach, sie sprach nur vom Gärtner. Der Name war ihr wohl entfallen und ich war mir zu sicher zu wissen, wer gemeint war. Ich habe den Mehnerts geschrieben und sie um Verzeihung gebeten."

„Es ist gut, dass Sie das getan haben." Sarah versuchte ein ermutigendes Lächeln.

„Ich will mich auch bei Ihnen entschuldigen", fuhr Maria fort. „Es ist keine Ausrede, ich wusste wirklich nicht, was mein Bruder tatsächlich plante. Ich war vor Entsetzen wie gelähmt, als er Sie angegriffen hat."

„Was hatte er Ihnen gesagt?"

„Dass er sich stellen will. Kanita sagte mir, die Polizei hätte DNA an den Briefen gefunden und würde alle Dorfbewohner testen. Da wusste ich, dass wir gefasst werden würden. Ich bat meinen Bruder aufzugeben und er stimmte zu. Aber er wollte die Chance, in Ruhe mit jemandem von der Polizei reden zu dürfen. Mit jemandem, der sich die Zeit nimmt, unsere Geschichte und die von Miriam anzuhören. Da habe ich Sie vorgeschlagen und er war einverstanden."

„Wir hätten Ihre Geschichte auch angehört, wenn Sie gleich damit zu uns gekommen wären", sagte Sarah.

„Wir haben der Polizei nicht getraut. Uns hat man schon damals, als Miriam verschwand, nicht ernst genommen. Die Familie von Cromnitz dagegen ist reich und hat Beziehungen. Was wäre am Ende für uns dabei herausgekommen? Eine Geldstrafe wegen Verleumdung vielleicht?" Ein bitterer Zug erschien um ihren Mund. Dann wanderten ihre Mundwinkel immer weiter nach unten, ihre Lippen begannen zu beben und sie weinte wieder. „Und jetzt? Jetzt sind wir selbst zu Mördern und Verbrechern geworden. Niemand wird uns auch nur ein Wort glauben. Wer wird sich jetzt noch um Miriams Schicksal scheren?"

„Wir, Frau Malik, wir. Weil es unsere Pflicht ist, für Gerechtigkeit zu sorgen."

58.

Sarah war natürlich klar, dass ihr Versprechen nicht leicht einzuhalten sein würde. Ein Mord ohne Leiche ist immer schwer aufzuklären. Hier kam hinzu, dass er 15 Jahre zurücklag und die einzige Augenzeugin tot war. Sylvia von Cromnitz schwieg genauso beharrlich wie Christoph Malik. Auch in seinem Falle gab es keine Leiche und kein Geständnis. Dann schien plötzlich Bewegung in die Sache zu kommen. Christoph Malik bestand auf einem persönlichen Gespräch mit Sylvia von Cromnitz, in das sie nach vielem Hin und Her schließlich einwilligte und das in Anwesenheit ihres Anwaltes und des ermittelnden Staatsanwaltes stattfand. Christoph Malik sagte nur einen einzigen Satz: „Das Grab meiner Schwester gegen das Grab Ihrer Tochter." Sie musterte ihn daraufhin ungerührt. „Ich weiß nicht, was Sie von mir wollen", sagte sie und erhob sich. Damit war das Gespräch für sie beendet.

Inzwischen war es Dezember geworden. An einem klaren Wintertag fiel sachte der erste Schnee. Sarah stand mit Björn und Arco am Moor hinter dem Gestüt in Geistmoor. Sie schaute zu, wie sich die Schneeflocken über die gefrorene Landschaft legten. *Wie ein Leichentuch,* dachte sie. *Ein Leichentuch für die tote Miriam.* Sie war überzeugt, dass sie hier irgendwo lag. Es war unwahrscheinlich, dass sie weiter weg transportiert worden war. Björn schien ihre Gedanken zu erraten. „Es ist durchaus möglich, dass wir sie noch finden", sagte er. „Ich habe mich gerade darüber informiert, wie man aktuell in Irlands weitläufigen Mooren nach Opfern der IRA sucht. Da werden zuerst mit Laser und Bodenradar Anomalien im Untergrund ertastet. Wenn die mögliche Stelle dann eingegrenzt ist, kommen Leichenspürhunde zum Einsatz. Um ihnen das Aufnehmen der Witterung zu erleichtern, werden mit Stangen Löcher in den Boden gestoßen."

„Können die Hunde überhaupt etwas wittern? Ich meine, in einem Moor finden doch viele Verwesungsprozesse statt."

„Es macht die Sache nicht einfacher, doch sie können das tatsächlich. Moorleichen sind oft erstaunlich gut konserviert, auch nach vielen Jahren."

Sarah seufzte. „Trotzdem. Es klingt aufwändig, und vor allem teuer. Wir werden um die entsprechende Genehmigung kämpfen müssen, noch dazu, wo wir gleich nach zwei Personen suchen, die mit Sicherheit in unterschiedlichen Moorgebieten versenkt wurden. Es wäre alles einfacher, wenn Sylvia von Cromnitz reden würde. Ich werde nie begreifen, dass sie nicht alles versucht, um das Schicksal ihrer Tochter aufzuklären."

Björn strich sacht über Arcos Kopf. „Wer versteht schon die Menschen?", sagte er leise. „Lass uns gehen."

Sarah warf einen letzten Blick über das Moor. In ihrem Kopf ertönte eine Stimme, die weit über die verschneite Landschaft zu hallen schien: *„Was ist harter als hart? Mutters Hart!"*

Sie hatten ihr Auto am Ortseingang von Geistmoor zurückgelassen, weil sie kein Aufsehen erregen wollten. Nun bummelten sie langsam durch die abendlichen Straßen zurück. In den Fenstern der meisten Häuser leuchteten Sterne und Lichterketten. Das Haus der Familie Petersen war besonders üppig geschmückt. Im Vorgarten erstrahlte ein lebensgroßer Weihnachtsmann neben seinem Rentierschlitten. In allen Fenstern brannte Licht, und die Silhouetten mehrerer Personen bewegten sich dahinter lebhaft hin und her. Vor der Tür parkte ein Van, den Sarah als den der Familie Jessen erkannte. „Oh, wie schön", sagte sie. „Sie scheinen alle gemeinsam den Advent zu begehen. Ihr persönliches Christkind ist bestimmt auch schon mit dabei. Das ist doch wenigstens ein gutes Ergebnis dieses traurigen Falles."

„Du solltest das nicht zu optimistisch sehen. Da kommen sicher noch eine Menge Probleme auf alle Beteiligten zu. Der junge Vater wird älter und reifer werden und irgendwann eine eigene Familie gründen. Wie wird Wiebke das dann aufnehmen?"

„Ich behaupte nicht, dass alles leicht werden wird. Aber eines ist sicher: Das Kind wird mit viel Liebe aufwachsen. Und das ist doch das Wichtigste."

„Ja, Liebe ist das Wichtigste überhaupt", stimmte Björn ihr zu. Er nahm ihre Hand und sie ließ es zu. Einträchtig schlenderten sie zum Auto zurück.

Lust auf mehr?

Alles über die Autorin auf http://fiona-limar.de

Weitere Bücher von Fiona Limar sind auf amazon erhältlich.

Die Iris-Forster-Reihe

- Eine tödliche Erinnerung
- Henkersbraut
- Mörderblut

Einzelne Krimis

- Schicksalsmord
- Schattenmord
- Der Teufel von Heiligendamm
- Das Schweigen der Mörder

Eine tödliche Erinnerung - Eine rätselhafte Patientin stellt die junge Psychologin Iris Forster vor ungeahnte Herausforderungen. Mittels Hypnose will die schöne Melissa verdrängte Kindheitserinnerungen wiedererlangen, da sie darin den Schlüssel zu ihren zahlreichen Beschwerden vermutet. Doch scheint von diesen Erinnerungen eine tödliche Gefahr auszugehen, die jeden bedroht, der daran zu rühren wagt. Auch Iris Forster kann sich bald nicht mehr sicher fühlen. Melissa ist von dunklen Geheimnissen umgeben: Was hat es mit dem Unfalltod ihrer Eltern auf sich? Warum wenden sich immer wieder Menschen angstvoll von ihr ab? Welche Verbindung gibt es zwischen ihr und zwei ungeklärten Mordfällen? Ist Melissa ein verfolgtes Opfer oder eine durchtriebene Täterin?

Henkersbraut - Unheimliche Gerüchte ranken sich um einen rätselhaften Mord, der sich in Bad Salzelmen, dem ältesten Solebad Deutschlands, ereignet. Hatte sich das Opfer mit dunklen Mächten eingelassen, die es schließlich nicht mehr beherrschen konnte? Die Psychologin Iris Forster glaubt nicht an solche Spukgeschichten. Sie ist davon überzeugt, dass durch den Mord ein anderes Verbrechen vertuscht werden sollte, an dessen Aufklärung sie dringend interessiert ist. Doch als sie nachzuforschen beginnt, kommt es in ihrem Umfeld zu merkwürdigen Ereignissen, für die ein 400 Jahre zurückliegender Hexenprozess offenbar die Vorlage bildet. Will sie jemand auf diese mysteriöse Weise davon abhalten, sich weiterhin mit dem Mord zu beschäftigen? Iris Forster lässt sich nicht einschüchtern, was eine Reihe von dramatischen Ereignissen heraufbeschwört.

Mörderblut - Nichts erscheint unergründlicher als die Seele eines Serienmörders. Das Unbegreifliche seiner Taten steigert das Grauen, das er verbreitet. So ist es auch im Falle eines Täters, den alle bald nur noch den Dornröschen-Mörder nennen. Seine Opfer sind junge Mädchen, die aufgefunden werden, als würden sie nur schlafen. Es ist unklar, wie sie getötet wurden, und erst recht fehlt jeder Hinweis auf die Motive des Täters. Spekulationen schießen ins Kraut, und bald muss sich die Psychologin Iris Forster die Frage stellen, ob einer ihrer Patienten der Gesuchte sein könnte. Zwar scheint es eine gewisse erbliche Belastung bei ihm zu geben, doch die These vom geborenen Mörder möchte Iris nicht unterstützen. Je tiefer sie jedoch in die dramatische Familiengeschichte ihres Patienten eindringt, umso deutlicher muss sie erkennen, dass es da eine Verbindung zu den aktuellen Morden geben muss. Ein neuer Fall für die Psychologin Iris Forster: düster, dramatisch und überaus spannend.

Fiona Limar

Schicksalsmord - Die attraktive Lydia hält sich für eine geniale Lenkerin der Geschicke anderer Menschen. Höchst raffiniert und immer auf den eigenen Vorteil bedacht zieht sie die Fäden, an denen die sie umgebenden Personen wie Marionetten tanzen. Ihre Eltern, zwei Ehemänner, einige Liebhaber, Freundinnen und Kolleginnen und nicht zuletzt ihre gutgläubige, sanftmütige Schwester Ulrike werden zu Opfern ihrer Manipulationen. In der Wahl ihrer Mittel ist Lydia dabei durchaus nicht zimperlich: Verleumdung, Rufmord und sogar Mord gehören zu ihrem Repertoire. Doch irgendwann beginnen ihr die Fäden zu entgleiten und sich zu einem Gespinst zu verknüpfen, in dem sie sich immer mehr verfängt. Sie wird des Mordes an ihrem Ehemann bezichtigt, und die Ermittlungen bringen immer neue Indizien und peinliche Enthüllungen ans Licht. In die Enge getrieben sieht Lydia nur noch einen Ausweg: Sie muss Ruf und Leben ihrer Schwester zerstören, um sich selbst zu retten. Doch der teuflische Plan birgt seine Risiken.

Schattenmord - Wenn dein schönster Traum zum Alptraum wird. Wenn sich Abgründe auftun, die dich zu verschlingen drohen...

Nach einem mysteriösen Überfall gerät Julias Leben aus den Fugen. Sie hat Gedächtnislücken, fühlt sich verfolgt und leidet unter düsteren Visionen von toten Frauen. Auch ihr Mann Alexander, mit dem sie zuvor sehr glücklich war, scheint ihr einiges zu verschweigen. Doch im Hintergrund zieht ein Anderer die Fäden, an denen Julias Leben hängt.

Der Teufel von Heiligendamm - Ostseethriller

Unheil braut sich im Ostseebad Heiligendamm zusammen. Niemand vermochte die Spuren am Körper einer Frau, die eines Morgens ermordet in der Brandung lag, zu deuten. Sie schienen weder tierischen noch menschlichen Ursprungs zu sein. Der Täter konnte nicht gefunden werden. Bald steht ein Haus an der Steilküste im Mittelpunkt unheimlicher Gerüchte, da sich hier bereits mehrere mysteriöse Todesfälle ereigneten. All das hält Lara, eine junge Frau, die an der Küste ein neues Leben beginnen will, nicht vom Einzug in dieses Haus ab. Doch bald häufen sich dort beängstigende Vorfälle. Und plötzlich geschieht ein weiterer Mord.

Printed in Great Britain
by Amazon